Von Daphne du Maurier
sind als Heyne-Taschenbücher erschienen:

Der Geist von Plyn · Band 01/837
Der Sündenbock · Band 01/864
Die Bucht des Franzosen · Band 01/899
Karriere · Band 01/958
Kehrt wieder, die ich liebe · Band 01/5352
Gerald · Band 01/5413
Die Erben von Clonmere · Band 01/7794
Rebecca · Band 01/7806
Das goldene Schloß · Band 01/7884

DAPHNE DU MAURIER

WENN DIE GONDELN TRAUER TRAGEN

Erzählungen

WILHELM HEYNE VERLAG
MÜNCHEN

HEYNE ALLGEMEINE REIHE
Nr. 01/7986

Titel des englischen Originals
DON'T LOOK NOW
Übersetzt von Detlev Nitschke

Das Buch erschien bereits unter
dem Titel »Spätestens in Venedig«.

Die Verwendung des Titels
»Wenn die Gondeln Trauer tragen«
erfolgt mit freundlicher Genehmigung
des Filmverleihs Die Lupe GmbH
Lizenzausgabe mit Genehmigung des Scherz Verlags, Bern und München
Gesamtdeutsche Rechte beim Scherz Verlag, Bern und München
Wilhelm Heyne Verlag GmbH & Co. KG, München
Printed in Germany 1990
Umschlagfoto: ZEFA/Damm, Düsseldorf
Umschlaggestaltung: Atelier Ingrid Schütz, München
Satz: IBV Satz- und Datentechnik GmbH, Berlin
Druck und Bindung: Elsnerdruck, Berlin

ISBN 3-453-03688-3

Inhalt

Dreh dich nicht um

»Sieh jetzt nicht hin«, sagte John zu seiner Frau. »Ein paar Tische weiter sitzen zwei alte Jungfern, die mich hypnotisieren wollen.«

Laura verstand sofort und sah mit einem vollendet gespielten Gähnen zum Himmel auf, als spähte sie nach einem nicht vorhandenen Flugzeug.

»Genau hinter dir«, fügte er hinzu. »Du darfst dich nicht gleich umdrehen – das wäre zu auffällig.«

Laura griff nach dem ältesten Trick der Welt zurück und ließ ihre Serviette fallen. Dann beugte sie sich unter den Tisch, um sie aufzuheben, und warf beim Aufrichten einen blitzschnellen Blick über ihre Schulter. Sie zog die Wangen zwischen die Zähne, erstes Anzeichen eines unterdrückten Lachkrampfs, und senkte den Kopf. »Das sind doch keine alten Jungfern«, flüsterte sie. »Das sind Transvestiten-Zwillingsbrüder.«

Ihre Stimme brach bedenklich, der Ausbruch des Lachkrampfs stand unmittelbar bevor, und John füllte ihr Glas schnell mit Chianti nach.

»Tu so, als ob du dich verschluckt hast«, sagte er, »dann merken sie nichts. Übrigens, jetzt weiß ich, was sie sind – sie sind Verbrecher auf einer Weltreise und wechseln bei jeder Station das Geschlecht. Hier in Torcello sind sie Zwillingsschwestern. Und morgen in Venedig, oder vielleicht auch schon heute abend, schlendern sie als Zwillingsbrüder Arm in Arm über den Markusplatz. Sie brauchen bloß Kleidung und Perücken zu wechseln.«

»Juwelendiebe oder Mörder?« fragte Laura.

»Oh, bestimmt Mörder. Ich frag' mich nur, was sie ausgerechnet von mir wollen.«

Sie wurden vom Kellner unterbrochen, der den Kaffee brachte und das Obst forträumte, so daß Laura Zeit hatte, sich wieder zu fassen.

»Ich kann gar nicht verstehen«, sagte sie, »daß sie uns nicht gleich aufgefallen sind, als wir ankamen. Sie sind doch gar nicht zu übersehen.«

»Diese Horde von Amerikanern hat uns von ihnen abgelenkt«, meinte John, »und der Bärtige mit dem Monokel, der wie ein Spion aussah. Ich habe die Zwillinge erst vorhin entdeckt, als alle gingen. Ach, du lieber Gott, die mit dem weißen Haar starrt mich schon wieder an.«

Laura nahm ihre Puderdose aus der Handtasche und hielt sie geöffnet vor ihr Gesicht, so daß sie im Spiegel die Zwillinge beobachten konnte.

»Ich glaube, die sehen gar nicht dich an, sondern mich«, sagte sie. »Was für ein Glück, daß ich meine Perlen beim Geschäftsführer im Hotel gelassen habe.« Sie schwieg und betupfte ihre Nasenflügel mit der Quaste. »Der Haken ist nur«, fuhr sie einen Augenblick später fort, »daß wir uns geirrt haben. Es sind weder Mörder noch Diebe. Es sind einfach zwei rührende alte, pensionierte Lehrerinnen auf Urlaub, die ihr Leben lang für eine Reise nach Venedig gespart haben. Und die Stadt, aus der sie kommen, heißt Walabanga oder so ähnlich und ist in Australien. Und sie heißen Tilly und Tiny.«

Zum erstenmal, seit sie von zu Hause weggefahren waren, hatte ihre Stimme wieder den alten, sprudelnden Unterton, den er so liebte, und die kummervolle Falte zwischen ihren Augenbrauen war verschwunden. Endlich, dachte er, endlich fängt sie an, darüber hinwegzukommen. Wenn es mir gelingt, diese Witzelei in Gang zu halten, wenn wir wieder die vertrauten Scherze treiben, uns Albernheiten über die Leute an den andern Tischen ausdenken und wieder wie früher durch Gemäldegalerien und Kirchen schlendern können, dann wird alles so sein wie zuvor, die Wunde wird heilen, sie wird vergessen.

»Weißt du«, sagte Laura, »das Essen war wirklich sehr gut. Es hat fantastisch geschmeckt.«

Gott sei Dank, dachte er, Gott sei Dank... Dann beugte er sich vor und flüsterte ihr wie ein Verschwörer zu: »Eine von den beiden geht aufs Klo. Meinst du, er oder sie will die Perücke wechseln?«

»Sag gar nichts mehr«, murmelte Laura. »Ich werde ihr nachgehen. Vielleicht hat sie dort einen Koffer versteckt und will sich umziehen.«

Sie summte leise vor sich hin, für ihren Mann ein Zeichen, daß sie innerlich entspannt war. Der böse Geist war für den Augenblick gebannt – nur, weil sie das vertraute, viel zu lang vergessene Urlaubsspiel durch puren Zufall wiederentdeckt hatten.

»Geht sie schon?« fragte Laura.

»Sie kommt gleich an unserm Tisch vorbei«, antwortete er.

Wenn man sie allein sah, war die Frau gar nicht so bemerkenswert. Groß, eckig, mit einem Pferdegesicht und kurzem Haarschnitt, den man, wie er sich zu erinnern glaubte, in der Jugend seiner Mutter Eton-Schnitt nannte, wie überhaupt die ganze Person den Stempel dieser Generation zu tragen schien. Sie war wahrscheinlich Mitte Sechzig, dachte er: die männlich wirkende Hemdbluse mit Kragen und Krawatte, die sportliche Jacke, der wadenlange graue Tweedrock; graue Strümpfe und schwarze Schnürschuhe. Er kannte den Typ von Golfplätzen und Hundeausstellungen, und wenn man diesen Frauen auf Gesellschaften begegnete, waren sie schneller mit einem Feuerzeug bei der Hand als er mit Streichhölzern – er, der ja *nur* ein Mann war. Die allgemeine Annahme, daß sie stets mit einer weiblicheren, weicheren Gefährtin zusammen lebten, stimmte nicht immer. Häufig hatten sie einen Golf spielenden Ehemann, den sie anhimmelten. Nein, das Verblüffende an dieser besonderen Frau war, daß es sie zweimal gab. Eineiige Zwillinge, wie aus derselben Form gegossen. Der einzige Unterschied zwischen den beiden war, daß die andere weißeres Haar hatte.

»Und falls sie nun anfängt, sich auszuziehen, wenn ich neben ihr im Waschraum stehe?« murmelte Laura.

»Hängt ganz davon ab, was zum Vorschein kommt«, antwortete John. »Wenn sie ein Hermaphrodit ist, dann gib Fersengeld. Sie könnte ja irgendwo eine Spritze versteckt haben und dich damit zu Boden strecken, noch ehe du an der Tür bist.«

Laura zog wieder die Wangen zwischen die Zähne und begann am ganzen Körper zu beben. Dann gab sie sich einen Ruck und stand auf. »Ich darf einfach nicht lachen«, sagte sie, »und sieh mich bloß nicht an, wenn ich zurückkomme, schon gar nicht, wenn wir zusammen rauskommen.« Sie nahm ihre Handtasche und schlenderte ein wenig befangen ihrem Opfer nach.

John goß sich den Rest Chianti ein und zündete eine Zigarette an. Die Sonne brannte auf den kleinen Garten des Restaurants nieder. Die Amerikaner und der Mann mit dem Monokel waren fort, und auch die große Familie, die am anderen Ende gesessen hatte. Es herrschte tiefe Stille. Die eine der Zwillingsschwestern hatte sich mit geschlossenen Augen in ihrem Stuhl zurückgelehnt. Gott sei Dank, dachte er – Laura war auf das alberne kleine Spiel eingegangen, und das bedeutete zumindest momentane Entspannung. Diese Reise konnte ihr doch noch die Erholung bringen, die sie brauchte, konnte doch noch, und wenn auch nur vorübergehend, die dumpfe Verzweiflung auslöschen, in die sie seit dem Tod des Kindes gestürzt war.

»Sie wird drüber wegkommen«, hatte der Arzt gesagt. »Sie müssen ihr nur Zeit lassen. Und Sie haben doch den Jungen.«

»Ich weiß«, hatte John erwidert. »Aber das Mädchen war ihr ein und alles. Immer schon, von Anfang an, ich weiß nicht, warum. Wahrscheinlich war es der Altersunterschied. Ein Junge, der schon zur Schule geht, und ein robuster dazu, ist eine eigenständige Person. Aber ein kleines Mädchen von fünf Jahren nicht. Laura hat sie geradezu angebetet. Johnnie und ich waren nichts gegen die Kleine.«

»Geben Sie ihr Zeit«, hatte der Arzt wiederholt, »geben Sie ihr Zeit. Und außerdem – Sie sind beide noch jung. Sie werden noch mehr Kinder haben. Wieder eine Tochter.«

Leicht gesagt... Wie sollte ein Traum das Leben eines toten Kindes ersetzen? Er kannte Laura zu gut. Eine zweite

Tochter würde ihre eigenen Charaktereigenschaften haben, ihre eigene Persönlichkeit, und vielleicht gerade deshalb Lauras Ablehnung herausfordern. Ein Eindringling in dem Körbchen, in dem Bettchen, das Christine gehört hatte. Rotbäckig, flachshaarig, Johnnies Ebenbild, nicht die zierliche, weißhäutige, dunkelhaarige Elfe, die sie für immer verlassen hatte.

Er blickte auf, über sein Weinglas hinweg, und sah, daß die Frau ihn wieder anstarrte. Das war kein beiläufiger, gedankenloser Blick von jemandem, der ein paar Tische weiter auf die Rückkehr der Begleiterin wartet. Es lag etwas Tieferes, Angespannteres darin. Die vorstehenden hellblauen Augen wirkten seltsam durchdringend, und er fühlte sich plötzlich unbehaglich. Zum Teufel mit der Frau! Na schön, dann starren Sie mich an, wenn Sie's nicht lassen können. Aber dieses Spielchen kann man auch zu zweit spielen. Er blies eine Rauchwolke in die Luft und lächelte sie an – beleidigend, wie er hoffte. Doch sie reagierte überhaupt nicht. Die blauen Augen hielten seinem Blick weiter stand, so daß er schließlich selbst den Kopf abwandte und seine Zigarette ausdrückte. Er sah sich nach dem Kellner um und verlangte die Rechnung. Während er zahlte, ungeschickt mit dem Wechselgeld hantierte und dabei ein paar Bemerkungen über das ausgezeichnete Essen fallenließ, gewann er seine Fassung wieder. Trotzdem spürte er ein sonderbares Prickeln auf der Kopfhaut, eine seltsame innere Unruhe. Dann wich das Gefühl des Unbehagens so plötzlich, wie es gekommen war, und als er einen vorsichtigen Blick zum andern Tisch hinüberwarf, sah er, daß sie ihre Augen wieder geschlossen hatte und schlief oder döste wie zuvor. Der Kellner war verschwunden. Alles war still.

Er sah auf die Uhr und dachte, daß sich Laura ja reichlich Zeit lasse. Zehn Minuten mindestens war sie schon weg. Wenigstens wieder ein Grund, um sie zu necken. Er begann sich auszudenken, was er sagen wollte. Daß sich die alte Jungfer bis auf die Unterwäsche ausgezogen und Laura aufgefordert habe, dasselbe zu tun. Und dann sei der Geschäftsführer hereingestürzt, habe voller Entsetzen geschrien, der Ruf seines Restaurants sei zerstört, und dunkle Drohungen über unerfreuliche Folgen ausgestoßen, wenn nicht... Die ganze Sache sei eine Falle gewesen, sei Erpressung. Er und Laura und die Zwillinge im Polizeiboot zurück nach Venedig zum Verhör. Eine Viertelstunde jetzt... Nun komm schon, komm schon...

Schritte knirschten im Kies. Die von Laura verfolgte Zwillingsschwester ging langsam an John vorbei – allein. Bei ihrem Tisch angekommen, blieb sie einen Augenblick so stehen, daß sich ihre große, eckige Figur zwischen John und ihre Schwester schob. Sie sagte etwas, was er nicht verstehen konnte. Aber was war das für ein Akzent – schottisch? Dann beugte sie sich vor, reichte ihrer sitzenden Schwester den Arm und ging mit ihr quer durch den Garten zum Ausgang. Die Frau, die John angestarrt hatte, stützte sich auf den Arm der Begleiterin, und jetzt sah man noch einen weiteren Unterschied zwischen ihr und der Schwester: Sie war nicht ganz so groß, und sie ging gebeugter – vielleicht hatte sie Arthritis. Sie verschwanden, und John erhob sich ungeduldig und wollte gerade ins Hotel gehen, als Laura erschien.

»Na, ich muß schon sagen, du hast dir ja Zeit gelassen«, begann er, hielt aber inne, als er ihr Gesicht sah.

»Was ist los, was ist passiert?« fragte er.

Er wußte sofort, daß etwas nicht stimmte. Sie machte fast den Eindruck, als ob sie einen Schock erlitten hätte. Taumelnd ging sie zu dem Tisch, den er gerade verlassen hatte, und setzte sich. Er zog einen Stuhl neben sie und nahm ihre Hand.

»Liebling, was ist los? Sag's mir – ist dir nicht gut?«

Sie schüttelte den Kopf, und dann sah sie ihn an. Die Betäubtheit, die er zuerst an ihr bemerkt hatte, war einem immer stärker werdenden Ausdruck der Zuversicht, ja beinahe der Verzückung gewichen.

»Es ist so wunderbar«, sagte sie langsam, »das Wunderbarste, was man sich vorstellen kann. Sie ist nämlich nicht tot, weißt du, sie ist noch bei uns. Darum haben sie uns so angestarrt, die beiden Schwestern. Sie konnten Christine sehen.«

O Gott, dachte er. Jetzt passiert genau das, wovor ich solche Angst hatte. Sie wird verrückt. Was soll ich tun? Wie verhalte ich mich jetzt?

»Laura, mein Liebes«, begann er und zwang sich zu einem Lächeln, »komm, laß uns gehen! Die Rechnung hab' ich bezahlt, und wir können uns jetzt die Kathedrale ansehen und dann ein bißchen umherbummeln, bis es Zeit ist, das Boot zurück nach Venedig zu nehmen.«

Sie hörte gar nicht zu, oder zumindest nahm sie seine Worte nicht auf.

»John, Liebling«, sagte sie, »ich muß dir noch erzählen, was geschehen ist. Ich bin ihr also nachgegangen, wie wir es geplant hatten. Als ich in den Waschraum kam, kämmte sie sich gerade. Ich ging aufs Klo, und danach hab' ich mir die Hände an dem einen Waschbecken gewaschen. Sie stand an dem Becken daneben. Plötzlich drehte sie sich zu mir um und sagte mit einem starken schottischen Akzent: ›Sie brauchen nicht mehr unglücklich zu sein. Meine Schwester hat Ihre kleine Tochter gesehen. Sie saß zwischen Ihnen und Ihrem Mann und hat gelacht.‹ Liebling, ich dachte, ich fall' in Ohnmacht. Ich hab's auch fast getan. Zum Glück stand ein Stuhl in dem Waschraum. Ich setzte mich, und die Frau beugte sich über mich und streichelte mein Haar. Dann sagte sie, daß der Augenblick der Wahrheit und der Freude scharf sein kann wie ein Schwert – so ähnlich hat sie sich ausgedrückt, die genauen Worte weiß ich nicht mehr. Aber ich soll mich nicht fürchten, sagte sie weiter, alles sei gut, und die Vision sei so stark gewesen, daß sie gleich gewußt hätten, sie müßten mir davon erzählen, und daß Christine das auch gewollt hat. O John, sieh mich doch nicht so an. Ich schwöre, ich hab' es mir nicht ausgedacht, sie hat es wirklich gesagt, es ist die Wahrheit.«

Die verzweifelte Eindringlichkeit, mit der sie sprach, zerriß ihm fast das Herz. Er mußte mitmachen, ihr zustimmen, alles tun, um sie wenigstens einigermaßen zu beruhigen.

»Laura, mein Liebling, natürlich glaube ich dir«, sagte er. »Nur ist es auch für mich eine Art Schock, und ich bin verstört, weil du verstört bist...«

»Aber ich bin doch gar nicht verstört«, unterbrach sie ihn. »Ich bin glücklich, so glücklich, daß ich es gar nicht ausdrükken kann. Du weißt, wie es in all den letzten Wochen war, zu Hause und überall auf dieser Reise, obwohl ich versucht habe, es vor dir zu verbergen. Jetzt ist mir die Last genommen, weil ich weiß, einfach weiß, daß die Frau recht hat. O Gott, wie schrecklich von mir, ich habe ihren Namen vergessen – sie hat sich nämlich vorgestellt. Sie ist eine pensionierte Ärztin; die beiden stammen aus Edinburgh; und die Schwester, die Christine gesehen hat, ist seit ein paar Jahren blind. Sie hat sich zwar ihr ganzes Leben lang mit okkulten Dingen beschäftigt und war immer sehr telepathisch veranlagt, aber erst seit sie blind ist, hat sie richtige Visionen, wie ein Medium. Sie hatte schon die wunderbarsten Gesichte. Aber daß sie Christine gesehen hat, und so deutlich... Sogar das kleine blauweiße Kleid mit den Puffärmeln, das Christine an ihrem letzten Geburtstag anhatte, hat sie beschrieben. Und daß sie gesehen hat, wie glücklich Christine lachte... O Liebling, das macht mich so froh, ich glaub', ich muß jetzt weinen.«

Keine Hysterie. Keine wilden Ausbrüche. Sie nahm ein Papiertaschentuch aus ihrer Handtasche, putzte sich die Nase und lächelte ihn an. »Sieh doch, ich bin ganz ruhig, du brauchst dir keine Gedanken zu machen. Komm, gib mir eine Zigarette.«

Er nahm eine aus seinem Päckchen und gab ihr Feuer. Sie klang wieder ganz normal, ganz gefaßt. Sie zitterte nicht mehr. Und wenn dieser plötzliche Glaube sie glücklich machte, dann konnte er unmöglich daran rütteln. Aber... aber... trotzdem wünschte er, es wäre nicht passiert. Gedankenlesen und Telepathie waren nicht ganz geheuer. Die Wissenschaft konnte dieses Phänomen nicht erklären, niemand konnte es, aber genau das mußte jetzt eben im Spiel gewesen sein. Die eine der Schwestern, die ihn so unverwandt angesehen hatte, war also blind. Darum der starre Blick. Was schon an sich irgendwie unangenehm, ein wenig unheimlich war. O verdammt, dachte er, wenn wir doch bloß nicht zum Essen hierhergefahren wären. Es war der reine Zufall; sie hatten zwischen Torcello und einer Fahrt nach Padua wählen können und mußten sich ausgerechnet Torcello aussuchen.

»Du hast dich doch nicht noch einmal mit ihnen verabredet?« fragte er so beiläufig wie möglich.

»Nein, Liebling, warum?« antwortete Laura. »Es gibt ja nichts, was sie mir noch sagen könnten. Die Schwester hat ihre wunderbare Vision gehabt, und damit ist die Sache erledigt. Im übrigen reisen sie sowieso weiter. Komisch, wir haben ziemlich erraten, was sie machen. Sie sind tatsächlich auf einer Weltreise und fahren dann zurück nach Schottland. Nur hatte ich gedacht, sie seien aus Australien, nicht? Die beiden rührenden alten Damen... Sie sind wirklich alles andere als Juwelendiebe oder Mörder!«

Sie hatte sich wieder völlig erholt. Sie erhob sich und sah sich um. »Komm«, sagte sie. »Wenn wir schon mal in Torcello sind, dann müssen wir uns auch die Kathedrale ansehen.«

Sie gingen vom Restaurant über den offenen Platz, auf dem in Buden Kopftücher, Reiseandenken und Ansichtskarten verkauft wurden, zur Kathedrale Santa Maria Assunta. Aus einem der Fährschiffe hatte sich vor kurzem ein Strom von Touristen ergossen, von denen ebenfalls viele schon in der Kathedrale angelangt waren. Laura ließ sich jedoch von ihnen nicht ablenken. Unverzagt verlangte sie von ihrem Mann den Kunstführer, und wie in früheren, glücklicheren Tagen schlenderte sie durch die Kirche, versunken in die Betrachtung von Mosaiken, Säulen, Tafelbildern. John dagegen, noch immer beunruhigt durch das eben Vorgefallene, konnte kein rechtes Interesse aufbringen. Er blieb dicht hinter ihr, immer gewärtig, die Zwillingsschwestern zu entdekken. Aber es war keine Spur von ihnen zu sehen. Vielleicht waren sie in die nahe gelegene Kirche Santa Fosca gegangen. Eine plötzliche Begegnung wäre ihm peinlich, ganz abgesehen von der Wirkung, die sie auf Laura haben würde. Zumindest konnte ihr der anonyme, scharrende kulturbeflissene Touristenschwarm nichts anhaben, obgleich er seiner Meinung nach wirkliche Kunstbetrachtung unmöglich machte. Er konnte sich nicht konzentrieren; die kühle, klare Schönheit der Kathedrale ließ ihn unberührt. Und als Laura ihn am Ärmel zupfte und auf ein Mosaik wies, das die Jungfrau mit dem Kind zeigte, über einem Fries mit den Aposteln stehend, nickte er nur zustimmend, nahm aber nichts wahr: das schmale, traurige Gesicht der Madonna schien ihm unendlich entfernt. Einem plötzlichen Impuls folgend, drehte er sich um und starrte über die Köpfe der Touristen hinweg zum Portal, das mit Mosaiken geschmückt war – Darstellungen der Seligen und der Verdammten beim Jüngsten Gericht.

Und dort am Portal standen die Zwillingsschwestern. Die Blinde hielt noch immer den Arm ihrer Schwester, und ihre Augen waren starr auf ihn gerichtet. Es war, als hielte ihn etwas fest, er konnte sich nicht bewegen, und ein Gefühl von nahe bevorstehendem Unheil, von Verderben überkam ihn. Sein ganzes Wesen verfiel in tiefe Apathie, und er dachte: Das ist das Ende, es gibt kein Entrinnen, keine Zukunft. Dann wandten sich beide Schwestern ab und verließen die Kathedrale. Im gleichen Augenblick verschwand dieses Gefühl der Ausweglosigkeit, und Entrüstung, wachsender Zorn traten an seine Stelle. Was fiel diesen beiden alten Jungfern eigentlich ein, ihn mit ihren medialen Tricks zu belästigen? Das Ganze war Schwindel und außerdem ungesund; wahrscheinlich bestand das Leben der beide darin, in der ganzen Welt herumzureisen und jedem, dem sie begegneten, einen Schrecken einzujagen. Wäre Gelegenheit dazu gewesen, hätten sie bestimmt Laura auch noch Geld aus der Tasche gezogen. Alles war ihnen zuzutrauen.

Er fühlte, wie Laura ihn wieder am Ärmel zog. »Ist sie nicht wunderschön? So glücklich, so heiter und gelassen.«

»Wer? Was?« fragte er.

»Die Madonna«, antwortete sie. »Etwas Magisches geht von ihr aus. Man spürt es sofort. Merkst du's nicht auch?«

»Mag sein. Ich weiß nicht. Es sind zu viele Leute hier.«

Sie sah erstaunt zu ihm auf. »Was hat denn das damit zu tun? Du bist komisch. Na schön, gehen wir. Ich wollte sowieso ein paar Ansichtskarten kaufen.« Sie spürte seine Interesselosigkeit, und so bahnte sie sich enttäuscht einen Weg durch die Menge, zum Eingang hin.

»Komm«, sagte er abrupt, als sie draußen waren, »du hast noch genug Zeit für Ansichtskarten, machen wir einen Bummel.« Er verließ den Weg, der sie zurück zu den Buden und dem Touristengewühl gebracht hätte, und betrat einen schmalen Pfad, der über unbebautes Land zu einer Art Kanal führte. Das Wasser, klar und silbern, bildete einen angenehmen Gegensatz zu der glühenden Sonne über ihren Köpfen.

»Ich glaub' nicht, daß wir hier viel weiter kommen«, sagte Laura. »Es ist auch ein bißchen feucht, man kann sich nicht hinsetzen. Außerdem steht im Führer noch vieles andere, was wir uns ansehen müßten.«

»Ach, laß doch den Führer«, entgegnete er ungeduldig. Er ließ sich an der Uferböschung nieder, zog sie zu sich herunter und legte den Arm um sie.

»Für Besichtigungen ist jetzt nicht die richtige Tageszeit. Sieh mal, da drüben schwimmt eine Ratte.« Er warf einen Stein ins Wasser, und das Tier verschwand, nichts als Luftblasen zurücklassend.

»Hör auf damit«, sagte Laura. »Das ist grausam, armes Ding...« Sie legte die Hand auf sein Knie und fuhr dann plötzlich fort: »Glaubst du, daß Christine jetzt neben uns sitzt?«

Er antwortete nicht gleich. Was sollte er sagen? Würde das jetzt immer so weitergehen?

»Vermutlich ja«, sagte er langsam, »wenn du meinst, daß es so ist.«

Wenn er sich an Christine zurückerinnerte, so wie sie vor ihrer schweren Gehirnhautentzündung gewesen war, so hätte das allerdings kaum zugetroffen. Sie wäre nämlich aufgeregt am Ufer entlanggelaufen, hätte ihre Schuhe von sich geworfen, im Wasser waten wollen und Laura in Angstzustände versetzt. »Süße, sei vorsichtig, komm zurück...«

»Die Frau sagt, sie hat so glücklich ausgesehen, wie sie so lächelnd neben uns saß«, sagte Laura. Wie von plötzlicher Unruhe ergriffen, stand sie auf und strich ihr Kleid glatt. »Komm, wir wollen zurückgehen«, sagte sie.

Er folgte ihr schweren Herzens. Er wußte, daß sie im Grunde weder Ansichtskarten kaufen noch die restlichen Sehenswürdigkeiten besichtigen wollte; sie wollte die beiden Frauen suchen, nicht einmal unbedingt, um mit ihnen zu sprechen, sondern nur, um ihnen nahe zu sein. Als sie zu dem Platz mit den Buden zurückkamen, hatten sich die Touristen bis auf ein paar Nachzügler verlaufen, und die Schwestern waren nicht unter ihnen. Sie mußten sich der Hauptgruppe angeschlossen haben, die mit dem Ausflugsschiff nach Torcello gekommen war und auch damit zurückfahren würde. Ein Stein fiel ihm vom Herzen.

»Sieh mal«, sagte er schnell, »da drüben an der zweiten Bude gibt es eine Masse Ansichtskarten und auffallend hübsche Kopftücher. Ich kauf' dir eins.«

»Liebling, ich hab' doch schon so viele!« protestierte sie. »geh mit deinen Lire nicht so verschwenderisch um.«

»Das ist keine Verschwendung. Ich bin in Einkaufsstimmung. Wie wäre es mit einem Korb? Wir haben doch nie genug Körbe. Oder mit Spitzen? Ja, was würdest du zu Spitzen sagen?«

Lachend ließ sie sich zu der Bude ziehen. Und während er in den ausgebreiteten Waren wühlte und sich mit der lächelnden Verkäuferin in so grotesk schlechtem Italienisch unterhielt, daß sie noch mehr lächeln mußte, wußte er die ganze Zeit, daß er damit nur der Hauptgruppe der Touristen Gelegenheit geben wollte, das Schiff an der Anlegestelle zu erreichen. Dann würden die Zwillingsschwestern für immer aus ihrem Leben verschwinden.

»Ich habe noch nie so viel wertloses Zeug in einem so kleinen Korb gesehen«, sagte Laura zwanzig Minuten später, und ihr sprudelndes Lachen gab ihm die beruhigende Gewißheit, daß alles in Ordnung war, daß er sich keine Sorgen mehr zu machen brauchte, daß die Gefahr vorbei war. Das Motorboot, das sie von Venedig nach Torcello gebracht hatte, wartete an der Anlegestelle. Die Passagiere, die mit ihnen gekommen waren, die Amerikaner, der Mann mit dem Monokel, hatten sich schon eingefunden. Ursprünglich war ihm der Preis für Essen und Fahrt reichlich hoch erschienen. Jetzt war ihm nichts mehr zu teuer. Nur der Ausflug nach Torcello an sich war ein großer Fehler gewesen. Sie stiegen in die Barkasse, suchten sich einen Platz auf Deck, und das Boot tukkerte den Kanal entlang und in die Lagune. Das Kursschiff nach Murano hatte schon vorher abgelegt, während ihr Boot an San Francesco del Deserto vorbei direkt nach Venedig fuhr.

Er legte wieder den Arm um sie und drückte sie an sich, und diesmal schmiegte sie sich an ihn und lächelte zu ihm auf, den Kopf an seine Schulter gelehnt.

»Es war ein wunderschöner Tag«, sagte sie. »Ich werd' ihn nie vergessen, niemals. Weißt du, jetzt kann ich mich endlich an unserer Reise freuen.«

Am liebsten hätte er vor Erleichterung geschrien. Alles wird wieder gut, dachte er, soll sie glauben, was sie will, wenn es sie nur glücklich macht. Venedig stieg in seiner ganzen Schönheit vor ihnen auf, eine scharfe Silhouette vor dem glühenden Abendhimmel. Es gab noch so viel zu sehen, so vieles, was sie beide unternehmen und jetzt auch genießen konnten, nachdem die dunklen Schatten gewichen waren. Er begann, Pläne für den Abend zu machen, überlegte laut, wo sie essen wollten – nicht in dem Restaurant, wo sie sonst immer hingingen, sondern irgendwo anders.

»Ja, aber es muß billig sein«, wendete sie ein und ließ sich von seiner Stimmung mitreißen. »Wir haben heute schon so viel ausgegeben.«

Ihr Hotel am Canal Grande umfing sie mit wohliger Behaglichkeit. Der Portier lächelte, als er ihnen den Schlüssel gab. Das Zimmer schien vertraut; mit Lauras Fläschchen und

Cremetöpfchen, die säuberlich auf der Frisierkommode geordnet waren, wirkte es fast wie ihr Schlafzimmer zu Hause. Aber gleichzeitig herrschte darin eine beinah festliche Atmosphäre erregender Fremdheit, wie sie nur Hotelzimmer ausstrahlen, die man auf Ferienreisen bewohnt. Jetzt, für kurze Zeit, ist es unser Zimmer. Solange wir darin wohnen, lebt es. Aber wenn wir abgereist sind, existiert es nicht mehr, sinkt in Anonymität zurück. Im Bad drehte er beide Hähne auf, und das dampfende Wasser rauschte in die Badewanne. Jetzt, dachte er nach dem Bad, jetzt endlich ist der Augenblick gekommen. Er ging zurück ins Zimmer, und sie verstand und öffnete lächelnd ihre Arme. O wunderbare Entspannung nach all den Wochen der Enthaltsamkeit.

»Der Haken ist nur«, sagte sie später, während sie ihre Ohrringe vor dem Spiegel festmachte, »daß ich gar keinen großen Hunger habe. Wollen wir mal ganz langweilig sein und unten im Restaurant essen?«

»Großer Gott, auf keinen Fall!« rief er aus. »Mit all diesen tristen Ehepaaren an den andern Tischen? Ich bin am Verhungern. Außerdem ist mir nach Feiern zumute. Ich will mir einen Schwips antrinken.«

»Aber doch wohl hoffentlich nicht bei Lichterglanz und Musik?«

»Nein, nein... mir schwebt eher eine kleine, dunkle, intime Lasterhöhle vor, wo man nur mit der Frau von jemand anders hingeht.«

»So«, meinte Laura naserümpfend. »Wir wissen ja, was *das* heißt. Du wirst irgendeine sechzehnjährige Bellezza entdekken und ihr den ganzen Abend schöne Augen machen, während ich mit deinem breiten Rücken vorliebnehmen muß.«

Lachend gingen sie hinaus in die warme, weiche Nacht, und alles um sie schien wie verzaubert. »Laß uns ein bißchen spazierengehen«, sagte er, »damit wir Appetit für unser gigantisches Abendessen bekommen.« Und kurze Zeit später fanden sie sich an der Mole wieder mit den Gondeln, die auf dem Wasser tanzten, und dem sich spiegelnden Lichterglanz. Andere Paare schlenderten genau wie sie ziellos umher; die allgegenwärtigen Seeleute unterhielten sich laut und wild gestikulierend, und junge, dunkeläugige Mädchen klapperten auf hohen Absätzen vorbei.

»Spaziergänge in Venedig haben den einen Nachteil, daß man zwanghaft immer weiter geht«, sagte Laura. »Nur noch über die nächste Brücke, sagt man sich – und dann lockt wieder eine andere. Ich bin ganz sicher, daß es hier unten keine Restaurants gibt; wir sind ja schon fast an dem großen Park, in dem immer die Biennale stattfindet. Gehen wir lieber zurück. Ich erinnere mich an ein Restaurant in der Nähe von San Zaccaria; wenn man von der Kirche aus durch eine enge Gasse geht, dann kommt man hin.«

»Paß mal auf«, sagte John, »wenn wir jetzt in Richtung des Arsenals gehen und da hinten über die Brücke und dann links, dann kommen wir auf der andern Seite der Kirche heraus. Wir haben den Weg neulich mal an einem Vormittag gemacht.«

»Ja, aber da war es hell. Wir können uns verirren, die Beleuchtung ist nicht besonders gut.«

»Komm, sei nicht so ängstlich. Ich habe einen guten Orientierungssinn.«

Sie gingen die Fondamenta dell'Arsenale entlang, überquerten die kleine Brücke kurz vor dem Arsenal und kamen dann an der Kirche San Marino vorbei. Vor ihnen lagen jetzt zwei Kanäle, der eine führte nach rechts, der andere nach links, und beide waren sie von einer schmalen Straße gesäumt. John zögerte. Welchen Kanal waren sie das erste Mal entlanggegangen?

»Siehst du«, protestierte Laura, »wir werden uns verirren, genau wie ich gesagt habe.«

»Unsinn«, anwortete John energisch. »Es ist der linke, ich erinnere mich an die kleine Brücke.«

Der Kanal war schmal, die Häuser auf beiden Seiten schienen sich über ihn zu neigen. An jenem Vormittag, als sich die Sonne im Wasser spiegelte, Bettzeug auf den Simsen der offenen Fenster lag und auf einem Balkon ein Kanarienvogel in seinem Bauer sang, hatte die Szene Wärme und Geborgenheit ausgestrahlt. Jetzt in der Dunkelheit aber, schlecht beleuchtet, die Fenster mit Läden verschlossen, das Wasser dumpfig, wirkte die Gegend völlig verändert, ärmlich, verfallen, und die langen schmalen Boote an glitschigen Stufen zu Kellereingängen vertäut, sahen wie Särge aus.

»An diese Brücke kann ich mich bestimmt nicht erinnern«, sagte Laura, als sie die Brücke betraten, und blieb, an das Geländer gelehnt, stehen. »Und dieser Durchgang drüben auf der andern Seite gefällt mir gar nicht.«

»Auf halbem Weg ist eine Laterne«, beruhigte sie John. »Ich weiß genau, wo wir sind, in der Nähe vom griechischen Viertel.«

Sie überquerten die Brücke und wollten gerade den Durchgang betreten, als sie den Schrei hörten. Er kam eindeutig aus einem der Häuser auf der gegenüberliegenden Seite, aber es war unmöglich festzustellen, aus welchem. Mit ihren geschlossenen Fensterläden sahen sie alle tot aus. Laura und John wandten sich um und starrten in die Richtung, aus der der Schrei gekommen war.

»Was war das?« flüsterte Laura beklommen.

»Irgendein Betrunkener«, erwiderte John kurz. »Komm weiter.«

Es hatte eigentlich weniger wie der Schrei eines Betrunkenen geklungen, eher wie der eines Menschen, der erwürgt wird, dessen Stimme unter dem nicht nachlassenden Druck einer Hand erstirbt.

»Wir sollten die Polizei holen«, sagte Laura.

»Um Himmels willen«, sagte John. Was bildete sie sich ein? Dachte sie, sie sei am Piccadilly Circus?

»Na schön, ich geh', mir ist das zu unheimlich«, antwortete sie und verschwand eilig in dem schmalen, gewundenen Durchgang. John zögerte noch und sah plötzlich, wie eine kleine Gestalt vorsichtig aus einem Kellereingang jenseits des Kanals kroch und in ein Boot hinabsprang. Es war ein Kind, ein kleines Mädchen, nicht älter als fünf oder sechs; sie trug einen kurzen Mantel über dem winzigen Rock, und ihr Kopf war mit einer spitzen Kapuze bedeckt. Vier Boote waren Tau an Tau an den Kellerstufen festgemacht, und sie sprang überraschend geschickt und so hastig vom einen zum anderen, als ob sie auf der Flucht wäre. Einmal rutschte sie aus, und er hielt den Atem an, denn wenn sie das Gleichgewicht verlor, würde sie ins Wasser fallen; doch sie fing sich wieder und sprang in das letzte Boot. Sie bückte sich und zerrte heftig an dem Seil, so daß sich das Boot quer über den Kanal legte und mit seiner Spitze fast die gegenüberliegende Seite und dort einen andern Kellereingang berührte, nicht mehr als zehn Meter von der Stelle entfernt, an der John stand und sie beobachtete. Dann setzte das Kind über den Bootsrand, landete auf den Kellerstufen und verschwand in dem Haus, während das Boot hinter ihr wieder in die Mitte des Kanals zurückschwenkte. Der ganze Vorgang konnte nicht mehr als vier Minuten gedauert haben. John sah noch immer gebannt auf den Kanal, als er schnelle Schritte hörte. Laura kam zurück. Aber sie hatte von der Episode nichts mehr sehen können, und er war unsäglich dankbar dafür. Der Anblick eines Kindes, eines kleinen Mädchens in wahrscheinlich großer Gefahr, die Angst, daß diese Szene in irgendeiner Weise mit dem Schrei zusammenhing, hätte eine schreckliche Wirkung auf ihre angegriffenen Nerven haben können.

»Was machst du denn?« fragte sie. »Ich trau' mich nicht weiter ohne dich. Der Durchgang gabelt sich weiter oben.«

»Entschuldige«, sagte er, »ich komm' schon.«

Er nahm ihren Arm, und sie gingen rasch weiter – John mit einer Sicherheit, die nur gespielt war.

»Hast du noch mehr Schreie gehört?« fragte sie.

»Nein«, antwortete er, »nein, nichts. Ich hab' dir ja gesagt, es war ein Betrunkener.«

Der Durchgang führte zu einem verlassenen Campo hinter einer Kirche, die er nicht kannte, und er führte Laura quer über den Platz, eine andere Straße entlang und wieder über eine Brücke.

»Wart mal«, sagte er, »ich glaube, wir biegen hier nach rechts ab. Dann kommen wir ins griechische Viertel; die San-Giorgio-Kirche ist irgendwo da drüben.«

Sie antwortete nicht. Sie verlor allmählich das Vertrauen. Es war wie in einem Labyrinth. Vielleicht würden sie immer und immer wieder im Kreis herumgehen und sich schließlich bei der Brücke wiederfinden, wo sie den Schrei gehört hatten. Verbissen führte er sie weiter, und dann stieß er höchst überrascht und erleichtert auf eine erleuchtete Straße und Menschen, einen Kirchturm, und die Umgebung sah plötzlich wieder vertraut aus.

»Siehst du, ich hab's dir doch gesagt«, rief er aus, »das ist San Zaccaria, wir sind ganz richtig hingekommen. Dein Restaurant kann jetzt auch nicht mehr weit sein.« Und außerdem gab es auch anderswo Restaurants, in denen man essen konnte. Wenigstens war hier fröhlicher Lichterglanz, Bewegung, Kanäle, an denen Leute entlangschlenderten, Touristenatmosphäre. Wie ein Signal leuchtete das Wort ›Restaurant‹ in blauen Lettern in einer Seitenstraße auf.

»Ist es das?« fragte er.

»Keine Ahnung«, antwortete sie. »Es kommt ja auch nicht drauf an. Laß uns auf alle Fälle da essen.«

Ein plötzlicher warmer Luftstrom, Stimmengewirr, ein Geruch von Pasta und Wein, Kellner, sich drängende Gäste, Gelächter. »Für zwei? Bitte hier entlang.« Ein kleiner Tisch in drangvoller Enge; eine riesige Speisekarte, unleserlich mit lila Tinte geschrieben; ein lauernder Kellner, der offensichtlich die Bestellung sofort erwartete.

»Zwei große Campari mit Soda«, sagte John. »Erst dann werden wir uns etwas aussuchen.«

Er wollte sich nicht drängen lassen. Er gab Laura die Speisekarte und blickte um sich. Überwiegend Italiener, das bedeutete gutes Essen. Dann sah er sie. Auf der anderen Seite des Restaurants. Die Zwillingsschwestern. Sie mußten unmittelbar nach ihm und Laura gekommen sein, denn sie waren gerade erst dabei, ihre Mäntel auszuziehen und sich hinzusetzen, während ein anderer Kellner wartend bei ihrem Tisch stand. John durchfuhr plötzlich der unsinnige Gedanke, daß das kein Zufall sein konnte. Die Schwestern hatten sie auf der Straße gesehen und waren ihnen ins Restaurant gefolgt. Warum, zum Teufel, sollten sie sich gerade diesen einen Fleck in ganz Venedig ausgesucht haben, wenn nicht... wenn nicht Laura selbst in Torcello ein weiteres Treffen vorgeschlagen oder die eine Schwester ihrerseits eine solche Begegnung angeregt hatte? Ein kleines Restaurant in der Nähe von San Zaccaria, wir gehen manchmal zum Abendessen dorthin. Laura war es gewesen, die vor dem Spaziergang San Zaccaria erwähnt hatte...

Noch war sie mit der Speisekarte beschäftigt, noch hatte sie die Schwestern nicht gesehen, aber jeden Augenblick würde sie ihre Wahl getroffen haben, würde den Kopf heben und hinübersehen. Wenn doch nur die Getränke kämen. Wenn der Kellner doch nur endlich die Getränke brächte, das würde Laura ablenken.

»Weißt du, woran ich eben gedacht habe?« sagte er schnell. »Wir sollten morgen wirklich zur Garage gehen, das Auto holen und endlich die Fahrt nach Padua machen. Wir könnten dort Mittag essen, dann die Kathedrale, das Grab des heiligen Antonius und die Fresken von Giotto besichtigen und bei der Rückfahrt die Villen im Brentatal ansehen, die im Führer erwähnt sind.«

Aber es nützte nichts. Sie blickte auf, durch das Restaurant – und stieß einen leisen Ruf der Überraschung aus. Die Überraschung war echt. Er konnte schwören, daß sie echt war.

»Sieh doch«, sagte sie, »wie merkwürdig! Wirklich verblüffend!«

»Was?« fragte er scharf.

»Na, die beiden. Da sind sie. Meine wundervollen Zwillingsschwestern. Und sie haben uns gesehen. Sie schauen zu uns herüber.« Sie winkte erfreut, strahlend. Die Schwester, mit der sie in Torcello gesprochen hatte, verbeugte sich und lächelte. Falsche Alte, dachte er. Ich weiß, daß sie uns nachgegangen sind.

»O Liebling, ich muß sie begrüßen«, sagte sie impulsiv. »Ich muß ihnen sagen, wie glücklich ich den ganzen Tag war, nur, weil ich ihnen begegnet bin.«

»Um Himmels willen«, sagte er. »Sieh, hier kommen die

Getränke. Und wir haben noch nicht bestellt. Du wirst doch warten können, bis wir gegessen haben?«

»Es dauert nicht lange«, erwiderte sie, »und außerdem will ich nur Scampi und sonst nichts. Ich hab' dir doch gesagt, ich hab' keinen Hunger.«

Sie stand auf und ging an dem Kellner, der die Getränke brachte, vorbei durch das Restaurant. Es war, als begrüßte sie liebe, uralte Freunde. Er sah, wie sie sich über den Tisch beugte, beiden die Hand schüttelte, einen freien Stuhl heranzog und sich redend und lächelnd setzte. Die Schwestern schienen davon nicht überrascht zu sein, zumindest die eine nicht, die sie schon kannte; sie nickte und antwortete ihr, während die Blinde passiv dabeisaß.

Na schön, dachte John wütend, jetzt werd' ich mich wirklich betrinken, und er schüttete seinen Campari hinunter. Dann bestellte er sofort einen zweiten, während er gleichzeitig auf etwas völlig Unleserliches auf der Speisekarte zeigte und dem Kellner zu verstehen gab, daß er das zu essen wünsche. Lauras Scampi fielen ihm ein, und er bestellte sie ebenfalls. »Und eine Flasche Soave, eisgekühlt«, fügte er hinzu.

Der Abend war ohnehin verdorben. Was er als glückliche, intime kleine Feier geplant hatte, würde nun durch spiritistische Visionen beschwert; die arme kleine Christine würde an ihrem Tisch sitzen, was völlig idiotisch war, denn in ihrem irdischen Leben wäre sie schon seit Stunden im Bett. Der bittere Campari paßte gut zu dem Gefühl von Selbstmitleid, das ihn plötzlich befallen hatte, und die ganze Zeit beobachtete er die drei an ihrem Tisch. Laura hörte offenbar zu, während die aktivere Schwester redete und die Blinde schweigend dasaß, ihre schrecklichen blicklosen Augen starr auf ihn gerichtet.

Das ist nicht echt, dachte er, sie ist gar nicht blind. Es sind zwei Betrügerinnen, vielleicht wirklich Transvestiten, wie wir es uns in Torcello ausdachten, und sie haben es auf Laura abgesehen.

Hastig trank er seinen zweiten Campari. Die beiden Gläser auf nüchternen Magen wirkten sofort. Er sah alles leicht verschwommen. Und Laura saß immer noch an dem Tisch. Sie schien nur ab und zu eine Frage zu stellen, während die eine Schwester den Hauptteil der Konversation bestritt. Der Kellner erschien mit den Scampi, und ein Kollege brachte Johns Essen, eine undefinierbare Masse, die mit einer weißgrauen Sauce übergossen war.

»Die Signora kommt nicht?« fragte der erste Kellner. John schüttelte finster den Kopf und deutete mit nicht ganz sicherer Hand zu dem andern Tisch.

»Richten Sie der Signora aus«, sagte er sehr langsam, »daß ihre Scampi kalt werden.«

Er starrte das Gericht an, das man ihm vorgesetzt hatte, und stach vorsichtig mit der Gabel hinein. Die fahle Sauce floß auseinander und enthüllte zwei riesige runde Scheiben, offenbar gekochtes Schweinefleisch, bedeckt mit Knoblauch. Er nahm eine Gabelvoll in den Mund und kaute. Ja, es war Schweinefleisch, dampfend und fett, dem die würzige Sauce einen merkwürdig süßlichen Geschmack gegeben hatte. Er legte die Gabel hin, schob den Teller von sich und bemerkte im selben Moment, daß Laura zurückgekommen war und sich neben ihn setzte. Sie sagte nichts, was nur gut war, dachte er, denn ihm war viel zu übel zum Antworten. Diese Übelkeit war nicht nur dem Campari zuzuschreiben, sondern war seine Reaktion auf den ganzen alptraumhaften Tag. Sie aß ihre Scampi und schwieg noch immer. Sie schien nicht zu merken, daß er nicht aß. Der Kellner, der um ihn scharwenzelte, sah, daß Johns Wahl ein Mißgriff gewesen war, und entfernte diskret den Teller. »Bringen Sie mir einen grünen Salat«, murmelte John, und selbst das schien Laura nicht zu überraschen. Sie hielt ihm auch nicht vor, daß er zuviel getrunken habe, was sie normalerweise getan hätte. Nachdem sie ihre Scampi gegessen hatte, begann sie an ihrem Wein zu nippen, während John, der den Wein abgelehnt hatte, wie ein krankes Kaninchen an seinem Salat knabberte. Das Weinglas in der Hand, brach sie schließlich das Schweigen.

»Liebling«, sagte sie, »ich weiß, du wirst es mir nicht glauben, und es ist ja auch ein bißchen zum Fürchten, aber in Torcello sind die beiden Schwestern nach dem Essen zur Kathedrale gegangen, genau wie wir, nur daß wir sie in der Menschenmenge nicht gesehen haben, und die Blinde hatte wieder eine Vision. Sie sagt, Christine hat ihr bedeutet, daß wir in Gefahr sind, wenn wir in Venedig bleiben. Christine will, daß wir so bald wie möglich abreisen.«

Aha, dachte er, die meinen doch weiß Gott, sie können bestimmen, was wir zu tun und zu lassen haben. Von jetzt ab wird das also unser Problem sein. Essen wir? Stehen wir auf? Gehen wir ins Bett? Wir müssen die Zwillinge fragen. Sie werden uns Anweisungen geben.

»Na?« sagte sie. »Warum sagst du nichts?«

»Weil ich es tatsächlich nicht glaube«, antwortete er. »Ehrlich gesagt scheinen mir deine beiden alten Schwestern zwei Irre zu sein, wenn nicht Schlimmeres. Sie sind doch offensichtlich schwer gestört. Tut mir leid, wenn es dich verletzt, aber in dir haben sie wirklich eine Dumme gefunden.«

»Du bist ungerecht«, sagte Laura. »Sie sind ehrlich, das weiß ich. Ich weiß es einfach. Sie meinen das, was sie sagen, vollkommen aufrichtig.«

»Gut. Zugegeben, sie sind aufrichtig. Aber deswegen können sie trotzdem einen Knacks haben. Wirklich, Liebling, du redest zehn Minuten lang mit der alten Dame im Klo, sie erzählt dir, daß ihre Schwester Christine an unserm Tisch sitzen sieht. Jeder, der telepathisch veranlagt ist, kann dein Unbewußtes im Handumdrehen lesen, und vor lauter Freude über ihren Erfolg stürzt sie sich gleich in die nächste Ekstase und will uns jetzt aus Venedig verscheuchen. Tut mir leid, aber zum Henker mit ihnen.«

Die Wände drehten sich nicht mehr. Die Wut hatte ihn nüchtern gemacht. Wenn es für Laura nicht so peinlich gewesen wäre, wäre er aufgestanden, zum Tisch der beiden Alten gegangen und hätte ihnen die Meinung gesagt.

»Ich wußte, daß du so reagieren würdest«, erwiderte Laura unglücklich. »Ich habe es ihnen auch gleich gesagt. Sie meinten aber, ich solle mir keine Sorgen machen. Vorausgesetzt, daß wir morgen abreisen, kann nichts passieren.«

»Um Gottes willen«, sagte John und schenkte sich nun doch ein Glas Wein ein.

»Im Grunde haben wir ja das Schönste von Venedig schon gesehen«, fuhr Laura fort. »Mir macht es nichts aus, weiterzufahren. Und wenn wir doch blieben, dann würde ich mich, so dumm das jetzt klingt, innerlich unruhig fühlen und müßte immerzu an meine kleine Christine denken, wie unglücklich sie ist und wie sie uns zu sagen versucht, daß wir abreisen sollen.«

»Gut«, sagte John unheilvoll ruhig. »Damit ist der Fall klar. Wir reisen ab. Ich schlage vor, wir gehen sofort ins Hotel und sagen Bescheid, daß wir morgen früh abreisen. Bist du satt?«

»Du brauchst dich doch nicht so zu ärgern«, sagte Laura seufzend. »Warum gehst du nicht mit mir zu ihrem Tisch und läßt dich mit ihnen bekannt machen? Dann könnten sie mit dir selbst über die Vision sprechen. Vielleicht nimmst du es dann ernst. Zumal du derjenige bist, um den es geht. Christine macht sich nämlich viel mehr Sorgen um dich als um mich. Und das merkwürdigste ist, daß die blinde Schwester sagt, du seist übersinnlich, ohne es zu wissen. Du stehst irgendwie in Kontakt mit dem Unbekannten, und ich nicht.«

»Jetzt reicht es«, erwiderte John. »Ich bin übersinnlich, ja? Wunderbar. Meine übersinnliche Intuition sagt mir jetzt, daß es höchste Zeit ist, aufzubrechen. Ob wir in Venedig bleiben oder nicht, können wir entscheiden, wenn wir wieder im Hotel sind.«

Er gab dem Kellner ein Zeichen, die Rechnung zu bringen, und während sie darauf warteten, sprachen sie kein Wort miteinander. Laura fummelte unglücklich und nervös an ihrer Handtasche, während John unauffällig zum Tisch der Zwillingsschwestern hinüberblickte und sah, wie die beiden gerade ihre mit Spaghetti gehäuften Teller auf eine wenig übersinnliche Art in Angriff nahmen. Nachdem er bezahlt hatte, schob John seinen Stuhl zurück.

»So. Gehen wir?« fragte er.

»Erst verabschiede ich mich von ihnen«, sagte Laura mit einem eigensinnigen Zug um den Mund, der ihn erschreckend an ihr armes totes Kind erinnerte.

»Wie du willst«, erwiderte er und verließ vor ihr das Restaurant, ohne sich umzusehen.

Die weiche Feuchtigkeit der Luft, die vorher beim Spazierengehen so angenehm gewesen war, hatte sich in Regen verwandelt. Die herumschlendernden Touristen waren verschwunden. Ein paar Leute mit aufgespannten Regenschirmen eilten vorbei. Das ist es, dachte er, was die Einwohner hier gewöhnlich sehen. So sieht das Leben hier wirklich aus. Leere Straßen am Abend und die dumpfe Reglosigkeit eines stehenden Kanals unter den geschlossenen Fensterläden der Häuser. Alles andere ist nur Fassade, auf Wirkung angelegt, ein Glitzern in der Sonne.

Laura erschien schließlich, und schweigend machten sie sich auf den Weg. Als sie am Markusplatz ankamen, regnete es in Strömen, und sie gingen unter den schützenden Arkaden weiter, zusammen mit ein paar wenigen Nachzüglern. Die Orchester hatten Feierabend gemacht. Die Tische waren leer. Die Stühle standen umgedreht da.

Die Fachleute haben recht, dachte er. Venedig versinkt allmählich. Die ganze Stadt stirbt langsam ab. Eines Tages werden die Touristen mit dem Schiff hierherkommen, um ins Wasser hinunterzublicken. Tief, tief unter sich werden sie Pfeiler und Säulen und Marmor sehen, eine Unterwelt aus Stein, die Schlick und Morast den Blicken nur sekundenlang preisgeben. Ihre Absätze klapperten laut über das Pflaster, und aus den Dachrinnen gurgelte das Wasser. Ein schöner Abschluß eines Abends, der mit so viel Hoffnung und Unbefangenheit begonnen hatte.

Als sie im Hotel angekommen waren, ging Laura sofort zum Fahrstuhl, während John beim Nachtportier am Empfang den Zimmerschlüssel holte. Zusammen mit dem Schlüssel übergab ihm der Mann ein Telegramm. John starrte es einen Augenblick an. Laura stand schon im Fahrstuhl. Dann öffnete er den Umschlag und las. Das Telegramm war vom Leiter der Schule, die Johnnie besuchte.

Johnnie im Krankenhaus unter Beobachtung. Verdacht einer Blinddarmentzündung. Kein Grund zur Beunruhigung, aber Arzt hielt Benachrichtigung für angebracht. Charles Hill

Er las das Telegramm zweimal und ging dann langsam zum Fahrstuhl, wo Laura noch auf ihn wartete. Er gab ihr das Telegramm. »Es ist angekommen, als wir weg waren«, sagte er. »Keine besonders gute Nachricht.« Während sie das Telegramm las, drückte er den Fahrstuhlknopf. Der Aufzug hielt im zweiten Stock, und sie stiegen aus.

»Damit ist die Sache entschieden«, sagte sie. »Hier haben wir den Beweis. Jetzt wissen wir, weshalb wir aus Venedig abreisen müssen. Johnnie ist in Gefahr, nicht wir. Das wollte Christine den Zwillingen sagen.«

Am nächsten Morgen meldete John als erstes ein Ferngespräch mit dem Schulleiter an. Dann teilte er dem Empfangschef telefonisch mit, daß sie abreisen würden, und während sie auf das Ferngespräch warteten, packten sie. Den gestrigen Tag erwähnten sie mit keinem Wort. John wußte, daß die Ankunft des Telegramms und die Vorahnung der Schwestern reiner Zufall waren, doch hatte es keinen Sinn, darüber zu diskutieren. Laura ihrerseits war zwar vom Gegenteil überzeugt, aber sie spürte instinktiv, daß sie ihre Meinung besser für sich behielt. Beim Frühstück sprachen sie über die Mittel und Wege, nach England zurückzufahren. Da die Saison erst begonnen hatte, mußte es möglich sein, einen Platz für sie selbst und den Wagen auf dem Autoreisezug Mailand–Calais zu bekommen. Und auf jeden Fall hatte der Schulleiter ja in seinem Telegramm gesagt, daß es nicht eilig sei.

Das Ferngespräch nach England kam, als John im Bad war. Laura ging ans Telefon. Ein paar Minuten später betrat er das Zimmer. Sie sprach noch, aber an ihrem Blick konnte er sehen, daß sie besorgt war.

»Es ist Mrs. Hill«, sagte sie. »Mr. Hill ist beim Unterricht.

Sie haben vom Krankenhaus Bericht erhalten, daß Johnnie eine unruhige Nacht hatte und der Arzt vielleicht operieren muß. Er will es aber nur tun, wenn es unbedingt nötig ist. Sie haben Johnnie geröntgt und festgestellt, daß der Blinddarm irgendwie schlecht liegt; deshalb wäre es nicht ganz unkompliziert.«

»Komm, laß mich sprechen«, sagte er.

Aus dem Hörer klang ihm die beruhigende, aber leicht zurückhaltende Stimme von Mrs. Hill entgegen. »Es tut mir so leid, daß dies wahrscheinlich Ihre Pläne durchkreuzt«, sagte sie, »aber Charles und ich dachten beide, daß Sie benachrichtigt werden sollten und sich an Ort und Stelle vielleicht ruhiger fühlen würden. Johnnie ist sehr tapfer, aber er hat natürlich ziemlich hohes Fieber. Der Arzt sagt, das sei unter den Umständen nicht ungewöhnlich. Offenbar kann es manchmal vorkommen, daß sich der Blinddarm verschiebt, und das kompliziert einen Eingriff. Der Arzt wird heute abend entscheiden, ob er operiert.«

»Ja, natürlich, wir verstehen vollkommen«, sagte John.

»Bitte richten Sie Ihrer Frau aus, sie solle sich keine zu großen Sorgen machen«, fuhr sie fort. »Das Krankenhaus ist ausgezeichnet, das Personal sehr nett, und wir vertrauen dem Arzt voll und ganz.«

»Ja«, sagte John, »ja«, und unterbrach sich dann, weil Laura ihm Zeichen machte.

»Wenn auf dem Autoreisezug kein Platz mehr frei ist, dann kann ich fliegen«, warf sie ein. »Eine Flugkarte werde ich bestimmt bekommen. Dann ist wenigstens einer von uns heute abend dort.«

Er nickte. »Vielen Dank, Mrs. Hill«, sagte er, »mit der Rückreise wird es schon klappen. Ja, ich bin davon überzeugt, daß Johnnie in guten Händen ist. Wir danken auch Ihrem Mann. Auf Wiedersehen.«

Er legte auf und blickte um sich, auf die ungemachten Betten, die Koffer auf dem Fußboden, das überall verstreute Seidenpapier. Körbe, Autokarten, Bücher, Mäntel – alles, was sie im Auto mitgebracht hatten. »O Gott«, sagte er, »was für ein entsetzliches Durcheinander. Dieser ganze Kram.« Wieder läutete das Telefon. Es war der Portier, der ihnen mitteilte, daß er Schlafwagenplätze und einen Platz für das Auto bekommen habe, aber erst für den nächsten Abend.

»Hören Sie«, sagte Laura, die abgenommen hatte, »können Sie mir eine Karte für das Flugzeug besorgen, das heute mittag von Venedig nach London fliegt? Es ist dringend notwendig, daß einer von uns heute abend zu Hause ist. Mein Mann kann dann morgen mit dem Auto nachkommen.«

»Halt, bleib am Apparat«, unterbrach John. »Kein Grund zur Panik. Vierundzwanzig Stunden können doch nicht soviel ausmachen?«

Sie wandte sich nervös zu ihm um, blaß vor Angst und Sorge.

»Dir vielleicht nicht, aber mir«, erwiderte sie. »Ich hab' *ein* Kind verloren, ein zweites will ich nicht verlieren.«

»Schon gut, Liebling, schon gut...« Er legte ihr die Hand auf den Arm, aber sie schüttelte sie ungeduldig ab und gab dem Portier weitere Anweisungen. Er wandte sich wieder seinem Koffer zu. Es hatte keinen Sinn, Einwände zu machen. Es war am besten, wenn man ihr ihren Willen ließ. Sie könnten natürlich beide fliegen, und dann, wenn alles überstanden und Johnnie über den Berg war, könnte er zurückfliegen, das Auto abholen und durch Frankreich zurückfahren, so wie sie hergekommen waren. Andererseits wäre das eine ziemliche Anstrengung und sehr kostspielig dazu. Es war schon teuer genug, wenn Laura flog und er mit dem Autozug von Mailand fuhr.

»Wenn du willst, könnten wir ja beide fliegen«, begann er vorsichtig und legte ihr die Idee dar, aber sie ließ sich darauf nicht ein. »Das wäre ja nun wirklich absurd«, entgegnete sie ungehalten. »Es kommt doch nur darauf an, daß ich heute abend dort bin. Außerdem werden wir den Wagen brauchen, wenn wir immerzu ins Krankenhaus müssen. Und unser Gepäck. Wir können doch nicht einfach gehen und das alles hier lassen.«

Nein, das sah er ein. Ein dummer Gedanke. Nur – nun ja,

er war genauso unruhig wegen Johnnie wie sie, obgleich er ihr das nicht sagen würde.

»Ich geh' jetzt hinunter und laß mich mal beim Portier blikken«, sagte Laura. »Wenn man direkt daneben steht, geben sich die Leute immer mehr Mühe. Ich habe alles gepackt, was ich heute abend brauche. Ich nehme nur meinen Handkoffer. Alles andere kannst du dann im Wagen mitbringen.« Sie war noch keine fünf Minuten aus dem Zimmer, als das Telefon klingelte. Es war Laura. »Liebling«, sagte sie, »es könnte nicht besser klappen. Der Portier hat mir einen Platz in einer Chartermaschine besorgt, die in einer knappen Stunde abfliegt. In etwa zehn Minuten geht ein Motorboot mit der Reisegesellschaft direkt vom Markusplatz ab. Einer von der Gruppe hat abgesagt. In knapp vier Stunden bin ich in Gatwick.«

»Ich komm' sofort runter«, sagte er.

Er traf sich mit ihr in der Halle. Sie wirkte nicht mehr angespannt und besorgt, sondern ganz zuversichtlich. Ihrer Abreise stand nichts mehr im Weg. Er wünschte immer mehr, sie könnten gemeinsam zurückfahren. Ohne sie würde er es in Venedig nicht länger aushalten. Aber der Gedanke an die Autofahrt nach Mailand, an die triste Nacht allein im Hotel, an den endlosen Tag danach und die vielen Stunden im Zug in der zweiten Nacht erfüllte ihn mit tiefer Bedrücktheit, ganz abgesehen von seiner Sorge um Johnnie. Sie gingen zur Anlegestelle am Markusplatz; die Mole, vom Regen reingespült, glänzte in der Sonne. Ein leichter Wind wehte, an den Buden flatterten die Ansichtskarten, Kopftücher und Souvenirs, und die Touristen flanierten umher, zufrieden und glücklich über den schönen Tag, den sie vor sich hatten.

»Ich rufe dich heute abend aus Mailand an«, sagte er. »Du wirst sicher bei den Hills übernachten können. Und wenn du gerade im Krankenhaus sein solltest, können sie mir ja das Neueste berichten. Dort drüben scheint deine Reisegesellschaft zu sein. Na, viel Spaß!«

Die Passagiere, die vom Steg in das wartende Boot stiegen, trugen Koffer mit Union-Jack-Aufklebern. Die meisten von ihnen waren in mittlerem Alter. Reiseleiter schienen zwei Methodistenprediger zu sein. Einer der beiden kam auf Laura zu und streckte ihr die Hand entgegen. Sein Lächeln enthüllte eine schneeweiße Zahnprothese. »Sie müssen die Dame sein, die mit uns zurückfliegt«, sagte er. »Willkommen an Bord. Wir freuen uns alle sehr, Ihre Bekanntschaft zu machen. Schade, daß wir keinen Platz mehr für den lieben Gatten haben.«

Laura wandte sich schnell ab, um John einen Abschiedskuß zu geben. Ihre Mundwinkel bebten vor unterdrücktem Lachen. »Ob die wohl plötzlich anfangen, Choräle zu singen?« flüsterte sie. »Paß auf dich auf, lieber Gatte. Ruf mich heute abend an.«

Der Steuermann gab ein komisches kleines Tutsignal, und einen Augenblick später war Laura in das Boot gestiegen und stand nun winkend zwischen ihren Mitpassagieren, von deren schlichterer Kleidung ihr leuchtendroter Mantel als lustiger Farbfleck abstach. Das Boot tutete noch einmal und setzte sich in Bewegung. Er stand da und sah ihm nach, und das Gefühl eines unnennbaren Verlustes überkam ihn. Dann wandte er sich um und ging zum Hotel zurück, Trostlosigkeit im Herzen, blind für den strahlenden Tag.

Nichts ist so bedrückend, dachte er später, wie ein geräumtes Hotelzimmer, besonders wenn ihm so deutlich anzusehen ist, daß es vor kurzem noch bewohnt war. Lauras Koffer auf dem Bett, ihr zweiter Mantel, den sie zurückgelassen hatte. Puderspuren auf der Frisierkommode. Im Papierkorb ein Kleenextuch mit Lippenstiftspuren. Auf dem Glasbrett über dem Waschbecken eine ausgedrückte Zahnpastatube. Der Verkehrslärm schallte unbekümmert vom Canal Grande herauf wie immer, aber Laura war nicht mehr da, um ihn zu hören oder um von dem kleinen Balkon aus die Gondeln und Boote zu beobachten. Die Freude an dem Aufenthalt war erloschen. Alles in ihm war erloschen.

John packte zu Ende, stellte die Koffer für den Hausdiener bereit und ging nach unten, um die Rechnung zu bezahlen. Der Empfangschef war mit neu angekommenen Gästen beschäftigt. Auf der Terrasse, mit Blick auf den Canal Grande, saßen Leute und lasen Zeitung, bevor sie der schöne Tag aus dem Hotel lockte.

John entschloß sich, früh zu Mittag zu essen – hier auf der vertrauten Hotelterrasse. Dann wollte er das Gepäck zu einem der Boote bringen lassen, die direkt zwischen dem Markusplatz und der Piazzale Roma verkehrten, wo sein Auto untergestellt war. Nach dem mißglückten Essen am Abend zuvor hatte er ein leeres Gefühl im Magen, und so war ihm der Wagen mit den Horsd'œuvres, den ein Kellner gegen zwölf an seinen Tisch rollte, hochwillkommen.

Doch auch hier im Hotel war alles verändert. Der Oberkellner, ihr spezieller Freund, hatte frei, und an ihrem ehemaligen Tisch saßen neue Gäste, Hochzeitsreisende, wie er sich sagte, während er mit Bitterkeit beobachtete, wie ausgelassen sie waren, wie sie sich anlächelten. Ihm hatte man einen Einzeltisch hinter einer großen Blumenurne angewiesen.

Sie ist jetzt in der Luft, dachte John, und er versuchte sich vorzustellen, wie Laura zwischen den beiden Methodistenpredigern saß und ihnen höchstwahrscheinlich von Johnnies Krankheit und weiß der Himmel was noch erzählte. Nun, die Zwillingsschwestern konnten auf jeden Fall beruhigt sein. Ihre übersinnlichen Wünsche waren in Erfüllung gegangen.

Nach dem Essen hatte er keine Lust mehr, noch länger auf der Terrasse sitzen zu bleiben, und so verzichtete er auf den Kaffee. Er war nur von dem Wunsch beseelt, so bald wie möglich aufzubrechen, den Wagen zu holen und sich auf den Weg nach Mailand zu machen. Er verabschiedete sich beim Empfangschef und ging zum zweitenmal an diesem Tag zu der Anlegestelle am Markusplatz, begleitet vom Hausdiener, der das Gepäck auf einen Wagen geladen hatte. Als er auf dem Motorboot stand, den Berg von Gepäck neben sich, um ihn herum sich drängende Menschen, schmerzte es ihn einen Augenblick lang, Venedig verlassen zu müssen. Wann, wenn überhaupt, würden sie wieder herkommen, fragte er sich. Nächstes Jahr... in drei Jahren... Zum erstenmal waren sie vor fast zehn Jahren in den Flitterwochen hier gewesen, das zweite Mal *en passant* vor einer Kreuzfahrt – und nun dieser letzte, mißglückte Aufenthalt, der nach zehn Tagen so brüsk geendet hatte.

Das Wasser glitzerte in der Sonne, die Häuser strahlten, als das Motorboot den Canal Grande hinauffuhr. Sonnenbebrillte Touristen gingen auf der schnell entschwindenden Mole auf und ab, und schon war die Hotelterrasse nicht mehr zu sehen. Es gab so viele Eindrücke aufzunehmen und zu bewahren: die vertrauten, geliebten Fassaden, Balkone, Fenster; das leise Plätschern des Wassers an den Kellerstufen verfallender Paläste; das kleine rote Haus mit seinem Garten, das D'Annunzio bewohnt hatte – ›unser Haus‹ hatte es Laura genannt, als ob es ihnen gehörte –, und nur zu bald würde das Boot links in den direkten Verbindungskanal zur Piazzale Roma einbiegen und so die schönsten Sehenswürdigkeiten am Canal Grande nicht berühren – den Rialto und die Paläste am oberen Teil des Kanals.

Ein anderes Boot kam ihnen flußabwärts entgegen. Es war voller Menschen, und für einen kurzen Moment verspürte John den törichten Wunsch, die Plätze tauschen zu können, einer von den glücklichen Touristen zu sein, deren Ziel Venedig war und alles, was er dort hinter sich gelassen hatte. Und dann sah er sie. Laura in ihrem roten Mantel, die Zwillinge an ihrer Seite. Die aktivere Schwester hatte die Hand auf Lauras Arm gelegt und sprach mit ernster Miene auf sie ein; Laura gestikulierte, ihr Haar wehte im Wind, und auf ihrem Gesicht lag ein Ausdruck tiefen Kummers. Er starrte hinüber, aufs äußerste verblüfft, zu überrascht, um zu rufen oder zu winken. Aber sie hätten ihn ohnehin nicht hören oder sehen können, denn sein Boot hatte das andere bereits passiert und fuhr in der entgegengesetzten Richtung weiter.

Was, zum Teufel, war denn nun passiert? Das Charterflugzeug mußte aufgehalten worden sein und war gar nicht abgeflogen – aber warum hatte Laura ihn dann nicht im Hotel angerufen? Und was hatten diese verdammten Schwestern damit zu tun? Hatte sie sie am Flugplatz getroffen? Zufällig? Und warum sah Laura so gequält aus? Er konnte es sich nicht erklären. Vielleicht war der Flug abgesagt worden. Laura würde natürlich geradewegs ins Hotel zurückfahren, weil sie erwartete, ihn noch dort vorzufinden, wahrscheinlich in der Absicht, nun doch mit ihm nach Mailand zu fahren und morgen abend den Zug zu nehmen. Was für ein verwünschtes Durcheinander. Er konnte nichts anderes tun als das Hotel anrufen, sowie er an der Piazzale Roma angekommen war, und ihr sagen, sie solle auf ihn warten, er werde kommen und sie holen. Und diese aufdringlichen Schwestern konnten ihm gestohlen bleiben.

Als das Motorboot anlegte, begann das übliche Gedränge. Erst mußte er einen Gepäckträger auftreiben, und dann dauerte es noch eine Weile, bis er eine Telefonzelle gefunden hatte. Die Fummelei mit dem Kleingeld, die Suche nach der Nummer hielten ihn weiter auf. Schließlich gelang es ihm, eine Verbindung mit dem Empfangschef zu bekommen.

»Hören Sie, es ist etwas schiefgegangen«, begann er und erklärte, daß Laura jetzt auf dem Weg ins Hotel sei – er habe sie mit zwei Freunden in einem der Vaporetti gesehen. Würde der Empfangschef ihr das bitte auseinandersetzen und ihr sagen, sie solle auf ihn warten? Er werde mit dem nächsten Boot zurückkommen und sie abholen. »Lassen Sie sie auf keinen Fall weggehen«, schloß er. »Ich werde so schnell wie möglich dort sein.« Der Empfangschef verstand vollkommen, und John legte auf.

Gott sei Dank war Laura nicht vor seinem Anruf im Hotel angekommen, sonst hätten sie ihr gesagt, er sei schon unterwegs nach Mailand. Der Gepäckträger wartete noch mit seinen Koffern, und das einfachste schien zu sein, mit ihm zusammen zur Garage zu gehen und den Mann im Büro zu bitten, das Gepäck in Obhut zu nehmen, bis er in etwa einer Stunde mit seiner Frau zurückkomme und das Auto abhole. Dann ging er zurück zum Anlegeplatz, um auf das nächste Motorboot zum Markusplatz zu warten. Die Minuten schlichen dahin, und er fragte sich immer wieder, was am Flugplatz passiert sein mochte und warum Laura ihn um Himmels willen nicht angerufen hatte. Aber es hatte keinen Sinn,

Spekulationen anzustellen. Im Hotel würde sie ihm alles erklären. Eines aber war gewiß: Er würde sich auf keinen Fall die beiden Schwestern aufhalsen und sich in ihre Angelegenheiten verwickeln lassen. Es war denkbar, daß Laura sagen würde, sie hätten ebenfalls ihren Flug verpaßt und wären froh, wenn er sie nach Mailand mitnähme.

Schließlich legte das Boot tuckernd am Landungssteg an, und er stieg ein. Was für eine Ernüchterung, jetzt an den bekannten Sehenswürdigkeiten vorbeizuschaukeln, denen er eben erst wehmütig Lebewohl gesagt hatte! Diesmal gönnte er seiner Umgebung überhaupt keinen Blick, so fieberte er seinem Ziel entgegen. Auf dem Markusplatz waren mehr Menschen denn je; die Scharen nachmittäglicher Besucher drängten sich Schulter an Schulter, jeder von ihnen auf Vergnügen bedacht.

Er erreichte das Hotel, und als er sich durch die Schwingtür schob, erwartete er, Laura und vielleicht auch die Zwillinge in der Halle links vom Eingang vorzufinden. Aber sie war nicht da. Er ging zum Empfang. Der Empfangschef, mit dem er am Telefon gesprochen hatte, unterhielt sich eben mit dem Geschäftsführer.

»Ist meine Frau gekommen?« fragte John.

»Nein, Sir, noch nicht.«

»Sehr sonderbar. Sind Sie ganz sicher?«

»Absolut sicher, Sir. Ich war ununterbrochen hier, seit Sie mich Viertel vor zwei angerufen haben.«

»Das versteh' ich nicht. Sie war auf einem der Vaporetti, die an der Accademia vorbeifahren. Sie muß fünf Minuten später am Markusplatz gelandet und hergekommen sein.«

Der Empfangschef schien verblüfft. »Ich weiß nicht, was ich sagen soll. Erwähnten Sie nicht, daß die Signora mit Freunden zusammen war?«

»Ja. Das heißt, mit Bekannten. Zwei Damen, die wir gestern in Torcello kennengelernt haben. Ich war sehr überrascht, sie mit ihnen auf dem Vaporetto zu sehen. Ich hab' natürlich angenommen, daß ihr Flug ausgefallen ist und daß sie die beiden Damen zufällig am Flugplatz getroffen und sich entschlossen hat, mit ihnen zusammen zurückzufahren, um mich vor meiner Abreise abzufangen.«

Wo, zum Teufel, steckte Laura? Es war nach drei. Von der Anlegestelle am Markusplatz waren es ein paar Minuten bis zum Hotel.

»Vielleicht ist die Signora mit ins Hotel ihrer Freunde gegangen? Wissen Sie, in welchem Hotel sie wohnen?«

»Nein«, erwiderte John, »ich habe keine Ahnung. Ich weiß nicht einmal, wie die beiden Damen heißen. Es waren Schwestern, Zwillinge – gleichen sich wie ein Ei dem andern. Einerlei – warum sollte sie zu ihrem Hotel gegangen sein und nicht zu unserm?«

Die Schwingtür öffnete sich, aber es war nicht Laura. Zwei andere Hotelgäste.

Dann mischte sich der Geschäftsführer in das Gespräch. »Das beste wird sein, wenn ich jetzt den Flugplatz anrufe und mich nach dem Flug erkundige. Das wird uns ein Stück weiterbringen«, sagte er mit einem entschuldigenden Lächeln. Es war nicht üblich, daß vom Hotel vermittelte Reiseverbindungen nicht klappten.

»Einverstanden«, sagte John. »Es wäre ganz gut, zu wissen, was dort passiert ist.«

Er zündete sich eine Zigarette an und ging in der Halle auf und ab. Was für eine entsetzliche Verwirrung. Und was für ein sonderbares Verhalten von Laura. Sie wußte doch, daß er direkt nach dem Mittagessen nach Mailand aufbrechen würde – ja, sie konnte nicht einmal sicher sein, daß er nicht schon vorher abgereist war. Deshalb hätte sie doch bestimmt sofort vom Flugplatz aus angerufen, wenn der Flug abgesagt worden wäre? Der Geschäftsführer telefonierte eine Ewigkeit. Er wurde mehrmals weiterverbunden, und er sprach zu schnell, als daß John der Unterhaltung hätte folgen können. Schließlich legte er den Hörer auf.

»Es wird immer rätselhafter, Sir«, sagte er. »Die Chartermaschine ist nicht aufgehalten worden, sie ist planmäßig abgeflogen und war voll besetzt. Soviel ich erfahren konnte, gab es keinerlei Schwierigkeiten. Die Signora scheint es sich einfach anders überlegt zu haben.« Sein Lächeln war noch entschuldigender als vorher.

»Sie hat es sich anders überlegt«, wiederholte John. »Aber warum denn um Gottes willen? Es war ihr doch so wichtig, heute abend zu Hause zu sein.«

Der Geschäftsführer zuckte die Achseln. »Sie wissen doch, wie die Damen manchmal sind«, erwiderte er. »Ihre Frau hat vielleicht gedacht, daß es doch besser wäre, mit Ihnen zusammen nach Mailand zu fahren. Ich kann Ihnen aber versichern, daß die Reisegesellschaft durchaus seriös war. Und was die Chartermaschine betrifft, so war es eine Caravelle und völlig sicher.«

»Ja, ja«, sagte John ungeduldig. »Sie trifft überhaupt kein Vorwurf. Ich kann nur nicht verstehen, warum sie sich anders besonnen haben sollte, es sei denn, die Begegnung mit den beiden Damen hätte sie dazu veranlaßt.«

Der Geschäftsführer schwieg. Er wußte nicht mehr, was er sagen sollte. Der Empfangschef war genauso ratlos. »Wäre es möglich«, wagte er schließlich zu sagen, »daß Sie sich geirrt haben und es gar nicht die Signora war, die Sie auf dem Vaporetto gesehen haben?«

»O nein«, antwortete John. »Es war meine Frau, ganz bestimmt. Sie hatte ihren roten Mantel an und trug keinen Hut, genauso wie sie hier abgefahren ist. Ich habe sie so deutlich gesehen, wie ich Sie jetzt sehe. Ich könnte es vor Gericht beschwören.«

»Es ist sehr schade«, meinte der Geschäftsführer, »daß wir den Namen und das Hotel der beiden Damen nicht kennen. Sie haben sie gestern in Torcello getroffen?«

»Ja... aber nur kurz. Gewohnt haben sie dort bestimmt nicht. Jedenfalls bin ich ziemlich sicher, daß das nicht der Fall ist. Wir haben sie nämlich später beim Abendessen in Venedig gesehen.«

»Entschuldigen Sie mich bitte...« Neue Gäste waren mit ihrem Gepäck eingetroffen, und der Empfangschef mußte sich um sie kümmern. John wandte sich verzweifelt an den Geschäftsführer. »Glauben Sie, daß es Sinn hat, beim Hotel in Torcello anzufragen, ob die Leute dort wissen, wie die Damen heißen und wo sie in Venedig wohnen?«

»Wir können's versuchen«, erwiderte der Geschäftsführer. »Sehr wahrscheinlich ist es nicht, aber wir können's versuchen.«

John lief wieder nervös auf und ab und ließ dabei die Schwingtür keinen Augenblick aus den Augen. Er hoffte, betete darum, der rote Mantel möge aufleuchten und Laura eintreten. Wieder folgte eines der endlosen Telefongespräche, diesmal mit dem Hotel in Torcello.

»Sagen Sie ihnen, daß es zwei Schwestern waren«, warf John ein. »Zwei ältere Damen in Grau, beide genau gleich aussehend. Eine von ihnen war blind«, fügte er hinzu. Der Geschäftsführer nickte. Offensichtlich gab er eine genaue Beschreibung durch. Und doch schüttelte er den Kopf, als er auflegte. »Der Geschäftsführer in Torcello sagt, daß er sich genau an die beiden Damen erinnert. Aber sie haben in dem Hotel nur zu Mittag gegessen. Ihren Namen hat er nicht erfahren.«

»Nun, jetzt können wir nur noch warten.«

John zündete seine dritte Zigarette an und ging hinaus auf die Terrasse, um dort sein unruhiges Hin und Her wieder aufzunehmen. Er starrte auf den Kanal hinaus und suchte die Passagiere auf den Vaporetti, Motorbooten, ja selbst in den vorbeitreibenden Gondeln nach dem vertrauten Gesicht ab. Auf seiner Uhr tickten die Minuten davon, und von Laura keine Spur. Eine böse Ahnung beschlich ihn, daß Laura niemals beabsichtigt hatte, das Flugzeug zu nehmen, daß sie sich am Abend zuvor in dem Restaurant mit den Schwestern verabredet hatte. O Gott, dachte er, das ist unmöglich, ich schnappe über... Und doch – warum, warum? Nein, viel eher war die Begegnung am Flugplatz Zufall gewesen, und sie hatten Laura aus irgendwelchen unglaublichen Gründen dazu überredet, das Flugzeug nicht zu besteigen, sie vielleicht sogar daran gehindert, indem sie eine ihrer übersinnlichen Visionen vorbrachten – daß das Flugzeug abstürzen werde, daß sie unbedingt mit ihnen nach Venedig zurückfahren müsse. Und Laura, in ihrem überreizten Zustand, hatte ihnen kritiklos geglaubt.

Aber selbst wenn man all diese Möglichkeiten in Betracht zog, warum war sie nicht zum Hotel zurückgekommen? Wo war sie? Vier Uhr, halb fünf, keine Sonnentupfer mehr auf dem Wasser. Er ging zurück in die Empfangshalle.

»Ich kann nicht mehr hier herumstehen«, sagte er zum Empfangschef. »Selbst wenn sie jetzt auftaucht, können wir heute niemals mehr bis Mailand kommen. Vielleicht treffe ich sie mit den Damen auf dem Markusplatz oder sonst irgendwo. Wenn sie kommt, während ich weg bin, würden Sie ihr dann bitte alles erklären?«

Der Empfangschef war voller Mitgefühl. »Selbstverständlich, ja«, sagte er. »Sehr beunruhigend für Sie, Sir. Wäre es vielleicht ratsam, wenn wir Ihnen für heute abend ein Zimmer hier reservieren?«

John machte eine hilflose Handbewegung. »Vielleicht ja, ich weiß nicht. Kann sein...«

Er ging durch die Schwingtür hinaus und weiter in Richtung Markusplatz. Er sah in jedes Geschäft unter den Arkaden, überquerte den Platz wohl ein dutzendmal, schlängelte sich zwischen den Tischen vor Florian und vor Quadri hindurch. Er wußte, daß ihm Lauras roter Mantel und die auffallende Erscheinung der Zwillingsschwestern sofort ins Auge springen würden, selbst in der durcheinanderwimmelnden Menschenmenge – aber er konnte keine Spur von ihnen entdecken. Er schloß sich der Masse der Kauflustigen in den Mercerie an und schob sich, Schulter an Schulter mit bummelnden, drängenden, Schaufenster ansehenden Menschen, langsam vorwärts, aber sein Gefühl sagte ihm, daß es sinnlos war, daß er sie hier nicht finden werde. Denn warum sollte Laura absichtlich nicht geflogen und nach Venedig zurückgekehrt sein, um dort umherzubummeln? Und selbst wenn dies aus Gründen, die er sich nicht vorstellen konnte, der Fall war, dann wäre sie doch bestimmt zuerst ins Hotel gegangen, um ihn dort zu suchen.

Er konnte jetzt nur noch versuchen, die Schwestern aufzuspüren. In Venedig gab es Hunderte von Hotels und Pensionen, die über die ganze Stadt verstreut lagen, und ihr Hotel konnte überall sein – vielleicht sogar unten an den Zattere oder noch südlicher auf der Giudecca. Diese beiden Möglichkeiten allerdings schienen wenig wahrscheinlich. Eher war damit zu rechnen, daß sie in irgendeiner kleinen Pension in der Nähe von San Zaccaria wohnten, von wo es nicht weit zu dem Restaurant war, in dem sie am Vorabend gegessen hatten. Die Blinde würde nachts bestimmt nicht weit gehen wollen. Wie dumm von ihm, daß ihm dieser Gedanke nicht eher gekommen war. Er machte kehrt und eilte fort von dem hell erleuchteten Einkaufszentrum, dem engen, winkligen Viertel zu, in dem sie am Abend vorher gegessen hatten. Er fand das Restaurant mühelos, aber es war noch nicht für das Abendessen geöffnet, und der Kellner, der die Tische deckte, war nicht der vom Vorabend. John fragte nach dem Padrone. Der Kellner verschwand in den hinteren Regionen und kehrte nach kurzer Zeit mit dem Wirt zurück, der etwas zerzaust aussah und in Hemdsärmeln war; offensichtlich war er in seiner Ruhepause gestört worden.

»Ich habe gestern abend hier gegessen«, erklärte John. »An dem Tisch dort in der Ecke saßen zwei Damen.« Er deutete auf den Tisch.

»Sie möchten diesen Tisch für heute abend reserviert haben?« fragte der Padrone.

»Nein«, entgegnete John, »nein, zwei Damen saßen gestern abend dort, zwei Schwestern, *due sorelle*, Zwillinge, *gemelle*« — war das die richtige Vokabel für Zwillinge? »Erinnern Sie sich? Zwei Damen, *sorelle, vecchie*...«

»Ah«, sagte der Mann, *»si, si signore, la povra signorina.«* Er legte die Hände vor seine Augen, um Blindheit anzudeuten. »Ja, ich erinnere mich.«

»Wissen Sie, wie sie heißen?« fragte John. »Wo sie wohnen? Ich suche sie sehr dringend.«

Der Padrone hob die Hände in einer Geste des Bedauerns. »Es tut mir leid, Signore, ich kenne ihren Namen nicht, sie sind vielleicht ein- oder zweimal hier gewesen, zum Abendessen, sie haben nicht gesagt, wo sie wohnen. Wenn Sie heute abend wieder herkommen, dann sind sie vielleicht hier? Soll ich Ihnen einen Tisch reservieren?«

Er deutete mit einer Armbewegung an, daß noch eine ganze Reihe einladender Tische zur Auswahl standen, aber John schüttelte den Kopf.

»Nein, danke. Es kann sein, daß ich anderswo esse. Es tut mir leid, daß ich Sie bemüht habe. Wenn die Damen kommen sollten ...« Er zögerte. »Vielleicht sehe ich später noch einmal herein«, fuhr er fort. »Ich bin noch nicht ganz sicher.«

Der Padrone verbeugte sich und begleitete ihn zum Eingang. »In Venedig trifft sich die ganze Welt«, sagte er lächelnd. »Es ist gut möglich, daß der Herr seine lieben Bekannten noch heute finden wird. *Arrivederci, signore.*«

Liebe Bekannte? John ging hinaus auf die Straße. Eher Entführerinnen... Seine Sorge hatte sich in Angst, ja in Panik verwandelt. Irgend etwas Entsetzliches mußte passiert sein. Diese Frauen hatten Laura abgefangen, hatten ihre Beeinflußbarkeit ausgenutzt und sie dazu gebracht, mit ihnen zu gehen – entweder in ihr Hotel oder anderswohin. Sollte er zum Konsulat gehen? Wo war es? Was würde er sagen, wenn er es gefunden hatte? Er schlug ziellos eine Richtung ein und fand sich, wie es ihnen am Abend vorher gegangen war, in Straßen wieder, die er nicht kannte. Plötzlich stand er vor einem großen Gebäude, über dessen Eingang des Wort ›Questura‹ stand. Das kommt mir wie gerufen, dachte er. Ich weiß zwar nicht recht, was ich sagen soll, aber das ist gleichgültig, irgend etwas ist passiert, und ich gehe jetzt da hinein. Mehrere uniformierte Polizisten liefen hin und her, hier herrschte also auf jeden Fall Aktivität. John wandte sich an einen Polizisten, der hinter einem Schalterfenster saß, und fragte, ob es hier jemand gebe, der Englisch spreche. Der Mann deutete auf eine Treppe; John ging hinauf und betrat einen Raum zu seiner Rechten, in dem bereits ein Mann und eine Frau warteten. Mit Erleichterung sah er, daß es Landsleute waren, Touristen, offensichtlich ein Ehepaar, das sich irgendwie in Schwierigkeiten befand.

»Kommen Sie, setzen Sie sich«, sagte der Mann. »Wir warten seit einer halben Stunde, aber viel länger kann's nicht mehr dauern. Was für ein Land! Zu Hause würden wir nicht so lange herumsitzen müssen.«

John nahm die angebotene Zigarette und setzte sich auf einen Stuhl neben sie.

»Was führt Sie her?« fragte er.

»Meiner Frau ist die Handtasche gestohlen worden, in einem Laden an der Merceria«, antwortete der Mann. »Sie hatte sie einen Augenblick abgestellt, um sich etwas anzusehen, und man sollte es nicht glauben, im nächsten Moment war sie weg. Ich bin ja der Ansicht, es sei ein Taschendieb gewesen, aber sie besteht darauf, daß es die Verkäuferin war. Aber wie soll man das wissen? Diese Italiener sind doch alle gleich. Zurück kriegen wir sie ohnehin nicht. Und was ist Ihnen abhanden gekommen?«

»Mein Koffer«, log John schnell. »Es waren wichtige Papiere drin.«

Wie konnte er sagen, daß ihm seine Frau abhanden gekommen war? Er konnte nicht einmal andeutungsweise...

Der Mann nickte voller Mitgefühl. »Wie gesagt, diese Italiener sind alle gleich. Mussolini wußte, wie er mit ihnen umgehen mußte. Es gibt zu viele Kommunisten heutzutage. Das Dumme ist nur, daß sie sich mit unsern Sorgen nicht stark befassen werden, solange dieser Mörder noch frei herumläuft. Alles ist auf der Suche nach ihm.«

»Mörder? Was für ein Mörder?« fragte John.

»Sie haben nichts davon gehört?« Der Mann starrte ihn überrascht an. »In Venedig redet man von nichts anderem. Es steht in allen Zeitungen, sogar in den englischen, und im Rundfunk wurde auch davon gesprochen. Eine grausige Geschichte. Letzte Woche haben sie eine Frau mit durchschnittener Kehle gefunden – obendrein eine Touristin – und heute morgen einen alten Mann mit einer ähnlichen Wunde. Es wird angenommen, daß der Täter ein Verrückter ist, weil es überhaupt kein Motiv zu geben scheint.«

»Meine Frau und ich lesen im Urlaub keine Zeitung«, erwiderte John. »Und wir hören uns auch kaum den Klatsch im Hotel an.«

»Das ist sehr klug«, meinte der Mann lachend. »Es hätte Ihnen den Urlaub verderben können, besonders, wenn Ihre Frau ängstlich ist. Na ja, wir reisen sowieso morgen ab. Ich kann nicht behaupten, daß es uns sehr schwerfällt, wie, Schatz?« Er wandte sich zu seiner Frau. »Mit Venedig ist es bergab gegangen, seit wir zum letztenmal hier waren. Und daß die Handtasche jetzt weg ist, hat uns gerade noch gefehlt.«

Die Tür zum inneren Zimmer öffnete sich, und ein höherer Polizeibeamter bat das Ehepaar zu sich herein.

»Wir werden bestimmt nichts erreichen«, murmelte der Tourist. Er zwinkerte John zu und ging mit seiner Frau in das Zimmer. Die Tür schloß sich hinter ihnen. John drückte seine Zigarette aus und zündete sich die nächste an. Er hatte das seltsame Gefühl, daß er alles, was in den letzten paar Stunden geschehen war, gar nicht wirklich erlebt hatte. Er fragte sich, was er hier eigentlich zu suchen hatte. Laura war nicht mehr in Venedig, sondern war mit diesen beiden diabolischen Schwestern verschwunden, vielleicht für immer. Man würde sie nie wieder finden. Und die fantastische Geschichte, die Laura und er sich in Torcello ausgedacht hatten, als sie die Zwillinge zum erstenmal sahen, entsprach plötzlich mit der Folgerichtigkeit eines Alptraums den Tatsachen: die Frauen waren wirklich getarnte Verbrecher, Männer mit kriminellen Absichten, die ihre ahnungslosen Opfer in eine Falle lockten, um ihnen ein schreckliches Verderben zu bereiten. Sie waren vielleicht sogar die Mörder, nach denen die Polizei suchte. Wer würde je zwei ältere, seriös wirkende Damen verdächtigen, die in einer kleinen Pension ihr zurückgezogenes Leben führten? Er drückte seine halbgerauchte Zigarette aus.

Das, dachte er, ist nun wirklich der Anfang des Wahnsinns. So werden Leute verrückt. Er sah auf die Uhr. Halb sieben. Es war im Grunde völlig sinnlos, die Polizei einzuschalten. Gib die Idee lieber auf, und halt dich an dem letzten Zipfelchen Vernunft fest, das dir noch geblieben ist. Geh zurück ins Hotel, melde ein Gespräch mit der Schule in England an, und frage nach den neuesten Nachrichten über Johnnie. Seit er Laura in dem Vaporetto gesehen hatte, hatte er nicht mehr an den armen Johnnie gedacht.

Aber zu spät. Die Tür öffnete sich wieder, das Ehepaar kam heraus.

»Das übliche Geschwätz«, sagte der Mann leise zu John. »Sie werden ihr möglichstes tun. Es besteht keine große Hoffnung. So viele Ausländer in Venedig, alles Diebe! Die Einheimischen natürlich alle ohne Fehl und Tadel. Es lohnt sich nicht für sie, Kunden zu bestehlen. Na, hoffentlich haben Sie mehr Glück.«

Er nickte, seine Frau lächelte, und beide verschwanden. John folgte dem Polizeibeamten in das zweite Zimmer.

Formalitäten zunächst. Name, Adresse, Paß. Länge des Aufenthalts in Venedig und so weiter. Dann die Fragen. John begann seine lange, komplizierte Geschichte, und auf seiner Stirn bildeten sich allmählich Schweißtropfen. Ihre erste Begegnung mit den Schwestern, das Wiedersehen in dem Restaurant, Lauras labiler Zustand, eine Folge von Christines Tod, die telegrafische Nachricht über Johnnies plötzliche Erkrankung, der Entschluß, die Chartermaschine zu nehmen, ihre Abfahrt und ihre plötzliche rätselhafte Rückkehr. Als er seinen Bericht beendet hatte, fühlte er sich so erschöpft, als hätte er nach einem schweren Grippeanfall einen Tag lang ununterbrochen am Steuer gesessen. Der Polizeibeamte sprach ausgezeichnet Englisch mit einem starken italienischen Akzent.

»Sie haben gesagt«, begann er, »daß Ihre Frau unter den Nachwirkungen eines schweren Schocks leidet. Hat sich das während Ihres Aufenthalts hier in Venedig bemerkbar gemacht?«

»Ja«, antwortete John, »sie war richig krank. Der Urlaub schien ihr nicht sehr gutzutun. Erst als wir gestern diesen beiden Frauen begegneten, änderte sich ihre Stimmung. Plötzlich schien eine Last von ihr genommen. Ich nehme an, daß sie in ihrem Zustand bereit war, jeden Strohhalm zu ergreifen, und der Glaube, daß unsere Kleine über sie wacht, hat ihr dann ihr seelisches Gleichgewicht wiedergegeben. Sie wirkte jedenfalls ganz normal.«

»Das ist unter diesen Umständen begreiflich«, sagte der Polizeibeamte. »Aber das Telegramm gestern abend war natürlich für Sie beide ein neuer Schock?«

»O ja. Aus diesem Grund entschlossen wir uns ja, nach England zurückzufahren.«

»Ohne Diskussion? Ohne Meinungsverschiedenheiten?«

»Ja. Wir waren völlig einer Meinung. Ich habe nur bedauert, daß ich nicht mit meiner Frau zusammen die Chartermaschine nehmen konnte.«

Der Polizeibeamte nickte. »Es wäre doch vorstellbar, daß Ihre Frau eine plötzliche Gedächtnisstörung hatte und sich hilfesuchend an die beiden Damen klammerte, weil sie eine Art Verbindung mit dem Vergessenen für sie waren. Sie haben die beiden sehr genau beschrieben, und ich glaube, es wird nicht zu schwierig sein, sie zu finden. Ich würde vorschlagen, daß Sie jetzt in Ihr Hotel zurückgehen, und sowie wir etwas erfahren haben, hören Sie von uns.«

Wenigstens glaubten sie ihm, dachte John. Sie hielten ihn nicht für einen Verrückten, der sich die ganze Geschichte ausgedacht hatte und ihnen nur die Zeit stahl.

»Sie verstehen doch«, sagte er, »daß ich in großer Sorge bin. Diese Frauen könnten irgendwelche kriminellen Absichten haben...«

Der Polizeibeamte lächelte zum erstenmal. »Bitte, beunruhigen Sie sich nicht«, entgegnete er. »Es gibt bestimmt eine befriedigende Erklärung.«

Schön und gut, dachte John, aber in drei Teufels Namen, welche?

»Es tut mir leid«, sagte er, »daß ich Sie so lange aufgehalten habe. Zumal mir bekannt ist, daß die Polizei alle Hände voll zu tun hat, einen Mörder zu suchen, der immer noch auf freiem Fuß ist.«

Er hatte die Bemerkung absichtlich gemacht. Es konnte

nichts schaden, die Leute darauf hinzuweisen, daß zwischen Lauras Verschwinden und dieser andern scheußlichen Sache irgendeine Verbindung bestehen könnte.

»Ah, daran haben Sie gedacht«, sagte der Polizeibeamte und erhob sich. »Wir hoffen, den Mörder in Kürze hinter Schloß und Riegel zu haben.«

Dieser zuversichtliche Ton war beruhigend. Mörder, verschwundene Ehefrauen, gestohlene Handtaschen – alles war unter Kontrolle. Sie schüttelten sich die Hand, John wurde zur Tür begleitet und ging wieder die Treppe hinunter. Vielleicht hatte der Mann ja recht, dachte er auf dem Rückweg zum Hotel. Laura hatte plötzlich das Gedächtnis verloren, und die Schwestern waren zufällig am Flughafen gewesen und hatten sie mit zurück nach Venedig genommen. Sie hatten Laura in ihr eigenes Hotel gebracht, weil sie nicht mehr wußte, wo John und sie wohnten. Vielleicht versuchten sie sogar jetzt, in diesem Augenblick, sein Hotel zu finden. Auf jeden Fall konnte er nichts mehr tun. Die Sache lag jetzt in Händen der Polizei, die, so Gott wollte, die Lösung finden würde. Er wünschte sich jetzt nur noch, mit einem Whisky aufs Bett zu sinken und dann Johnnies Schule anzurufen.

Der Page fuhr mit ihm im Fahrstuhl hinauf in den vierten Stock und führte ihn in ein bescheidenes Zimmer an der Rückfront des Hotels. Kahl, unpersönlich, geschlossene Fensterläden und vom Hof heraufströmende Küchengerüche.

»Lassen Sie mir bitte einen doppelten Whisky bringen«, sagte er zu dem Pagen, »und ein Ingwerbier.« Dann hielt er sein Gesicht unter den Kaltwasserhahn am Waschbecken und stellte erleichtert fest, daß das Stück Gästeseife trotz seiner Winzigkeit für ein gewisses Maß an Erfrischung ausreichte. Er zog die Schuhe aus, hängte seine Jacke über eine Stuhllehne und warf sich auf das Bett. Irgendwo plärrte ein Radio einen alten Schlager, der vor zwei Jahren Lauras Lieblingsschlager gewesen war. ›Baby, ich lieb' dich...‹ Sie hatten ihn auf Tonband aufgenommen und ihn oft im Auto gespielt. Er griff nach dem Telefonhörer und meldete in der Zentrale das Ferngespräch nach England an. Dann schloß er die Augen, und die durchdringende Stimme sang beharrlich weiter: »Baby, ich lieb' dich... Vergessen kann ich dich nicht.«

Ein Weilchen später klopfte es an der Tür. Es war der Kellner mit den Getränken. Zuwenig Eis, ein magerer Trost, und doch, wie verzweifelt brauchte er ihn. Er stürzte den Whisky ohne das Ingwerbier hinunter. Einen Augenblick später schon hatte der Alkohol den bohrenden inneren Schmerz gelindert, betäubt, und ein Gefühl von zumindest vorübergehender Ruhe überkam ihn. Das Telefon klingelte. »Jetzt!« dachte er und war auf das äußerste Unheil gefaßt, auf den letzten, endgültigen Schock: die Nachricht, daß Johnnie im Sterben liege oder schon tot sei. Dann bliebe ihm nichts mehr. Sollte Venedig untergehen...

Die Zentrale teilte ihm mit, daß seine Verbindung hergestellt sei, und einen Augenblick später hörte er Mrs. Hills Stimme in der Leitung. Man hatte ihr offensichtlich gesagt, daß der Anruf aus Venedig kam, denn sie wußte sofort, wer am Apparat war.

»Hallo?« sagte sie. »Ich freue mich, daß Sie anrufen. Es geht gut. Johnnie ist mittags operiert worden, der Arzt wollte nicht länger warten, und die Operation ist ein voller Erfolg. Johnnie ist außer Gefahr. Sie brauchen sich also keine Sorgen mehr zu machen und können ruhig schlafen.«

»Gott sei Dank«, antwortete er.

»Ich weiß, wie Ihnen zumute ist«, sagte sie. »Wir sind ja auch alle so erleichtert. So, und jetzt werde ich den Hörer Ihrer Frau geben.«

John fuhr hoch, wie vom Donner gerührt. Was, zum Teufel, sollte das heißen? Dann hörte er Lauras Stimme, gelassen und klar.

»Liebling? Liebling, bist du da?«

Er konnte nicht antworten. Er fühlte, wie seine Hand am Hörer feucht wurde vom kalten Schweiß. »Ich bin da«, flüsterte er.

»Die Verbindung ist nicht besonders gut«, sagte sie, »aber macht nichts. Wie dir Mrs. Hill ja schon gesagt hat, ist alles in

Ordnung. Der Arzt ist sehr nett und die Stationsschwester reizend, und ich bin so glücklich, daß alles so gutgegangen ist. Nach der Landung in Gatwick bin ich sofort hierhergefahren. Der Flug war übrigens gut, aber die Leute waren so komisch – du wirst dich kranklachen, wenn ich dir davon erzähle. Dann bin ich gleich ins Krankenhaus gegangen, und Johnnie wachte gerade aus der Narkose auf. Natürlich war er noch sehr benommen, aber er hat sich riesig gefreut, als er mich sah. Und Hills sind wirklich ganz wunderbar, sie haben mir ihr Gastzimmer gegeben, und bis zum Krankenhaus in der Stadt ist es mit dem Taxi gar nicht weit. Ich werde gleich nach dem Abendessen ins Bett gehen, ich bin ein bißchen mitgenommen von dem Flug und den Sorgen. Wie war denn die Fahrt nach Mailand? Und in welchem Hotel bist du?«

John antwortete mit einer Stimme, die er selbst kaum erkannte. Es war die automatische Antwort eines Computers.

»Ich bin nicht in Mailand«, sagte er, »ich bin noch in Venedig.«

»Noch in Venedig? Aber warum denn? Ist der Motor nicht angesprungen?«

»Ich kann es jetzt nicht erklären«, erwiderte er. »Eine ganz dumme Geschichte...«

Er fühlte sich plötzlich so erschöpft, daß er fast den Hörer fallen ließ, und zu seiner Schande spürte er, daß ihm auch noch die Tränen kamen.

»Was für eine Geschichte?« Ihre Stimme war mißtrauisch, fast feindselig. »Du hast doch keinen Unfall gehabt?«

»Nein... nein... nichts dergleichen.«

Einen Augenblick Stille. Und dann sagte sie: »Du klingst so verschwommen. Erzähl mir bloß nicht, daß du in Venedig versumpft bist.«

Gott im Himmel... Wenn sie wüßte! Wahrscheinlich würde er jeden Augenblick ohnmächtig werden.

»Ich hab' mir eingebildet«, sagte er langsam, »ich hab' mir eingebildet, ich hätte dich gesehen, auf einer von diesen Barkassen, zusammen mit den beiden Schwestern.«

Was für einen Sinn hatte es, weiterzusprechen? Es war hoffnungslos, die Sache erklären zu wollen.

»Wie kannst du mich zusammen mit den Schwestern gesehen haben?« fragte sie. »Du wußtest doch, daß ich zum Flughafen gefahren war. Wirklich, mein Lieber, du bist ein Narr. Du scheinst von den beiden armen alten Damen ja förmlich besessen zu sein. Hoffentlich hast du eben nichts zu Mrs. Hill gesagt.«

»Nein.«

»Ja, und was machst du jetzt? Du nimmst doch morgen den Zug von Mailand, nicht wahr?«

»Ja, natürlich«, antwortete er.

»Ich versteh' zwar immer noch nicht, warum du in Venedig geblieben bist«, fuhr sie fort. »Es klingt mir alles ein bißchen merkwürdig. Aber wie dem auch sei ... Johnnie geht es Gott sei Dank gut, und ich bin hier.«

»Ja«, sagte er, »ja.«

Er konnte durchs Telefon in der Ferne den Gong zum Abendessen hören.

»Du mußt jetzt gehen«, sagte er. »Bitte, empfiehl mich den Hills, und grüß Johnnie von mir.«

»Also, paß auf dich auf, Liebling, und versäume um Gottes willen morgen den Zug nicht, und fahr vorsichtig.«

Das Telefon knackte, und sie war nicht mehr da. Er goß den letzten Rest Whisky in sein leeres Glas, mischte ihn mit dem Ingwerbier und schüttete alles in einem Schluck hinunter. Er stand auf, ging zum Fenster, öffnete die Läden und lehnte sich hinaus. Er fühlte sich benommen. Seine Erleichterung, so groß, so überwältigend sie auch war, wurde gedämpft von dem seltsamen Gefühl des Unwirklichen, das ihn von neuem beschlich. Es war fast, als wäre die Stimme, die aus England zu ihm gesprochen hatte, doch nicht Lauras gewesen, sondern eine Imitation, und als wäre sie in Wirklichkeit immer noch in Venedig, versteckt in einer zwielichtigen Pension, zusammen mit den beiden Schwestern.

Die Sache war doch, daß er die drei auf der Barkasse wirklich *gesehen* hatte. Es war nicht irgendeine andere Frau in einem roten Mantel gewesen. Und die beiden andern Frauen waren wirklich da gewesen, zusammen mit Laura. Was also war die Erklärung dafür? Daß er dabei war, verrückt zu werden? Oder hatte er es hier mit etwas noch Unheimlicherem zu tun? Die Schwestern, die telepathische Kräfte von ungeheurer Stärke besaßen, hatten ihn gesehen, als sich die beiden Boote begegneten, und hatten ihm auf rätselhafte Weise vorgegaukelt, daß Laura bei ihnen war. Aber warum und zu welchem Zweck? Nein, das ergab keinen Sinn. Die einzige Erklärung war, daß er sich getäuscht hatte, daß das Ganze eine Halluzination gewesen war. In welchem Fall er einen Psychoanalytiker genauso nötig hatte wie Johnnie seinen Chirurgen.

Und was sollte er jetzt tun? Hinuntergehen und der Geschäftsführung sagen, daß er sich geirrt und gerade mit seiner Frau telefoniert habe, die sicher und heil mit der Chartermaschine in England gelandet sei? Er zog seine Schuhe an und strich sich mit den Händen das Haar glatt. Er sah auf die Uhr. Es war zehn Minuten vor acht. Wenn er erst in die Bar ging und sich schnell einen zweiten Drink genehmigte, würde es leichter sein, mit dem Geschäftsführer zu sprechen und ihm den Irrtum einzugestehen. Dieser würde dann vielleicht auch die Polizei anrufen. Und nach allen Seiten hin überschwengliche Entschuldigungen, daß man allen solche Mühe gemacht hatte...

Er fuhr mit dem Fahrstuhl nach unten und ging geradewegs in die Bar. Er fühlte sich befangen, wie ein Gezeichneter; er hatte die Vorstellung, daß alle ihn ansahen und dachten: Da ist der Mann, dessen Frau verschwunden ist. Glücklicherweise war es sehr voll in der Bar, lauter unbekannte Gesichter. Selbst den Kellner, offenbar eine Aushilfe, hatte John noch nie gesehen. Er trank seinen Whisky und warf über die Schulter einen Blick in die Empfangshalle. Am Schalter war im Augenblick niemand. In der Tür zu dem dahinter liegenden Raum stand der Geschäftsführer mit dem Rücken zur Halle und sprach mit jemand. John gab einem feigen Impuls nach, durchquerte schnell die Halle und verließ das Hotel durch die Schwingtür.

Jetzt werde ich erst etwas essen, beschloß er, und dann geh' ich zurück und spreche mit dem Geschäftsführer. Wenn ich etwas im Magen habe, bin ich einer Auseinandersetzung besser gewachsen.

Er ging zu dem nahe gelegenen Restaurant, in dem er und Laura ein- oder zweimal zu Abend gegessen hatten. Jetzt konnte er sich ja Zeit lassen, nichts war mehr wichtig, denn sie war in Sicherheit. Der Alptraum war überstanden. Er konnte sein Abendessen genießen, obgleich sie nicht dabei war, und konnte an sie denken, wie sie mit den Hills einen langweiligen, stillen Abend verbrachte, früh ins Bett ging und am nächsten Morgen ins Krankenhaus fuhr, um bei Johnnie zu sein. Auch Johnnie war in Sicherheit. Keine Sorgen mehr, nur noch die peinlichen Erklärungen und Entschuldigungen.

Er setzte sich mit einem angenehmen Gefühl von Anonymität in dem kleinen Restaurant an einen Ecktisch und bestellte Vitello alla Marsala und eine halbe Flasche Merlot. Er ließ sich sein Essen schmecken, aber ihm war dabei, als säße er hinter einem Schleier; das Gefühl des Unwirklichen war noch nicht gewichen, und die Unterhaltung am Nachbartisch wirkte einlullend wie gedämpfte Musik.

Als die Leute sich erhoben und gingen, sah er auf der Wanduhr, daß es fast halb zehn war. Es war sinnlos, die Sache noch länger aufzuschieben. Er trank seinen Kaffee, zündete sich eine Zigarette an und bezahlte. Schließlich, dachte er, als er zum Hotel zurückging, würde der Geschäftsführer sehr erleichtert sein, wenn er erfuhr, daß alles in Ordnung war.

Als er die Halle durch die Schwingtür betrat, sah er als erstes einen Mann in Polizeiuniform, der am Empfangsschalter stand und sich mit dem Geschäftsführer unterhielt. Auch der Empfangschef war da. Als John auf sie zuging, wandten sie sich um, und das Gesicht des Geschäftsführers erhellte sich vor Erleichterung.

»*Eccolo!*« rief er aus. »Ich wußte doch, daß der Signore nicht weit ist. Es geht vorwärts, Signore. Man hat die beiden Damen gefunden, und sie haben sich freundlicherweise bereit erklärt, mit zur Questura zu kommen. Wenn Sie sich gleich dorthin begeben wollen, dann wird Sie dieser *agente di polizia* begleiten.«

John bekam einen roten Kopf. »Ich habe allen furchtbare Mühe gemacht«, sagte er. »Ich wollte Ihnen Bescheid geben, bevor ich zum Abendessen ging, aber Sie waren nicht am Schalter. Ich konnte mich nämlich inzwischen mit meiner Frau in Verbindung setzen. Sie ist doch ganz richtig nach London geflogen, und ich habe mit ihr telefoniert. Es war alles ein großer Irrtum.«

Der Geschäftsführer sah verwirrt aus. »Die Signora ist in London?« wiederholte er. Dann wechselte er ein paar schnelle italienische Worte mit dem Polizisten. »Anscheinend behaupten die Damen, daß sie nur am Vormittag ein paar Einkäufe gemacht haben und sonst den Tag über gar nicht draußen gewesen sind«, sagte er, wieder John zugewandt. »Wen hat der Signore dann in dem Vaporetto gesehen?«

John schüttelte den Kopf. »Ein sehr ungewöhnlicher Irrtum von meiner Seite, den ich immer noch nicht ganz verstehe«, entgegnet er. »Offensichtlich habe ich weder meine Frau noch die beiden Damen gesehen. Es tut mir unendlich leid.«

Wieder ein Wortwechsel in schnellstem Italienisch. John merkte, daß der Empfangschef ihn mit einem seltsamen Augenausdruck musterte. Der Geschäftsführer entschuldigte sich offensichtlich in Johns Namen bei dem Polizisten, der ärgerlich aussah und seinem Verdruß mit zunehmender Lautstärke Ausdruck gab, sehr zum Leidwesen des Geschäftsführers. Die ganze Sache hatte zweifellos sehr vielen Leuten große Ungelegenheiten gebracht, nicht zum wenigstens den beiden unseligen Schwestern.

»Hören Sie«, sagte John, den Redefluß unterbrechend, »erklären Sie doch bitte dem Polizisten, daß ich mit ihm zur Polizeiwache gehen und mich persönlich bei dem Beamten und den Damen entschuldigen will.«

Der Geschäftsführer sah erleichtert aus. »Wenn der Signore sich die Mühe machen würde«, sagte er. »Natürlich hat es die Damen sehr erschreckt, in ihrem Hotel von einem Polizisten vernommen zu werden, und sie haben sich nur deshalb erboten, ihn zur Questura zu begleiten, weil sie um die Signora besorgt sind.«

John fühlte sich immer unbehaglicher. Laura durfte niemals davon erfahren. Sie würde entsetzt sein. Er fragte sich, ob man sich wohl strafbar machte, wenn man der Polizei irreführende Informationen über Dritte gab. Im Rückblick begann sein Irrtum geradezu kriminelle Ausmaße anzunehmen.

Er überquerte den Markusplatz, auf dem es jetzt von Abendspaziergängern wimmelte. An den Tischen vor den Cafés drängten sich die Menschen, und die drei Orchester, gleichzeitig in voller Lautstärke spielend, lagen in einem harmonischen Wettstreit. Johns Begleiter, der zu seiner Linken ging, hielt diskret zwei Schritte Abstand und sagte kein Wort.

Sie erreichten das Polizeigebäude und stiegen die Treppen zum selben Raum hinauf, in dem John am Nachmittag gewesen war. Beim Eintreten sah er sofort, daß hinter dem Schreibtisch ein anderer Beamter saß als zuvor, ein fahlhäutiger Mann mit einem säuerlichen Gesichtsausdruck. Auf zwei Stühlen neben dem Schreibtisch saßen die beiden Schwestern. Sie waren offensichtlich erregt, besonders die aktivere von den beiden. Hinter ihnen stand ein Polizist in Uniform. Johns Begleiter wandte sich sofort in schnellem Italienisch an den Beamten, während John selbst nach kurzem Zögern auf die Schwestern zuging.

»Es ist alles ein schrecklicher Irrtum«, sagte er. »Ich weiß nicht, wie ich mich bei Ihnen entschuldigen kann. Es ist alles meine Schuld, ganz allein meine Schuld, und die Polizei trifft kein Vorwurf.«

Die aktive Schwester wollte sich mit nervös zuckendem Mund erheben, aber er hielt sie zurück.

»Wir verstehen das alles nicht«, sagte sie mit starkem

schottischen Akzent. »Wir haben uns gestern beim Abendessen von Ihrer Frau verabschiedet, und seitdem haben wir sie nicht mehr gesehen. Die Polizei ist vor mehr als einer Stunde in unserer Pension gewesen und hat uns gesagt, daß Ihre Frau verschwunden sei und Sie Anzeige gegen uns erstattet hätten. Meine Schwester ist nicht sehr robust. Es hat sie sehr mitgenommen.«

»Ein Irrtum. Ein entsetzlicher Irrtum«, wiederholte er.

Er wandte sich dem Schreibtisch zu. Der Polizeibeamte hatte das Wort an ihn gerichtet; er sprach ein sehr viel schlechteres Englisch als der Mann, mit dem John zuvor gesprochen hatte. Vor ihm lag Johns Aussage, auf die er mit einem Bleistift klopfte. »So?« fragte er. »Dieses Dokument alles Lügen? Sie nicht die Wahrheit gesagt?«

»Zu dem Zeitpunkt habe ich es für die Wahrheit gehalten«, entgegnete John. »Ich hätte vor einem Gericht einen Eid darauf ablegen können, daß ich meine Frau zusammen mit den beiden Damen heute nachmittag auf einem Vaporetto auf dem Canal Grande gesehen habe. Jetzt weiß ich, daß ich mich getäuscht habe.«

»Wir sind heute nicht einmal in der Nähe des Canal Grande gewesen«, protestierte die Schwester, »auch nicht zu Fuß. Heute vormittag haben wir ein paar Einkäufe in der Mercerie gemacht, und den Nachmittag über sind wir zu Hause geblieben. Meine Schwester fühlte sich nicht ganz wohl. Ich habe das dem Polizeibeamten wohl ein dutzendmal gesagt, und die Leute in der Pension würden es auch bestätigen. Aber er hört nicht zu.«

»Und die Signora?« schnauzte der Polizeibeamte. »Was ist mit der Signora?«

»Die Signora, meine Frau, ist in England und in Sicherheit«, erklärte John geduldig. »Ich habe mit ihr kurz nach sieben telefoniert. Sie ist doch mit der Chartermaschine abgeflogen und ist jetzt bei Bekannten.«

»Wen Sie dann gesehen auf Vaporetto in roter Mantel?« fragte der Polizeibeamte wütend. »Und wenn nicht diese Signorine, dann welche Signorine?«

»Meine Augen haben mich getrogen«, antwortete John und merkte, daß auch seine Ausdrucksweise langsam etwas angestrengt wurde. »Ich denke, ich sehe meine Frau und diese Damen, aber nein, stimmt nicht. Die ganze Zeit meine Frau in Flugzeug, die Damen in Pension.«

Es klang wie Bühnenchinesisch. Gleich würde er sich verbeugen und seine Hände in die Ärmel stecken.

Der Polizeibeamte rollte die Augen und schlug mit der Faust auf den Tisch. »Also alle Arbeit umsonst«, sagte er. »Hotels und Pensionen durchsucht nach den Signorine und einer vermißten *signora inglese*, wenn wir vieles, vieles andere zu tun haben. Sie machen einen Irrtum. Vielleicht Sie haben zum Mittagessen zuviel *vino* getrunken, und Sie sehen hundert Signore in rotem Mantel auf hundert Vaporetti.« Er stand, die Papiere auf dem Tisch durcheinanderwerfend, auf. »Und Sie, Signorine«, sagte er, »Sie wünschen zu geben Anzeige gegen diese Person?« Er sprach zu der aktiven Schwester.

»O nein«, entgegnete sie, »auf keinen Fall. Mir ist klar, daß es ein Irrtum war. Wir haben nur den Wunsch, sofort in unsere Pension zurückzukehren.«

Der Polizeibeamte zeigte auf John. »Sie haben Glück«, knurrte er. »Diese Signorine könnten Sie anzeigen – sehr ernste Sache.«

»Selbstverständlich«, begann John, »ich will alles tun, was in meinen Kräften steht, um...«

»Bitte, auf gar keinen Fall«, rief die Schwester entsetzt. »Das kommt gar nicht in Frage.« Jetzt war sie es, die sich bei dem Polizeibeamten entschuldigte. »Ich hoffe, daß wir Ihre wertvolle Zeit nicht länger zu beanspruchen brauchen«, sagte sie.

Der Beamte deutete mit einer Handbewegung an, daß sie entlassen waren, und gab dem Polizisten eine Anweisung auf italienisch. »Dieser Mann geht mit Ihnen zu Pension«, sagte er. *»Buona sera, signorine«*, und ohne John weiter zu beachten, setzte er sich wieder an seinen Schreibtisch.

»Ich komme mit Ihnen«, sagte John. »Ich möchte Ihnen genau erklären, was passiert ist.«

Sie gingen gemeinsam die Treppe hinab und verließen das Gebäude. Die Blinde stützte sich auf den Arm ihrer Zwillingsschwester. Kaum waren sie draußen, wandte sie ihre blicklosen Augen auf John.

»Sie haben uns gesehen«, sagte sie, »und auch Ihre Frau. Aber nicht heute. Sie haben uns in der Zukunft gesehen.«

Sie sprach in weicherem Ton als ihre Schwester, langsamer; sie schien leicht sprachbehindert zu sein.

»Ich versteh' nicht«, erwiderte John verwirrt.

Er sah die aktive Schwester an, und sie schüttelte mit gerunzelter Stirn den Kopf und legte den Finger auf die Lippen.

»Komm«, sagte sie zu ihrer Schwester. »Du bist doch so müde, und ich möchte dich schnell nach Hause bringen.« Dann leise zu John: »Sie ist telepathisch. Ich glaube, Ihre Frau hat es Ihnen erzählt. Aber ich möchte nicht, daß sie hier auf der Straße in Trance fällt.«

Gott bewahre, dachte John, und die kleine Prozession bewegte sich langsam die Straße entlang, das Polizeigebäude hinter sich lassend. Wegen der blinden Schwester kamen sie nur langsam voran, und sie mußten zwei Brücken über zwei verschiedene Kanäle überqueren. Nach der ersten Abzweigung hatte John keine Ahnung mehr, wo sie waren, aber das war ja völlig gleichgültig. Sie hatten Polizeibegleitung, und die Schwestern kannten auf jeden Fall den Weg.

»Ich muß Ihnen jetzt erklären, was geschehen ist«, sagte John leise. »Meine Frau würde mir sonst nie verzeihen.« Und während sie weitergingen, erzählte er noch einmal die ganze unerklärliche Geschichte, beginnend mit dem Telegramm am Vorabend und dem Gespräch mit Mrs. Hill, dem Entschluß, am nächsten Tag nach England zurückzukehren, Laura per Flugzeug und John selbst mit Auto und Zug. Die Schilderung war nicht mehr so dramatisch wie seine Aussage vor dem Polizeibeamten. In dieser hatte, vielleicht aus seiner Überzeugung heraus, daß etwas nicht ganz geheuer sei, die Begegnung der beiden Boote mitten auf dem Canal Grande so unheimlich geklungen, daß man unwillkürlich denken mußte, die beiden Schwestern seien Entführerinnen, die eine völlig verwirrte Laura gefangenhielten. Jetzt fühlte er sich von keiner der beiden Frauen mehr bedroht, und so sprach er natürlicher und doch mit großer Aufrichtigkeit, denn zum erstenmal hatte er das Gefühl, daß sie ihm beide wohlgesinnt waren und ihn verstehen würden.

»Sehen Sie, ich hatte wirklich geglaubt, ich hätte Sie mit Laura zusammen gesehen«, erklärte er in einem letzten Bemühen, wiedergutzumachen, daß er überhaupt zur Polizei gegangen war. »Und ich dachte...« Er zögerte, weil es nicht sein eigener Gedanke, sondern der des Polizeibeamten gewesen war. »Ich dachte, Laura habe vielleicht plötzlich das Gedächtnis verloren, sei Ihnen am Flughafen begegnet und Sie hätten sie nach Venedig zurückgebracht und mit in Ihr Hotel genommen.«

Sie hatten einen großen Campo überquert und gingen auf ein Haus zu, über dessen Eingang ein Schild mit der Aufschrift ›Pensione‹ hing.

»Hier wohnen Sie?« fragte John.

»Ja«, antwortete die Schwester. »Ich weiß, es sieht nach nichts aus, aber es ist sauber und gemütlich und ist uns von Freunden empfohlen worden.« Sie wandte sich zu dem Polizisten. *»Grazie«*, sagte sie zu ihm, *»grazie tanto«*.

Der Mann nickte kurz, wünschte ihnen eine *buona notte* und ging über den Platz fort.

»Wollen Sie hereinkommen?« fragte die Schwester. »Wir können bestimmt einen Kaffee für Sie auftreiben, oder vielleicht wollen Sie lieber Tee haben?«

»Nein, danke, wirklich nicht. Ich muß wieder zurück ins Hotel. Ich will morgen sehr früh abfahren. Ich möchte nur ganz sicher sein, daß Sie wirklich verstanden haben, was passiert ist, und daß Sie mir verzeihen.«

»Es gibt nichts zu verzeihen«, entgegnete sie. »Es ist nur eine von den vielen Manifestationen des Zweiten Gesichts, die meiner Schwester und mir immer wieder begegnen, und ich würde sie gern für unsere Dokumentation aufzeichnen, wenn ich darf.«

»Natürlich dürfen Sie das«, sagte er, »aber ich selbst kann damit nicht viel anfangen. Ich habe es noch nie zuvor erlebt.«

»Vielleicht nicht bewußt«, erwiderte sie. »Uns begegnet so vieles, dessen wir uns gar nicht bewußt sind. Meine Schwester hat gespürt, daß Sie eine telepathische Ausstrahlung haben. Sie hat es Ihrer Frau erzählt. Außerdem hat sie ihr gestern abend im Restaurant gesagt, daß Ihnen Unheil bevorsteht, Gefahr, daß Sie Venedig verlassen sollten. Glauben Sie nun, daß das Telegramm ein Beweis dafür ist? Ihr Sohn war krank, vielleicht schwebte er sogar in Lebensgefahr, und deshalb mußten Sie unbedingt nach England zurück. Dem Himmel sei Dank, daß Ihre Frau nach Hause geflogen und jetzt bei ihm ist.«

»Ja, natürlich«, sagte John, »aber warum habe ich sie dann mit Ihnen und Ihrer Schwester auf dem Vaporetto gesehen, wenn sie doch in Wirklichkeit auf dem Weg nach England war?«

»Gedankenübertragung vielleicht«, antwortete sie. »Ihre Frau hat vielleicht gerade an uns gedacht. Wir haben ihr unsere Adresse gegeben, falls Sie mit uns in Verbindung bleiben wollen. Wir werden noch zehn Tage hier sein. Und sie weiß, daß wir alle Botschaften, die meine Schwester vielleicht von Ihrer Kleinen aus dem Jenseits erhält, an sie weitergeben werden.«

»Ja«, meinte John verlegen, »ja, ich verstehe. Das ist sehr liebenswürdig von Ihnen.« Er sah plötzlich in einer nicht sehr freundlichen und durchaus nicht übersinnlichen Vision die beiden Schwestern vor sich, wie sie sich in ihrem Schlafzimmer Kopfhörer überstülpten, um eine verschlüsselte Botschaft von der armen kleinen Christine aufzufangen. »Hier, das ist unsere Londoner Adresse«, sagte er. »Ich weiß, daß Laura sich freuen würde, von Ihnen zu hören.«

Er kritzelte auf einen Zettel, den er aus seinem Notizbuch gerissen hatte, ihre Adresse und Telefonnummer und überreichte ihn der Schwester. Er konnte sich das Ergebnis schon vorstellen. Eines Abends würde Laura mit der großen Überraschung aufwarten, daß die beiden ›lieben alten Damen‹ auf ihrem Weg nach Schottland durch London kämen, und das mindeste, was man tun könnte, sei doch, sie einzuladen, vielleicht sogar zum Übernachten. Dann eine Séance im Wohnzimmer, bei der plötzlich aus dem Nichts Tamburine zu rasseln begännen.

»Ich muß gehen«, sagte er. »Gute Nacht, und ich bitte Sie nochmals um Entschuldigung für alles, was heute abend vorgefallen ist.« Er schüttelte der ersten Schwester die Hand und wandte sich dann der Blinden zu. »Ich hoffe sehr«, sagte er, »daß Sie das alles nicht zu sehr ermüdet hat.«

Die blicklosen Augen waren beunruhigend. Sie hielt seine Hand fest und wollte sie nicht loslassen. »Das Kind«, sagte sie in einem merkwürdigen Stakkato, »das Kind ... ich sehe das Kind ...« Und dann erschien zu seinem Entsetzen eine Schaumblase in ihrem Mundwinkel, ihr Kopf flog ruckartig nach hinten, und sie sank halb in den Armen ihrer Schwester zusammen.

»Wir müssen sie ins Haus bringen«, sagte die Schwester hastig. »Es ist nicht schlimm, sie ist nicht krank, es ist der Beginn einer Trance.«

Zusammen schleppten sie die Blinde, die ganz starr geworden war, ins Haus und setzten sie auf den nächsten Stuhl. Ihre Schwester stützte sie. Aus einem der hinteren Räume kam, gehüllt in eine Wolke von Spaghettigeruch, eine Frau gerannt. »Keine Angst«, sagte die Schwester, »die Signorina und ich werden damit fertig. Ich glaube, Sie gehen jetzt besser. Manchmal muß sie sich nach diesen Anfällen übergeben.«

»Es tut mir ganz entsetzlich leid ...« begann John, aber die Schwester hatte ihm bereits den Rücken gekehrt und beugte sich zusammen mit der Signorina über die Blinde, die merkwürdig würgende Laute von sich gab. Er störte offensichtlich nur. »Kann ich etwas tun?« fragte er noch, und als er auf diese letzte Höflichkeitsgeste keine Antwort bekam, machte er auf dem Absatz kehrt und ging auf den Platz hinaus. Als er ihn überquerte, sah er sich noch einmal nach dem Haus um. Die Tür war geschlossen worden.

Was für ein Abschluß für diesen Abend! Und alles war

seine Schuld. Die armen alten Damen – erst waren sie auf die Polizeiwache geschleppt und verhört worden, und dann kam zu allem noch ein Trance-Anfall hinzu. Eher wohl Epilepsie. Für die aktive Schwester kein schönes Leben, aber sie schien sich damit abzufinden. Immerhin riskant, wenn die Blinde einmal auf der Straße oder in einem Restaurant zusammenbrach. Und ihm und Laura nicht besonders willkommen, falls die Schwestern einmal bei ihnen auftauchen sollten, was, so hoffte er inständig, niemals geschehen würde.

Doch, wo zum Teufel, war er jetzt? Der Campo mit der unvermeidlichen Kirche am einen Ende war völlig menschenleer. Er konnte sich nicht erinnern, wie sie vom Polizeirevier hierhergekommen waren, es waren zu viele Abzweigungen gewesen. Aber die Kirche selbst sah irgendwie vertraut aus. Er ging näher an sie heran, um den Namen zu entdecken, den man manchmal auf Bekanntmachungen am Kirchentor finden konnte. San Giovanni in Bragora – das klang bekannt. An einem Vormittag waren er und Laura einmal hineingegangen, um sich ein Gemälde von Cima da Conegliano anzusehen. War es von hier nicht nur ein Katzensprung bis zur Riva degli Schiavoni und dem offenen Wasser der Lagune mit den hellen Lichtern und den herumschlendernden Touristen? Er erinnerte sich, daß sie von der Riva degli Schiavoni in eine kleine Seitenstraße abgebogen und bei der Kirche herausgekommen waren. War es nicht die kleine Straße dort vor ihm? Er eilte sie entlang, aber auf halbem Wege zögerte er. Es schien nicht die richtige zu sein, und doch kam sie ihm aus irgendeinem Grunde bekannt vor.

Dann merkte er, daß es nicht die Straße war, die sie an jenem Vormittag entlanggegangen waren, sondern die vom letzten Abend, nur daß er diesmal aus der andern Richtung kam. Ja, so war es, und in diesem Fall wäre es am einfachsten, weiterzugehen, bis die Straße aufhörte, und danach die kleine Brücke an dem schmalen Kanal zu überqueren. Dann würde das Arsenal zu seiner Linken liegen und die

Straße zur Riva degli Schiavoni zu seiner Rechten. So kam er schneller zum Ziel, als wenn er zurückging und sich in dem Labyrinth von Seitenstraßen verirrte.

Er hatte fast das Ende der kleinen Straße erreicht, und die Brücke war bereits in Sicht, als er das Kind sah. Es war dasselbe kleine Mädchen mit der spitzen Kapuze, das am Abend vorher über die vertäuten Boote gesprungen und in einem der Kellereingänge verschwunden war. Diesmal kam sie aus der Richtung der Kirche jenseits des Kanals und rannte auf die Brücke zu. Sie rannte wie um ihr Leben, und einen Augenblick später sah er, warum. Sie wurde von einem Mann verfolgt, der sich, als sie rennend einen Blick zurückwarf, flach gegen eine Hauswand preßte. Das Kind kam immer näher an die Brücke heran, rannte jetzt darüber. Aus Angst, es noch mehr zu erschrecken, wich John in einen offenen Torweg zurück, der in einen kleinen Hof führte.

Er erinnerte sich an den betrunkenen Schrei vom Abend zuvor; er war aus einem der Häuser gedrungen, bei denen sich der Mann jetzt versteckte. Aha, dachte er, der Kerl ist also wieder hinter ihr her, und mit blitzschneller Intuition verband er die beiden Ereignisse: die Todesangst des Kindes, deren Zeuge er nun zum zweitenmal war, und die Morde, von denen die Zeitungen berichteten und die man für die Tat eines Verrückten hielt. Es konnte Zufall sein, konnte sich um ein Kind handeln, das vor einem betrunkenen Familienangehörigen davonlief, und trotzdem, und trotzdem ... Sein Herz begann zu klopfen, sein Instinkt warnte ihn: renn auch, jetzt, sofort, die Straße zurück, die du gekommen bist. Aber das Kind? Was würde dem Kind geschehen?

Die rennenden Schritte kamen näher. Das kleine Mädchen stürzte durch den Torweg in den Hof, in dem John stand, rannte an ihm vorbei, ohne ihn zu sehen. Sie lief auf die Rückseite des Hauses zu, das den Hof auf einer Seite einschloß, und die Stufen hinunter, die wahrscheinlich zu einem Hintereingang führten. Sie schluchzte beim Rennen, aber es war nicht das gewöhnliche Weinen eines verängstigten Kindes, sondern das panische Keuchen eines hilflosen, verzweifelten Wesens. Waren ihre Eltern in diesem Haus, die sie schützen würden, die er warnen konnte? Er zögerte einen Augenblick und folgte ihr dann die Stufen hinunter durch eine Tür, die sich geöffnet hatte, als sie sich dagegenwarf.

»Ist ja gut«, rief er, »ich lasse nicht zu, daß er dir etwas antut.« Er verfluchte sein schlechtes Italienisch; andererseits würde eine englische Stimme das Kind vielleicht beruhigen. Doch es nützte nichts – das Mädchen rannte schluchzend eine steile Wendeltreppe hinauf, die zum oberen Stockwerk führte. Aber für einen Rückzug war es schon zu spät. Er konnte den Verfolger bereits im Hof hören, jemand schrie etwas auf italienisch, ein Hund bellte. Jetzt ist es passiert, dachte er, jetzt sitzen wir zusammen in der Falle, das Kind und ich. Wenn wir oben nicht irgendeine Tür verriegeln können, dann erwischt er uns beide.

Er rannte die Treppe hinauf dem Kind nach, das oben in ein Zimmer gestürzt war, folgte ihm hinein und schlug die Tür zu. Und, o himmlischer Vater, die Tür hatte einen Riegel, den er mit aller Kraft zustieß. Das Kind kauerte am offenen Fenster. Wenn er jetzt um Hilfe rief, hörte ihn bestimmt jemand, würde bestimmt jemand kommen, bevor sich der Verfolger gegen die Tür warf und sie nachgab. Denn in diesem Raum war niemand als sie beide, waren keine Eltern, gab es nichts als eine Matratze auf einem alten Bett und in einer Ecke einen Haufen Lumpen.

»Ist ja gut«, keuchte er, »ist ja gut.« Er streckte die Hand aus und versuchte zu lächeln.

Das Kind richtete sich mühsam auf und stand vor ihm, seine Kapuze war ihm vom Kopf gerutscht und zu Boden gefallen. Er starrte es an. Seine Ungläubigkeit verwandelte sich in Entsetzen, dann in Furcht. Es war überhaupt kein Kind, sondern ein kleiner, untersetzter weiblicher Zwerg, etwa einen Meter groß, mit einem massigen, eckigen Kopf, zu schwer für den kleinen Körper, und sie schluchzte nicht mehr, sie grinste ihn an und ließ den Kopf auf und nieder nikken.

Dann hörte er Schritte auf der Treppe, Hämmern an der

Tür, einen bellenden Hund und nicht nur eine, sondern viele Stimmen, die brüllten: »Aufmachen! Polizei!« Das Zwergenwesen faßte in seinen Ärmel, zog ein Messer heraus. Der Wurf war mit furchtbarer Kraft geführt, und das Messer drang in seine Kehle. Er strauchelte und fiel, die schützend erhobenen Hände von warmem, klebrigem Blut bedeckt. Und er sah, wie das Boot mit Laura und den beiden Schwestern den Canal Grande herabfuhr, nicht heute, nicht morgen, aber übermorgen, und er wußte, warum sie zusammen waren und aus welchem traurigen Anlaß sie kamen. Das scheußliche Wesen saß lallend in seiner Ecke. Das Hämmern und die Stimmen und das Bellen wurden immer leiser, und o Gott, dachte er, was für eine verdammt idiotische Art zu sterben...

Nicht nach Mitternacht

Ich bin Lehrer von Beruf. Oder war es jedenfalls. Ich kündigte vor dem Abschluß des Sommertrimesters, um der unvermeidlichen Entlassung zuvorzukommen. Die Begründung, die ich dem Schulleiter nannte, war ganz richtig: schlechte Gesundheit, durch einen heimtückischen Bazillus verursacht, den ich bei einem Urlaub in Kreta aufgelesen hatte und der vielleicht einen mehrwöchigen Krankenhausaufenthalt notwendig machte. Über die Art des Bazillus schwieg ich mich aus. Er wußte ohnehin Bescheid, genausogut wie meine Kollegen. Und die Jungen. Mein Leiden ist universaler Natur und war es zu allen Zeiten – stets Anlaß für Spott und Gelächter, bis einer von uns die Grenze überschreitet und eine Bedrohung für die Gesellschaft wird. Dann werden wir abgeschoben. Die an uns vorübergehen, wenden den Blick zur Seite, und wir müssen allein versuchen, aus dem Loch herauszukommen – oder dort bleiben und sterben.

Wenn ich verbittert bin, so deshalb, weil ich zu jenem Bazillus ganz von ungefähr gelangte. Andere, die von dem gleichen Leiden befallen werden, können Veranlagung, erbliche Vorbelastung, familiäre Schwierigkeiten oder exzessives Wohlleben dafür verantwortlich machen, sich hernach auf der Couch eines Psychoanalytikers ausstrecken, ihr verrottetes Innenleben bei ihm abladen und auf diese Weise Heilung finden. Ich kann nichts dergleichen tun. Der Arzt, dem ich die Geschehnisse auseinanderzusetzen versuchte, hörte mich mit überheblichem Lächeln an, murmelte dann etwas von psychisch-destruktiver Identifikation, gekoppelt mit verdrängten Schuldgefühlen, und verschrieb mir Pillen. Vielleicht wäre mir damit geholfen gewesen, wenn ich sie genommen hätte. Doch sie landeten in einem Abflußrohr, und der Bazillus, der in mir kursierte, vergiftete mich immer mehr; daß die Jungen, die ich für meine Freunde gehalten hatte, meinen Zustand erkannten und, wenn ich ins Klassenzimmer trat, einander anstießen oder ihre widerlichen kleinen Köpfe mit unterdrücktem Lachen über die Pulte beugten, machte natürlich alles nur noch schlimmer, bis ich mir plötzlich darüber klar wurde, daß ich nicht mehr unterrichten konnte, und an die Tür des Schulleiters klopfte.

Nun, das ist vorbei, fertig, erledigt. Bevor ich ins Krankenhaus gehe oder aber – das ist die zweite Möglichkeit – die Erinnerung an das Vorgefallene auslösche, möchte ich erst einmal festhalten, was überhaupt geschehen ist. Dann bleiben, ganz gleich, was aus mir wird, zumindest diese Aufzeichnungen, und der Leser kann selbst entscheiden, ob ich, wie der Arzt andeutete, ganz einfach das Opfer abergläubischer Furcht wurde, weil ich in gewissem Maße aus dem inneren Gleichgewicht geraten war, oder ob mein Zusammenbruch, wie ich persönlich glaube, auf einen heimtückischen, bösen Zauber zurückzuführen ist, dessen Ursprünge in nebelhafter Vergangenheit liegen: Der ihn zum erstenmal anwendete, hielt sich für unsterblich und verbreitete in gottloser Euphorie die Saat der Selbstzerstörung unter all denen, die nach ihm kamen.

Doch zurück zur Gegenwart. Es war im April, in den Osterferien. Ich war schon zweimal in Griechenland gewesen, jedoch noch nie in Kreta. Daß ich alte Sprachen lehrte, hatte nichts mit meiner Reise zu tun. Mir ging es nicht darum, Knossos und Phaistos zu besichtigen; es war ein Hobby, das mich nach Kreta zog. Ich habe ein bescheidenes Talent für Malerei, und damit bin ich an freien Tagen und in den Ferien restlos ausgefüllt. Ein paar kunstverständige Freunde hatten meine Arbeiten gelobt und den Ehrgeiz in mir geweckt, genügend Bilder zusammenzubringen, um eine kleine Ausstellung veranstalten zu können. Das allein wäre schon ein schöner Erfolg, selbst wenn ich nichts verkaufte.

Hier noch kurz ein paar persönliche Daten. Ich bin Junggeselle. Neunundvierzig Jahre alt. Eltern verstorben. Schul-

und Universitätsausbildung in Sherborne, Brasenose, Oxford. Beruf, wie schon bekannt, Lehrer. Ich spiele Kricket, Golf, Badminton und – ziemlich schlecht – Bridge. Sonstige Interessen, wie bereits erwähnt, die Kunst und ab und zu eine Reise, soweit ich es mir erlauben kann. Laster bis jetzt kein einziges. Ich will damit durchaus nicht selbstgefällig erscheinen, es ist ganz einfach eine Tatsache, daß mein Dasein in jeder Hinsicht ereignislos verlaufen ist. Was mich allerdings auch nie gestört hat. Ich bin vermutlich ein langweiliger Mann. In meinem Gefühlsleben hat es keinerlei Komplikationen gegeben. Als ich fünfundzwanzig war, verlobte ich mich mit einem hübschen Mädchen aus der Nachbarschaft, das dann einen anderen heiratete. Zuerst tat das weh, aber in knapp einem Jahr war die Wunde verheilt. Ich hatte von jeher einen Fehler – falls es überhaupt ein Fehler ist –, und vielleicht liegt da die Erklärung für mein monotones Leben. Es ist meine Abneigung gegen allzu enge Kontakte mit anderen Menschen. Selbst bei Freunden wahre ich Distanz. Sobald man jemanden zu nahe an sich herankommen läßt, gibt es Probleme, die oft Unheil nach sich ziehen.

Ein mittelgroßer Koffer und mein Malzeug waren mein einziges Gepäck, als ich in den Osterferien nach Kreta flog. Von einem Reisebüro war mir auf meine Erklärung hin, daß ich nicht an archäologischen Stätten interessiert sei, sondern malen wollte, ein Hotel an der Ostküste empfohlen worden, das den Golf von Mirabello überblickte. Man zeigte mir einen Prospekt, der meinen Vorstellungen zu entsprechen schien. Ein hübsch gelegenes Hotel nicht weit vom Meer und Bungalows am Strand, in denen man schlief und frühstückte. Es war nicht für den billigen Tourismus gedacht, wie ich befriedigt feststellte; ich halte mich zwar nicht für einen Snob, kann aber Papiertüten und Orangenschalen nicht ertragen. Ein paar Bilder, die ich im Winter gemalt und einer Kusine verkauft hatte, finanzierten mir die Reise, und ich gestattete mir noch eine zusätzliche Annehmlichkeit, die allerdings auch beinahe unentbehrlich war – bei der Ankunft in Herakleion mietete ich einen Volkswagen.

Der Flug mit Zwischenlandung und Übernachten in Athen verlief angenehm und ereignislos; etwas ermüdend waren nur die etwa siebzig Kilometer, die ich mit dem Auto zurücklegen mußte, denn da ich ein vorsichtiger Fahrer bin, hielt ich ein sehr mäßiges Tempo ein, und es war eine entschieden gefährliche Straße, die sich da durch die Hügel wand. Laut hupend überholten mich andere Wagen oder schwenkten mir unversehens aus einer Kurve entgegen. Zudem war es sehr heiß, und ich hatte Hunger. Doch der Anblick des blauen Golfs von Mirabello und der großartigen Berglandschaft im Osten hob meine Stimmung gleich wieder, und als ich das in der Tat herrlich gelegene Hotel erreichte und auf der Terrasse das Mittagessen serviert bekam, obwohl es schon über zwei Uhr war – was für ein Unterschied zu England! –, fühlte ich mich erfrischt genug, um mein Quartier zu besichtigen. Eine Enttäuschung folgte. Der junge Portier führte mich auf einem von leuchtenden Geranien umsäumten Gartenweg zu einem kleinen, zwischen anderen Häuschen eingezwängten Bungalow, der nicht das Meer, sondern eine Minigolf-Anlage überblickte. Von der Nachbarveranda, wo eine ganze Reihe Badeanzüge in der Sonne trockneten, begrüßte mich das Lächeln einer unverkennbar englischen Mutter und ihrer Sprößlinge. Zwei Männer mittleren Alters spielten Minigolf. Ich hätte genausogut in Maidenhead sein können.

»Das ist nichts für mich«, sagte ich zu meinem Begleiter. »Ich bin zum Malen hergekommen. Ich brauche die Aussicht aufs Meer.«

Er zuckte die Achseln und murmelte etwas davon, daß die Bungalows am Strand alle belegt seien. Es war natürlich nicht seine Schuld. Wir gingen also wieder zum Hotel zurück, und ich wandte mich an den Empfangschef.

»Hier muß ein Irrtum vorliegen«, sagte ich. »Ich wollte einen Bungalow mit Blick zum Meer, vor allem aber Ruhe.«

Der Empfangschef lächelte, entschuldigte sich, begann in irgendwelchen Papieren herumzuwühlen, und dann folgten die unvermeidlichen Rechtfertigungen. Mein Reisebüro habe nicht ausdrücklich einen Bungalow mit Meerblick bestellt. Diese Bungalows seien sehr gefragt und allesamt schon vergeben. Vielleicht werde in ein paar Tagen der eine oder andere abbestellt, das komme immer wieder vor, und bis dahin würde ich mich sicher in dem meinen recht wohl fühlen. Er sei genauso möbliert, das Frühstück würde mir gebracht, und so weiter.

Ich war unnachgiebig. Ich würde mich auf keinen Fall mit der englischen Familie und der Minigolf-Anlage abspeisen lassen. Dafür war ich nicht für teures Geld so weit geflogen. Ich fand die ganze Sache äußerst unangenehm und war ziemlich verärgert.

»Ich bin Kunstprofessor«, erzählte ich dem Empfangschef. »Ich habe den Auftrag, einige Bilder zu malen, während ich hier bin, und dazu brauche ich unbedingt die Aussicht aufs Meer und Nachbarn, die mich nicht stören.«

(Mein Paß weist mich als Professor aus. Das klingt besser als Lehrer und trägt mir in Hotels normalerweise Respekt ein.)

Der Empfangschef schien aufrichtig bekümmert und entschuldigte sich noch einmal. Dann wandte er sich wieder den vor ihm liegenden Papieren zu. Erbittert schritt ich durch die geräumige Halle und blickte durch die Terrassentür zum Meer hinab.

»Ich kann nicht glauben«, sagte ich, »daß jeder Bungalow vergeben ist. Dazu ist es noch viel zu früh. Im Sommer vielleicht, aber nicht jetzt.« Ich wies zur Westseite der Bucht hinüber. »Diese Gruppe da am Wasser«, fuhr ich fort, »wollen Sie etwa behaupten, daß jeder davon vermietet ist?«

Er schüttelte den Kopf und lächelte. »Die öffnen wir normalerweise nicht vor der Hochsaison. Sie sind auch teurer. Sie haben außer der Dusche noch ein Bad.«

»Wieviel teurer?« hakte ich sofort ein.

Er sagte es mir. Ich überrechnete die Sache schnell. Wenn ich alle anderen Ausgaben beschnitt, nur abends im Hotel aß und auf den Lunch und Drinks in der Bar verzichtete, konnte ich es mir leisten.

»Dann gibt es gar kein Problem«, erklärte ich großspurig.

»Meine Ruhe ist mir die Mehrkosten wert. Wenn Sie nichts dagegen haben, möchte ich mir allerdings selbst den geeignetsten Bungalow aussuchen. Ich gehe jetzt zum Meer hinunter, hole mir anschließend den Schlüssel, und dann kann der Hausdiener mein Gepäck bringen.«

Er fand gar keine Zeit zu einer Erwiderung, denn ich machte auf dem Absatz kehrt und verschwand durch die Terrassentür nach draußen. Es lohnte sich, fest zu bleiben. Hätte ich auch nur eine Sekunde gezögert, so wäre ich mit dem muffigen Bungalow bei der Minigolf-Anlage abgefertigt worden. Ich konnte mir die Folgen ausmalen. Die schnatternden Kinder auf der Nebenveranda, ihre vielleicht überschwenglich freundliche Mutter, die Golfspieler gesetzten Alters, die versuchen würden, mich zu einem Spiel zu überreden. Ich hätte es nicht ertragen.

Als ich durch den Garten zum Meer hinunterging, besserte sich meine Laune schnell wieder. Hier bot sich mir nun endlich das Panorama, das der Prospekt des Reisebüros in so leuchtenden Farben gezeigt und das mich veranlaßt hatte, eine so weite Flugreise zu unternehmen. Es war auch keine Übertreibung gewesen. Kleine, weißgekalkte Häuschen, in diskretem Abstand voneinander erbaut, und unter ihnen die vom Meer bespülten Felsen. Es gab einen Strand, an dem in der Hochsaison sicherlich viele Hotelgäste badeten, der aber jetzt völlig verlassen dalag. Und falls er sich doch bevölkern würde, die Bungalows standen immer noch ein ganzes Stück weiter links, vor Neugierigen geschützt. Ich besah sie mir einen nach dem anderen ganz genau. Der Empfangschef hatte offenkundig die Wahrheit gesagt, als er erklärte, sie würden erst in der Hochsaison vermietet, denn überall waren die Fensterläden geschlossen. Nur an einem nicht. Und als ich die Stufen hinaufstieg und auf die Veranda trat, wußte ich sofort, daß ich diesen und keinen anderen haben wollte. Das war genau der Ausblick, den ich mir vorgestellt hatte. Unter mir das Meer, das leise gegen die Felsen klatschte, die Bucht, die sich zum eigentlichen Golf erweiterte, und auf der anderen Seite die Berge. Vollkommen. Das Hotel war von hier aus gar nicht mehr zu sehen, und die Bungalows östlich davon konnte man übersehen. Nur einer zog den Blick auf sich. Wie ein einsamer Vorposten stand er, mit einer eigenen Bootsanlegestelle versehen, etwas abseits in der Nähe einer Landzunge, aber es konnte die Bildwirkung nur erhöhen, wenn ich dieses Panorama malte. Der Minigolfplatz lag gnädigerweise hinter dem ansteigenden Gelände verborgen. Ich drehte mich um und schaute durch die offenen Fenster in das Schlafzimmer. Schlichte weißgekalkte Wände, Steinboden, eine bequeme Liege, dicke Wolldecken darauf, ein Nachttisch mit Lampe und Telefon. Abgesehen von den letzten beiden Gegenständen war das Ganze genauso einfach und schmucklos wie eine Mönchszelle, und ich verlangte nicht mehr.

Es wunderte mich, daß die Fensterläden offenstanden, und als ich eintrat, hörte ich im Badezimmer Wasser laufen. Doch nicht schon wieder eine Enttäuschung! Sollte der Bungalow etwa belegt sein? Ich steckte den Kopf durch die offene Tür und sah ein kleines griechisches Zimmermädchen den Boden schrubben. Bei meinem Anblick fuhr es erschrocken zusammen. Ich gestikulierte, zeigte herum und fragte: »Ist dieser Bungalow vermietet?« Das Mädchen verstand mich nicht und sagte etwas auf griechisch. Dann packte es Putzlappen und Eimer, ließ die Arbeit halb fertig liegen und hastete mit sichtlich verängstigter Miene zur Tür.

Ich ging ans Telefon und hob den Hörer ab; sogleich meldete sich die verbindliche Stimme des Empfangschefs.

»Ich bin Mr. Grey«, sagte ich, »Mr. Terence Grey. Ich habe vor ein paar Minuten mit Ihnen darüber gesprochen, daß ich einen anderen Bungalow haben wollte.«

»Ja, Mr. Grey«, bestätigte er in etwas verwirrtem Ton. »Von wo aus rufen Sie an?«

»Warten Sie einen Augenblick«, erwiderte ich. Ich legte den Hörer hin und trat auf die Veranda hinaus. Über der Tür stand die Nummer 62. Ich ging zum Apparat zurück. »Ich telefoniere von dem Bungalow aus, für den ich mich entschieden habe«, erklärte ich. »Er war zufällig offen – eins der Mädchen machte gerade das Bad sauber, und ich fürchte, ich habe es verscheucht. Das Haus ist ideal für meine Zwecke. Es ist Nummer 62.«

Er antwortete nicht gleich, und als er schließlich sprach, klang seine Stimme unsicher. »Nr. 62?« wiederholte er. Und nach kurzem Zögern fügte er hinzu: »Ich bin nicht sicher, ob Sie den haben können.«

»Oh, um Himmels willen . . .« begann ich aufgebracht, und plötzlich hörte ich ihn mit jemandem griechisch sprechen. Der recht langwierigen Diskussion nach gab es irgendeine Schwierigkeit, was mich in meinem Entschluß allerdings nur bestärkte.

»Sind Sie noch da?« fragte ich, als das hastige Geflüster nicht enden wollte. »Was ist los?«

Endlich wandte er sich wieder an mich. »Gar nichts, Mr. Grey. Wir glauben nur, daß Sie in Nummer 57 besser untergebracht wären – es liegt etwas näher beim Hotel.«

»Unsinn«, antwortete ich, »ich ziehe die Aussicht von hier vor. Was stimmt denn mit Nr. 62 nicht? Sind die Installationen defekt?«

»O nein, sie funktionieren tadellos«, versicherte er mir, während das Geflüster von neuem begann. »Der Bungalow ist völlig in Ordnung. Wenn Sie sich dafür entschieden haben, schicke ich den Hausdiener mit Ihrem Gepäck und dem Schlüssel hinunter.«

Er legte auf, vermutlich um die Diskussion mit dem Flüsterer neben sich zu beenden. Vielleicht wollten sie den Preis erhöhen. In dem Fall würde ich energisch protestieren. Der Bungalow unterschied sich durch nichts von den anderen, doch die Lage zwischen Meer und Bergen war genau das, was ich mir erträumt hatte – übertraf es sogar noch. Ich stand auf der Veranda, blickte aufs Meer hinaus und lächelte. Was für eine Aussicht, was für ein herrlicher Ort! Ich würde meine Sachen auspacken und schwimmen und dann meine Staffelei aufstellen und ein paar Skizzen machen, bevor ich am Morgen ernsthaft an die Arbeit ging.

Ich hörte Stimmen und sah das kleine Zimmermädchen

auf dem Gartenweg stehen, der zum Hotel hinaufführte. Putztuch und Eimer noch immer in der Hand, starrte sie mich an. Sie hatte offenbar gerade den Hausdiener mit meinem Koffer und dem Malzeug den Weg herunterkommen sehen und daraus geschlossen, daß ich der neue Bewohner von Nr. 62 sein müsse, denn sie hielt ihn an, und wieder wurde geflüstert. Ich hatte die glatte Routine des Hotels sichtlich unterbrochen. Kurz danach erschienen sie zusammen auf meiner Veranda, der Hausdiener, um mein Gepäck abzuliefern, das Mädchen zweifellos, um den Badezimmerboden fertigzuputzen. Auf gutes Einvernehmen bedacht, drückte ich beiden mit munterem Lächeln ein Trinkgeld in die Hand.

»Wunderbare Aussicht«, verkündete ich laut und wies auf das Meer hinaus. »Ich werde jetzt gleich einmal das Wasser ausprobieren.« Ich versuchte ihnen meine Absicht durch angedeutete Schwimmstöße klarzumachen und wartete hoffnungsvoll auf das Lächeln, womit die Griechen im allgemeinen so bereitwillig auf ein freundliches Wort reagieren.

Der Hausdiener wich meinen Augen aus und zog sich mit stummem Gruß und Leichenbittermiene zurück, nahm mein Trinkgeld allerdings an. Das Mädchen lief mit gequältem Gesicht hinter ihm her – es hatte den Badezimmerboden anscheinend schon wieder vergessen. Ich hörte sie reden, während sie den Gartenweg zum Hotel hinaufgingen.

Na, es sollte mich nicht kümmern. Personal und Direktion mußten ihre Probleme untereinander ausmachen. Ich hatte bekommen, was ich wollte, und das war das einzige, was mich interessierte. Ich packte aus und richtete mich häuslich ein. Dann schlüpfte ich in die Badehose, stieg zu den Klippen unterhalb meiner Veranda hinunter und steckte vorsichtig einen Zeh ins Wasser. Obwohl die Sonne den ganzen Tag darauf heruntergebrannt hatte, war es erstaunlich kalt. Das konnte mich allerdings nicht davon abhalten, meinen Mut zu beweisen – sei es auch nur mir selbst gegenüber. Ich wagte es also und sprang hinein, um sodann – unter den günstigsten Voraussetzungen schon ein vorsichtiger Schwimmer und ganz besonders in fremden Gewässern – keuchend meine

Kreise zu ziehen wie ein junger Seelöwe in einem Tiergartenbassin.

Erfrischend war es zweifellos, aber ein paar Minuten genügten mir, und als ich wieder auf die Felsen kletterte, sah ich, daß der Hausdiener und das kleine Zimmermädchen die ganze Zeit am oberen Ende des Gartenweges hinter einem blühenden Strauch gestanden und mich beobachtet hatten. Hoffentlich hatte ich keine allzu komische Figur abgegeben. Was sollte überhaupt dieses rege Interesse? Es gingen doch jeden Tag Leute aus den Bungalows schwimmen, wie die auf den Balkonen ausgelegten Badeanzüge bewiesen. Ich trocknete mich auf der Veranda ab und betrachtete das Wasser, das die Sonne, die jetzt im Westen hinter meinem Bungalow stand, mit Tupfen sprenkelte. Fischerboote fuhren mit behäbig tuckernden Motoren in den kleinen Hafen ein.

Nach den ersten Schwimmversuchen des Jahres ist man meist ein wenig starr, und so nahm ich vorsichtshalber ein heißes Bad, ehe ich mich anzog. Anschließend stellte ich meine Staffelei auf und vertiefte mich in meine Arbeit. Das war es, weshalb ich hergekommen war, und alles andere hatte keine Bedeutung. Ich skizzierte ein paar Stunden lang, und als das verblassende Tageslicht das Meer dunkler färbte und die Berge zartviolett überhauchte, freute ich mich schon darauf, dieses Abendrot am nächsten Tag in Farbe statt in Kohle festhalten zu können.

Es war Zeit aufzuhören. Ich räumte mein Malzeug fort und wollte gerade in den Bungalow, um mich zum Dinner umzuziehen und die Läden zu schließen – es gab bestimmt Moskitos, und ich hatte kein Bedürfnis, gestochen zu werden –, als sich ein Motorboot der östlichen Landspitze näherte, wo der einsame Bungalow stand. An Bord waren drei Leute, unter ihnen eine Frau; sie kamen zweifellos vom Angeln zurück. Ein Mann, vermutlich ein Einheimischer, machte das Boot fest und sprang auf den Landungssteg, um der Frau herauszuhelfen. Dann starrten alle drei zu mir herüber, und der zweite Mann, der im Heck gestanden hatte, hob einen Feldstecher und richtete ihn auf mich. Ein paar Minuten lang fixierte er ganz offensichtlich jedes Detail meiner weiß Gott nicht gerade bemerkenswerten Erscheinung und hätte das noch länger fortgesetzt, wenn ich mich nicht, verärgert über soviel Unverschämtheit, ins Schlafzimmer zurückgezogen und die Läden zugeschlagen hätte. Dann erst fiel mir ein, daß alle anderen Bungalows hier auf der Westseite leerstanden und meiner der erste bewohnte war. Vermutlich war das der Grund für das Interesse, das ich anscheinend sowohl beim Hotelpersonal als nun auch bei den Gästen weckte. Nun, es würde sicher bald abflauen. Ich war weder ein Pop-Star noch Millionär. Und meine Malkünste, soviel Freude ich auch selbst daran hatte, würden kaum je ein fasziniertes Publikum anziehen.

Pünktlich um acht Uhr ging ich den Gartenweg zum Hotel hinauf und betrat den Speisesaal. Er war mäßig besetzt, und man wies mir einen Ecktisch in der Nähe der Küchentür zu. Als Einzelgast muß man oft mit solchen Plätzen vorliebnehmen. Es störte mich allerdings nicht; ich saß viel lieber etwas abgesondert als in der Raummitte.

Ich ließ mir das Essen schmecken, gestattete mir, trotz meines Luxusbungalows, eine halbe Flasche Wein und war gerade dabei, eine Orange zu schälen, als ein fürchterliches Getöse vom anderen Ende des Speisesaals alle Anwesenden zusammenzucken ließ. Eine rauhe Stimme rief in reinstem Südstaaten-Amerikanisch: »He, schaffen Sie bloß schnell diese gottverdammte Bescherung weg!« Der Sprecher war ein breitschultriger Mann mittleren Alters, der einen derartigen Sonnenbrand im Gesicht hatte, daß es aussah, als hätten ihn Hunderte von Bienen gestochen. Er hatte tiefliegende Augen und einen von wirren grauen Haarbüscheln umrahmten rosigen Kahlkopf. Ungeheuer große Ohren und eine unter dem herabhängenden Schnurrbart wulstig vorspringende, feuchte Unterlippe machten das Zerrbild vollkommen. Ich habe selten einen häßlicheren Menschen gesehen. Eine Frau, wahrscheinlich seine Ehefrau, saß steif aufgerichtet neben ihm und schien sich um den hauptsächlich aus Flaschentrümmern bestehenden Scherbenhaufen nicht im mindesten zu kümmern. Sie war etwa in seinem Alter, hatte einen flachsfarbenen, ergrauenden Wuschelkopf, und ihr Gesicht war genauso sonnenverbrannt wie das ihres Mannes, nur mahagonibraun statt rot.

»Komm, laß uns von hier verschwinden und in die Bar gehen!« Die laute, heisere Stimme hallte durch den ganzen Raum wider. Die Gäste an den anderen Tischen wandten sich diskret wieder ihrer Mahlzeit zu, und ich war vermutlich der einzige, der den schwankenden Abgang des krebsroten Amerikaners und seiner Frau beobachtete. Als sie an mir vorbeikamen, sah ich, daß sie ein Hörgerät im Ohr trug; daher vielleicht das heisere Gebrüll ihres Mannes, der, ein schlingerndes Schiff im Kielwasser seiner unerschütterlichen Gattin, auf die Bar zutaumelte. Ich zollte im stillen dem Hotelpersonal Anerkennung, denn im Nu waren die Scherben fortgeräumt.

Der Speisesaal leerte sich. »Der Kaffee wird in der Bar serviert, Sir«, murmelte mein Kellner. Ich zögerte erst, bevor ich eintrat, denn ich habe nichts übrig für Hotelkameraderie und fürchtete Gedränge und laute Unterhaltung, aber ich verzichte nicht gern auf meinen Kaffee nach dem Abendessen. Meine Sorge erwies sich als unbegründet. Die Bar war fast leer. Nur der Barkeeper stand in weißem Jackett hinter der Theke, und an einem Tisch saß der Amerikaner mit seiner Frau, drei leere Bierflaschen vor sich. Sie schwiegen. Von irgendwo hinter der Bar erklang leise griechische Musik. Ich setzte mich auf einen Hocker und bestellte Kaffee.

Der Barkeeper, der ausgezeichnet Englisch sprach, fragte mich, ob ich einen angenehmen Tag verbracht hätte. Ich bejahte und fügte hinzu, ich hätte lediglich die Straße von Herakleion etwas strapaziös und das Wasser ziemlich kalt gefunden. Er meinte, es sei noch zu früh. »Nun«, sagte ich, »ich bin sowieso in erster Linie zum Malen hergekommen. Ich habe einen Bungalow am Meer, Nr. 62, und die Aussicht von der Veranda ist einzigartig.«

Sonderbar. Er polierte gerade ein Glas, und auf meine Worte hin änderte sich ganz unvermittelt sein Gesichtsausdruck. Er schien etwas bemerken zu wollen, überlegte es sich jedoch offenbar anders und fuhr in seiner Arbeit fort.

»Stellen Sie doch bloß diese gottverdammte Platte ab!«

Die rauhe, herrische Aufforderung dröhnte durch den leeren Raum. Der Barkeeper ging sofort zu dem Plattenspieler in der Ecke und drückte auf eine Taste. Gleich danach erschallte die grobe Stimme von neuem.

»Bringen Sie noch eine Flasche Bier!«

Wenn ich der Barmixer gewesen wäre, hätte ich mich an den Mann gewandt und ihm wie einem ungezogenen Kind klargemacht, daß er gefälligst bitte sagen solle. Statt dessen wurde der unerträgliche Mensch zuvorkommend bedient, und ich trank gerade meinen Kaffee, als sich die Stimme schon wieder vernehmen ließ.

»He, Sie da, Bungalow Nr. 62. Sind Sie nicht abergläubisch?«

Ich drehte mich auf meinem Hocker um. Er starrte mich an, das Glas in der Hand. Seine Frau blickte unbeteiligt geradeaus. Vielleicht hatte sie ihr Hörgerät entfernt. Des Grundsatzes eingedenk, daß man Irre und Betrunkene bei guter Laune halten muß, entschloß ich mich zu einer höflichen Antwort.

»Nein«, sagte ich. »Ich bin nicht abergläubisch. Sollte ich es denn sein?«

Als er zu lachen begann, war sein rotes Gesicht auf einmal von unzähligen Runzeln zerfurcht.

»Na, ich wär's, weiß der Himmel«, entgegnete er. »Der Mann aus diesem Bungalow ist ja erst vor zwei Wochen ertrunken. Zwei Tage lang war er vermißt, und dann hat ein Fischer die Leiche in seinem Netz an Land gezogen – halb von Kraken zerfressen.«

Er schüttelte sich vor Lachen und schlug sich mit der Hand aufs Knie. Ich wandte mich angewidert ab und blickte den Barkeeper fragend an.

»Ein tragischer Unglücksfall«, murmelte er. »So ein netter Herr, dieser Mr. Gordon. Interessierte sich für Archäologie. In der Nacht, in der er verschwand, war es sehr warm, und er muß wohl nach dem Abendessen noch schwimmen gegangen sein. Natürlich haben wir die Polizei benachrichtigt. Es war für uns alle hier ein furchtbarer Schock. Wissen Sie, Sir, wir sprechen nicht sehr gern darüber. Das wäre schlecht fürs Geschäft. Aber ich versichere Ihnen, daß Sie unbesorgt baden können. Es war der erste Unfall, den wir je hatten.«

»Oh, das glaube ich Ihnen sofort«, sagte ich.

Dennoch fand ich die Tatsache, daß dieser arme Mensch der letzte Bewohner meines Bungalows gewesen war, ziemlich entmutigend. Nun, er war ja nicht im Bett gestorben. Und ich war nicht abergläubisch. Immerhin verstand ich jetzt, weshalb man sich davor gescheut hatte, den Bungalow so bald schon wieder zu vermieten, und warum das kleine Zimmermädchen derart aus der Fassung geraten war.

»Ich will Ihnen mal was sagen«, dröhnte die abstoßende Stimme. »Gehn Sie nach Mitternacht nie schwimmen, sonst enden Sie auch als Krakenfutter.« Neuerliches Gelächter folgte dieser Feststellung. Dann wandte er sich an seine Frau: »Komm, Maud. Wir sind reif fürs Bett«, und ich hörte ihn geräuschvoll den Tisch beiseite schieben.

Ich atmete befreit auf, als sie verschwanden und ich mit dem Barkeeper allein zurückblieb.

»Was für ein unmöglicher Mensch«, sagte ich. »Kann ihn die Hoteldirektion nicht loswerden?«

Der Barkeeper zuckte die Achseln. »Geschäft ist Geschäft. Was soll man machen? Die Stolls haben viel Geld. Das ist ihre zweite Saison hier, und sie sind schon da, seit wir im März aufgemacht haben. Sie scheinen in die Gegend vernarrt zu sein. Mr. Stoll trinkt auch erst seit diesem Jahr so viel. Er wird sich noch umbringen, wenn er so weitermacht. Abend für Abend ist es dasselbe. Am Tag führt er allerdings ein recht gesundes Leben. Von frühmorgens bis Sonnenuntergang ist er zum Angeln draußen.«

»Ob da nicht mehr Flaschen über Bord gehen, als Fische gefangen werden?« bemerkte ich zweifelnd.

»Möglich«, pflichtete mir der Barkeeper bei. »Er bringt seine Fische nie ins Hotel mit. Wahrscheinlich behält sie der Bootsmann.«

»Die Frau tut mir leid.«

Der Barkeeper zuckte die Achseln. »Sie ist es, die das Geld hat«, erwiderte er halblaut, denn in diesem Augenblick kamen andere Gäste herein. »Und ich glaube nicht, daß Mr. Stoll seinen Willen immer durchsetzen kann. Es ist vielleicht manchmal ganz zweckmäßig für sie, schwerhörig zu sein. Eins muß man ihr zwar lassen – sie weicht nie von seiner Seite. Jeden Tag fährt sie mit ihm hinaus. Was darf ich Ihnen geben, meine Herrschaften?«

Er wandte sich seinen neuen Kunden zu, und ich räumte vorsichtshalber das Feld. Was es auf der Welt nicht alles gibt, dachte ich. Nun, meinethalben konnten sich dieser Mr. Stoll und seine Frau den ganzen Tag auf dem Meer von der Sonne rösten lassen und am Abend Bierflaschen zertrümmern. Sie waren schließlich nicht meine Nachbarn. Es war traurig, daß mein Vorgänger einem so unheilvollen Geschick zum Opfer gefallen war, doch auf diese Weise blieb zumindest dem gegenwärtigen Bewohner Ruhe und Friede gesichert.

Ich schlenderte den Gartenweg zu meinem Quartier hinunter. Die Nacht war sternenklar und die Luft balsamischsüß vom Duft der blühenden Sträucher, die dicht nebeneinander in der roten Erde standen. Auf meiner Veranda angelangt, sah ich zu den fernen, verhüllten Bergen und den Lichtern des kleinen Fischerhafens hinüber. Rechts von mir blinkten die beleuchteten Fenster der anderen Bungalows aus der Dunkelheit und boten ein reizvolles, beinahe etwas unwirkliches Bild, als wären sie ein raffiniert gestalteter Bühnenhintergrund. Wirklich ein wunderbarer Fleck Erde. Ich pries das Reisebüro, das ihn mir empfohlen hatte.

Ich öffnete die Läden der Haustür, trat ein und knipste die Nachttischlampe an. Das Zimmer sah einladend und behaglich aus; ich hätte nicht besser untergebracht sein können. Ich zog mich aus und wollte schon ins Bett gehen, als mir einfiel, daß ich das Buch, in dem ich gerade las, auf der Veranda liegengelassen hatte. Ich holte es mir und ließ noch einmal den Blick übers Meer schweifen. Die unwirklichen Lichter waren inzwischen fast alle erloschen, aber die Terrasse des alleinstehenden Bungalows war noch beleuchtet, und in dem Boot, das an der Anlegestelle vertäut lag, brannte eine Ankerlaterne. Ich wollte eben wieder eintreten, als ich neben den Felsen unter mir eine Bewegung wahrnahm. Es war der Schnorchel eines Tauchers. Gleichmäßig wie ein winziges Periskop glitt das schmale Rohr über die stille dunkle Wasseroberfläche, bis es links von mir außer Sicht kam. Ich zog meine Läden zu und ging hinein.

Der Anblick dieses sich bewegenden Objekts war irgendwie beunruhigend. Er erinnerte mich an meinen unglücklichen Vorgänger, der eines Nachts beim Schwimmen ertrunken war. Vielleicht hatte auch ihn eine linde Nacht wie diese zu einer Unterwasserexkursion verlockt, die ihn dann das Leben kostete. Man sollte meinen, der verhängnisvolle Vorfall hätte andere Hotelgäste von einsamen nächtlichen Schwimmausflügen abhalten müssen. Ich nahm mir fest vor, nur bei Tageslicht zu baden und – was vielleicht etwas überängstlich war – nur da, wo ich Grund bekam.

Ich las noch ein wenig in meinem Buch und drehte mich dann schläfrig auf die andere Seite, um die Lampe auszuschalten. Dabei stieß ich gegen das Telefon, und es fiel auf den Boden. Ich hob es auf – es war glücklicherweisc nicht beschädigt – und sah, daß das kleine Adressenfach, das zu dem Apparat gehörte, aufgesprungen war. Es enthielt eine Visitenkarte, auf der der Name James Gordon und eine Anschrift in Bloomsbury stand. Hatte mein Vorgänger nicht Gordon geheißen? Die Schublade war offenbar vom Zimmermädchen übersehen worden. Ich drehte die Karte um. Auf die Rückseite waren die Worte ›Nicht nach Mitternacht‹ gekritzelt, und darunter, wie ein Nachtrag, die Zahl 38. Ich legte die Karte wieder in das Fach und knipste das Licht aus. Vielleicht war ich durch die Reise übermüdet, denn ich lag noch lange wach und hörte das Meer unter meiner Veranda gegen die Felsen klatschen, ehe ich endlich einschlief.

Ich malte drei volle Tage lang und verließ meinen Bungalow nur, um zu schwimmen oder zum Abendessen ins Hotel zu gehen. Niemand belästigte mich. Ein freundlicher Kellner brachte mir mein Frühstück, von dem ich mir ein paar Brötchen für den Lunch aufhob; das kleine Zimmermädchen machte mein Bett und tat ihre Arbeit, ohne mich zu stören; und als mein Stimmungsbild am Nachmittag des dritten Tages fertig war, hatte ich das sichere Gefühl, daß es zum Besten gehörte, was ich je zustande gebracht hatte. Es würde einen Ehrenplatz in der beabsichtigten Ausstellung einnehmen. Fürs erste befriedigt, konnte ich mir eine Ruhepause genehmigen, und ich beschloß, am nächsten Tag die Küste nach neuen Motiven zu erforschen. Das Wetter war herrlich. Warm wie ein schöner englischer Juni. Und was diesen Winkel so besonders reizvoll machte, war die Tatsache, daß man völlig ungestört war. Die anderen Gäste blieben auf ihrer Seite, und der Kontakt mit ihnen beschränkte sich auf Verbeugungen und Kopfnicken von den Nachbartischen, wenn man sich im Speisesaal zum Abendessen hinsetzte. Im übrigen achtete ich wohlweislich darauf, meinen Kaffee in der Bar zu trinken, bevor der unsympathische Mr. Stoll vom Tisch aufgestanden war.

Ich wußte jetzt, daß es sein Boot war, das dort vor der Landzunge ankerte. Sie fuhren morgens zu früh aus, als daß ich ihre Abfahrt hätte beobachten können, aber ich sah sie meist am Spätnachmittag heimkehren; seine klobige Gestalt und die rauhe Stimme, die dem Bootsmann gelegentlich etwas zurief, waren unverkennbar. Ich überlegte, ob er seinen abseitsstehenden Bungalow wohl deshalb gewählt hatte, um sich außer Sicht- und Hörweite seiner Nachbarn sinnlos zu betrinken. Nun, ich gönnte ihm den Spaß gerne, solange er mir nicht seine lästige Gesellschaft aufzwang.

Da ich das Bedürfnis nach ein bißchen Bewegung verspürte, entschloß ich mich, den Nachmittag für einen Spaziergang zur Ostseite des Hotelgeländes zu nutzen. Erneut beglückwünschte ich mich dazu, den Bungalows in dieser belebten Zone entkommen zu sein. Minigolf und Tennis waren in vollem Gange, und auf dem kleinen Strand lagen die Sonnenhungrigen wie Sardinen nebeneinander. Doch bald hatte ich die betriebsame Welt hinter mir und war auf der Landspitze in der Nähe der Anlegestelle angelangt. Das Boot war noch nicht in Sicht. Plötzlich überkam mich die Versuchung, einen Blick auf den Bungalow des unangenehmen Mr. Stoll zu werfen. Verstohlen wie ein herumschnüffelnder Einbrecher schlich ich den schmalen Pfad hinauf und starrte die geschlossenen Fensterläden an. Das einzige, was diesen Bungalow von den übrigen – zumindest von meinem – unterschied, war ein verräterischer Haufen Flaschen in einer Ecke der Veranda. Gräßlicher Kerl... Dann fiel mir etwas anderes auf. Ein Paar Schwimmflossen und ein Schnorchel. Dieses menschliche Wrack wagte sich doch nicht etwa mit Alkohol vollgepumpt unter Wasser? Vielleicht schickte er den Griechen, den er als Bootsmann beschäftigte, auf Krabbensuche aus. Ich dachte an den Schnorchel, den ich am ersten Abend vor den Felsen unterhalb meines Bungalows gesehen hatte, und an die Ankerlaterne im Boot.

Mir war, als hörte ich jemanden den Pfad heraufkommen, und da ich nicht beim Herumspionieren ertappt werden wollte, ging ich weiter, las aber zuvor noch die Nummer des Bungalows. Es war 38. Die Zahl hatte in diesem Moment keine besondere Bedeutung für mich, doch später, als ich mich zum Abendessen umzog und gerade nach der Krawattennadel griff, die ich auf den Nachttisch gelegt hatte, folgte ich einer jähen Eingebung und öffnete das kleine Schubfach unter dem Telefon, um mir die Karte meines Vorgängers noch einmal anzusehen. Ja, ich hatte es mir gedacht. Die hingekritzelte Zahl war tatsächlich 38. Reiner Zufall natürlich, aber trotzdem... ›Nicht nach Mitternacht‹. Und plötzlich erhielten die Worte einen Sinn. Stoll hatte mich am ersten Abend davor gewarnt, zu später Stunde schwimmen zu gehen. Hatte er auch Gordon gewarnt? Und hatte Gordon die Warnung hier mit Stolls Bungalownummer darunter aufnotiert? Ein durchaus logischer Schluß, nur hatte Gordon offenbar den Ratschlag außer acht gelassen. Und das gleiche tat anscheinend auch einer der Bewohner des Bungalows Nr. 38.

Ich machte mich fertig und steckte die Visitenkarte in meine Brieftasche. Ich hatte das unbehagliche Gefühl, daß es meine Pflicht sei, sie dem Geschäftsführer zu übergeben, weil es ja immerhin möglich war, daß sie das Ableben meines unglücklichen Vorgängers erklären half. Während des ganzen Abendessens erwog ich den Gedanken, gelangte aber zu keinem Entschluß. Ich wollte nicht in die Sache verwickelt werden. Und soweit ich wußte, war der Fall abgeschlossen. Es hatte wenig Zweck, daß ich plötzlich mit einer vergessenen Visitenkarte erschien, die vermutlich überhaupt keine Bedeutung hatte.

Zufällig waren die Leute, die normalerweise im Speisesaal rechts von mir saßen, bereits gegangen, und so konnte ich den Tisch der Stolls beobachten, ohne daß es allzu offensichtlich wurde. Mir fiel auf, daß er nie das Wort an sie richtete. Ein merkwürdig gegensätzliches Paar... Sie, die stocksteif, mit strenger Miene, ihren Teller leer aß wie eine Sonntagsschullehrerin auf einem Ausflug; er, der mit purpurrotem, aufgedunsenem Gesicht fast alles, was ihm der Kellner vorlegte, beiseite schob und seine feiste, haarige Hand unaufhörlich nach dem Glas ausstreckte...

Als ich fertig war, schlenderte ich in die Bar, um meinen Kaffee zu trinken. Es war noch früh, und ich war der einzige Gast. Der Barkeeper und ich tauschten die üblichen Floskeln aus, und nachdem wir auch das Wetter erwähnt hatten, wies ich mit dem Kopf zum Speisesaal.

»Unser Freund Mr. Stoll und seine Frau haben wieder den ganzen Tag draußen auf dem Meer zugebracht«, sagte ich.

Der Barkeeper zuckte die Achseln. »Das tun sie immer«, antwortete er, »und meistens fahren sie auch in dieselbe Richtung, nach Westen zu in den Golf hinaus. Nicht einmal böiges Wetter scheint sie zu stören.«

»Ich weiß nicht, wie sie es mit ihm aushält«, sagte ich. »Ich habe sie beim Essen beobachtet – er sprach kein einziges Wort mit ihr. Es würde mich interessieren, was die anderen Gäste von ihm halten.«

»Sie gehen ihm aus dem Weg, Sir. Sie haben ja selbst gesehen, wie es mit ihm ist. Wenn er überhaupt den Mund aufmacht, dann nur, um grob zu sein. Und das gilt auch für das Personal. Die Mädchen wagen es nicht, seinen Bungalow sauberzumachen, solange er da ist. Und der Geruch!« Er schnitt eine Grimasse und beugte sich vertraulich vor. »Die Mädchen behaupten, er braut sein eigenes Bier. Er zündet das Feuer im Kamin an und hat da einen Kessel voll halbverfaultem Weizen stehen, ein abscheuliches Gesöff! O ja, er trinkt es. Stellen Sie sich einmal vor, wie seine Leber aussehen muß, vor allem, wenn man bedenkt, was er schon zum Abendessen und hinterher in der Bar konsumiert!«

»Vermutlich ist das der Grund, weshalb sein Terrassenlicht bis spät in die Nacht brennt. Da trinkt er eben dann dieses schauerliche Gebräu. Sagen Sie, wer von den Hotelgästen interessiert sich denn für Sporttauchen?«

Der Barkeeper zeigte eine erstaunte Miene. »Niemand, soweit ich weiß. Jedenfalls seit dem Unglücksfall nicht mehr. Der arme Mr. Gordon ging gern in der Nacht schwimmen, wenigstens vermuteten wir das. Er war einer der wenigen Gäste, die je mit Mr. Stoll gesprochen haben, fällt mir gerade ein. Einmal haben sie sich an einem Abend hier in der Bar lange unterhalten.«

»Tatsächlich?«

»Über Altertümer. Es gibt im Dorf ein interessantes kleines Museum, wissen Sie, aber es ist gerade wegen Instandsetzungsarbeiten geschlossen. Mr. Gordon hatte irgend etwas mit dem Britischen Museum in London zu tun.«

»Ich hätte gar nicht gedacht«, meinte ich, »daß so etwas Freund Stoll interessieren könnte.«

»Oh«, sagte der Barkeeper, »Sie wären überrascht. Mr. Stoll ist nicht ungebildet. Im letzten Jahr fuhren er und Mrs. Stoll viel mit dem Wagen herum und besuchten alle die berühmten Orte wie Knossos und Mallia und andere, weniger bekannte. Dieses Jahr ist es anders. Jetzt geht er jeden Tag angeln.«

»Und Mr. Gordon«, fuhr ich fort, »hat er sie vielleicht einmal zum Angeln begleitet?«

»Nein, Sir. Ich glaube nicht. Er hatte einen Wagen gemietet, wie Sie, und sah sich die Gegend an. Er schrieb an einem Buch über archäologische Funde in Ostkreta und ihre Beziehung zur griechischen Mythologie.«

»Mythologie?«

»Ja, ich meine, das wäre es gewesen. Aber das ging natürlich alles weit über meinen Horizont, wie Sie sich vorstellen können, und ich bekam auch nicht viel von der Unterhaltung mit – wir hatten an dem Abend viel Betrieb in der Bar. Mr. Gordon war ein ruhiger Herr, ein ähnlicher Typ wie Sie, wenn Sie mir die Bemerkung erlauben, Sir, und er fand das Gespräch offenbar sehr interessant. Es drehte sich über eine Stunde lang nur um die alten Götter.«

Hm... Ich dachte an die Karte in meiner Brieftasche. Sollte ich sie dem Geschäftsführer aushändigen oder nicht? Ich sagte dem Barkeeper gute Nacht und kehrte durch den Speisesaal zur Halle zurück. Die Stolls waren gerade vom Tisch aufgestanden. Es wunderte mich, daß sie nicht der Bar zustrebten, sondern vor mir her in die Halle gingen. Ich blieb vor dem Ansichtskartenständer stehen, der mir einerseits als Vorwand diente, in der Halle zu verweilen, und mich zugleich ihrem Blickfeld entrückte. Ich sah Mrs. Stoll im Vestibül ihren Mantel von einem Haken nehmen, während ihr unsympathischer Ehemann in der Toilette verschwand, und gleich darauf gingen die beiden zum Parkplatz hinaus. Sie wollten offenbar irgendwohin fahren. Mit Stoll in seiner Verfassung am Steuer?

Ich zögerte. Der Empfangschef telefonierte gerade. Es war nicht der geeignete Moment, um ihm die Karte anzuvertrauen. Ein jäher Impuls, wie ihn ein kleiner Junge beim Detektivspielen haben mag, brachte mich dazu, ihnen zu folgen, und als die Rücklichter ihres Mercedes außer Sicht waren, fuhr ich ihnen nach. Es gab nur diese eine Straße, und der Stollsche Wagen war in Richtung des Dorfes verschwunden. Ich konnte allerdings doch nicht verhindern, daß ich sie aus den Augen verlor, als ich den kleinen Kai erreichte; ich strebte nämlich instinktiv dem größten Café zu, weil ich glaubte, er müsse dasselbe getan haben. Als ich den Volkswagen geparkt hatte, schaute ich mich um. Vom Mercedes keine Spur. Ich sah lediglich ein paar Touristen und ansonsten einheimische Spaziergänger.

Ach, es war mir gleichgültig, ich würde mich setzen und eine Limonade trinken. Ich saß wohl über eine halbe Stunde da, nahm ›Lokalkolorit‹ in mich auf und betrachtete die Menschen um mich herum – vorbeiflanierende griechische Familien, die ein bißchen Luft schöpfen wollten; hübsche Mädchen, die schüchtern die offenbar ganz mit ihresgleichen beschäftigten jungen Burschen beäugten; einen bärtigen orthodoxen Priester, der unaufhörlich rauchend mit ein paar sehr alten Männern am Nebentisch über einem Würfelspiel saß; und natürlich auch die altbekannten englischen Hippies, die längere Haare als irgendwer sonst hatten, schmutziger waren und weitaus mehr Lärm machten. Als sie ein Kofferradio anstellten und sich hinter mir auf dem Kopfsteinpflaster häuslich niederließen, hatte ich das Gefühl, es sei Zeit zum Aufbruch.

Ich bezahlte meine Limonade, schlenderte zum Kaiende und wieder zurück – die vielen Reihen Fischerboote mußten bei Tag ein farbenprächtiges Bild bieten, und es lohnte sich vielleicht, die Szene zu malen –, und dann sah ich plötzlich auf der anderen Straßenseite, am Ende einer kurzen Sackgasse, Wasser schimmern und überquerte den Kai. Das mußte der im Reiseführer erwähnte und in der Hochsaison vielbesuchte und -fotografierte ›Unergründliche Teich‹ sein. Er war größer, als ich erwartet hatte, ein recht stattlicher See, doch das Wasser war voller Schaum und Abfälle, und ich beneidete diejenigen nicht, die es bei Tag wagten, das Sprungbrett am anderen Ende des Teichs zu benutzen.

Dann sah ich den Mercedes. Er stand gegenüber einem trüb beleuchteten Café, und der plumpe Mensch, der dort an einem Tisch vor ein paar Bierflaschen hockte, war ebensowenig zu verkennen wie seine steif dasitzende Begleiterin. Überrascht und ein wenig angewidert sah ich, daß er sich für sein Trinkgelage offenbar mit einer Gruppe rauher Fischer vom Nebentisch angebiedert hatte. Geschrei und Gelächter erfüllten die Luft. Sie schienen ihn zu verspotten – die griechische Höflichkeit war wohl in den Gläsern untergegangen –, und während einer der Fischer in einen heiseren Gesang ausbrach, streckte er die Hand aus und fegte die leeren Flaschen von seinem Tisch aufs Pflaster; seine Zechkumpane quittierten das Klirren des zerbrochenen Glases mit lauten Beifallskundgebungen. Ich rechnete jeden Augenblick damit, daß die örtliche Polizei erscheinen und dem Gelage ein Ende machen würde, aber es tauchte nirgends ein Ordnungshüter auf. Was mit Stoll geschehen konnte, kümmerte mich nicht – eine Nacht im Gefängnis würde ihn vielleicht ausnüchtern –, aber für seine Frau mußte es eine peinliche Angelegenheit sein. Ich wollte gerade zum Kai zurückgehen, als er sich unter dem Applaus der Fischer schwankend erhob, die letzte Flasche vom Tisch ergriff, sie über seinem Kopf schwang und dann mit einer für seine Verfassung erstaunlichen Geschicklichkeit wie ein Diskuswerfer in den See schleuderte. Sie verfehlte mich nur knapp, und er sah, wie ich mich duckte. Das war zuviel. Zornbebend schritt ich auf ihn zu.

»Was soll das? Sind Sie verrückt geworden?« schrie ich.

Taumelnd stand er da. Das Gelächter aus dem Café verebbte; seine Genossen beobachteten die Szene gebannt. Ich erwartete eine Flut von Beleidigungen, aber Stolls aufgequollenes Gesicht runzelte sich zu einem Grinsen, und er trat schwankend neben mich und tätschelte meinen Arm.

»Wissen Sie was?« sagte er. »Wenn Sie nicht im Weg gestanden hätten, wäre das Ding genau in die Mitte von diesem gottverdammten Teich gefallen. Das brächten diese Kerle nie fertig. Kein einziger reinblütiger Kreter unter ihnen. Alles gottverdammte Türken.«

Ich versuchte ihn abzuschütteln, aber er klammerte sich an mich mit der überschwenglichen Herzlichkeit des Gewohnheitstrinkers, der plötzlich einen uralten Freund gefunden hat oder gefunden zu haben glaubt.

»Sie sind doch aus dem Hotel, nicht wahr?« fragte er

schlucksend. »Streiten Sie's nicht ab, Kamerad, ich hab' einen guten Blick für Gesichter. Sie sind der Mensch, der den ganzen Tag auf seiner gottverdammten Veranda malt. Na, ich bewundre das. Verstehe selbst ein bißchen was von Kunst. Vielleicht kaufe ich Ihr Bild sogar.«

Seine Anbiederungsversuche waren beleidigend, sein gönnerhaftes Gehaben unerträglich.

»Ich bedaure«, antwortete ich steif, »das Bild ist unverkäuflich.«

»Ach, nun hören Sie doch auf«, gab er zurück. »Ihr Künstler seid alle gleich. Ihr spielt immer die Unnahbaren, bis euch jemand einen gepfefferten Preis bietet. Nehmen Sie mal Charlie Gordon...« Er brach ab und beäugte mich listig. »Warten Sie mal, Sie haben Charlie Gordon nicht kennengelernt, oder?«

»Nein«, antwortete ich kurz. »Er lebte schon nicht mehr, als ich kam.«

»Richtig«, pflichtete er bei. »Der arme Kerl ist tot. Da in der Bucht ertrunken, genau unter Ihren Felsen. Dort hat man ihn jedenfalls gefunden.«

Seine Augen in dem aufgedunsenen Gesicht waren praktisch nur noch Schlitze, aber ich wußte, daß er meine Reaktion beobachtete.

»Ja«, sagte ich, »das habe ich gehört. Er war aber kein Künstler.«

»Kein Künstler?« echote Stoll und brach in wieherndes Gelächter aus. »Nein, aber er war ein Kenner, und das kommt meiner Meinung nach aufs gleiche hinaus. Charlie Gordon, der Kunstkenner. Na, hat ihm am Ende auch nicht viel genützt, wie?«

»Nein«, bestätigte ich, »offensichtlich nicht.«

Er versuchte sich zusammenzunehmen und förderte, noch immer leicht schwankend, mit unsicheren Fingern ein Päckchen Zigaretten und ein Feuerzeug zutage. Er zündete sich eine an und hielt mir dann das Päckchen hin. Ich schüttelte den Kopf und erklärte, ich rauchte nicht. Und herausfordernd fügte ich hinzu: »Ich trinke auch nicht.«

»Sehr vernünftig«, antwortete er überraschenderweise, »ich auch nicht. Das Bier, das hier verkauft wird, ist sowieso 'ne üble Lauge, und der Wein reines Gift.« Er warf einen Blick über die Schulter zu der Gruppe im Café und zerrte mich mit verschwörerischem Zwinkern zu der Mauer neben dem Teich.

»Ich habe gesagt, daß diese Burschen alle Türken sind, und das sind sie auch«, erklärte er. »Weinsaufende, kaffeeschlürfende Türken. Seit fünftausend Jahren haben die hier keine Ahnung mehr, wie man den richtigen Stoff braut. Vorher wußten sie genau Bescheid.«

Ich erinnerte mich an das, was mir der Barkeeper von dem Gebräu in Stolls Bungalow erzählt hatte. »Tatsächlich?« fragte ich. »Ist das wahr?«

Er zwinkerte wieder, und dann weiteten sich seine Augenschlitze, und ich sah, daß er von Natur aus vortretende, schmutzigbraune, blutunterlaufene Augen hatte. »Wissen Sie was?« wisperte er heiser. »Die Gelehrten irren sich da alle. Es war Bier, was die Kreter hier in den Bergen tranken, Bier aus Pinien und Efeu, lange vor dem Wein. Der Wein ist erst Jahrhunderte später von den gottverdammten Griechen entdeckt worden.«

Eine Hand gegen die Mauer, die andere auf meinen Arm gestützt, schien er allmählich sein Gleichgewicht wiederzufinden. Dann beugte er sich vor und erbrach sich in den Teich. Mir wurde beinahe selbst übel.

»Das ist schon besser«, sagte er. »So wird man das Gift los. Bekommt einem nicht, Gift im Organismus zu haben. Ich hab' eine Idee. Wir fahren jetzt zum Hotel zurück, und Sie kommen auf einen kleinen Schlaftrunk mit in unseren Bungalow. Sie gefallen mir, Mr. Wie-heißen-Sie-noch? Sie haben vernünftige Ansichten. Sie trinken nicht, Sie rauchen nicht, und Sie malen Bilder. Was sind Sie von Beruf?«

Es war unmöglich, ihn abzuschütteln, und ich mußte mich wohl oder übel von ihm über die Straße zerren lassen. Glücklicherweise hatte sich die Gruppe in dem Café inzwischen zerstreut – sehr enttäuscht, zweifellos, daß es zwischen uns nicht zu Handgreiflichkeiten gekommen war –, und Mrs. Stoll war in den Mercedes eingestiegen und saß auf dem Beifahrersitz.

»Achten Sie am besten gar nicht auf sie«, sagte er. »Sie ist stocktaub, und man muß sie schon anbrüllen, wenn sie was verstehen soll. Auf dem Rücksitz ist Platz genug.«

»Danke«, erwiderte ich. »Ich habe meinen Wagen am Kai stehen.«

»Wie Sie wollen«, sagte er. »Aber jetzt heraus damit, Herr Künstler, was sind Sie von Beruf? Professor?«

Ich hätte es dabei belassen können; in der törichten Hoffnung jedoch, daß er mich zu langweilig fände, um sich weiter mit mir abzugeben, sagte ich die Wahrheit.

»Ich bin Lehrer an einer Jungenschule.«

Er blieb stehen, den feuchten Mund zu einem entzückten Grinsen geöffnet. »Du lieber Gott!« brüllte er. »Das ist umwerfend, einfach umwerfend. Ein gottverdammter Erzieher, eine Säuglingsschwester. Sie gehören zu uns, Kamerad, Sie gehören zu uns. Und Sie wollen mir weismachen, daß Sie noch nie Pinien und Efeu zusammengebraut haben!«

Er war natürlich komplett verrückt, aber zumindest hatte er in seinem plötzlichen Heiterkeitsausbruch meinen Arm freigegeben und steuerte nun vor mir auf seinen Wagen zu. Er hatte eine merkwürdige Art, sich zu bewegen. Er schlenkerte den Kopf hin und her, und seine Beine trabten, die sperrige Last des Körpers tragend, plump dahin, eins, zwei... eins, zwei... wie ein schwerfälliges Pferd.

Ich wartete noch, bis er neben seine Frau in den Wagen eingestiegen war, und stahl mich dann schnell fort, aber er wendete den Wagen erstaunlich behend, und noch ehe ich an der Straßenecke angelangt war, hatte er mich schon eingeholt. Grinsend steckte er den Kopf aus dem Fenster.

»Besuchen Sie uns, Mr. Tutor, besuchen Sie uns, wann Sie wollen. Sie sind immer willkommen. Sag es ihm, Maud. Kannst du nicht sehen, daß der Bursche schüchtern ist?«

Sein Gebrüll hallte in der ganzen Straße wider, und verschiedene Leute blickten in unsere Richtung. Das starre, teilnahmslose Gesicht Mrs. Stolls schaute hinter der Schulter ihres Mannes hervor. Sie schien in keiner Weise beunruhigt, so, als sei alles in bester Ordnung, als sei es der normalste Zeitvertreib der Welt, neben einem betrunkenen Ehemann durch ein ausländisches Dorf zu fahren.

»Guten Abend«, sagte sie mit gänzlich ausdrucksloser Stimme. »Sehr erfreut, Sie kennenzulernen, Mr. Tutor. Besuchen Sie uns einmal. Nicht nach Mitternacht. Bungalow Nr. 38...«

Stoll winkte, und der Wagen fuhr mit aufheulendem Motor davon.

Es wäre übertrieben zu behaupten, das Zusammentreffen hätte mir meinen Urlaubsort verleidet. Gewiß war ich verstimmt und angewidert, doch mein Ärger und meine Abneigung richteten sich nur gegen die Stolls. Ich wachte nach einer gut durchschlafenen Nacht erfrischt auf, und der strahlende Morgen trug das Seine dazu bei, daß ich alles in milderem Licht sah. Mein einziges Problem war, wie ich Stoll und seiner nicht minder schwachsinnigen Frau aus dem Wege gehen könnte. Sie waren den ganzen Tag mit dem Boot draußen, hier gab es also keine Schwierigkeit. Wenn ich früh zu Abend aß, konnte ich eine Begegnung im Speisesaal vermeiden. Sie gingen nie spazieren, so daß die Gefahr eines unvermuteten Zusammentreffens im Garten kaum bestand. Und wenn ich mich um die Zeit ihrer abendlichen Heimkehr zufällig auf meiner Veranda aufhielt und er seinen Feldstecher auf mich richtete, würde ich eben schleunigst nach drinnen verschwinden. Im übrigen war es mit ein bißchen Glück sogar möglich, daß er meine Existenz bereits vergessen hatte oder, falls diese Hoffnung allzu vermessen war, sich zumindest an unsere nächtliche Unterhaltung nicht mehr erinnerte. Die Episode war unerfreulich und merkwürdigerweise irgendwie alarmierend gewesen, aber ich war nicht gesonnen, mir dadurch meinen Urlaub verderben zu lassen. Ich hatte hier malen und mich erholen wollen und war entschlossen, das auch weiterhin zu tun.

Das Boot lag nicht mehr an seinem Landungssteg, als ich nach dem Frühstück auf die Veranda trat; ich wollte die Küste mit meinem Malzeug durchstreifen, wie ich es mir vorgenommen hatte, und wenn ich erst einmal in mein Hobby vertieft war, konnte ich die Stolls und alles, was mit ihnen zusammenhing, vergessen. Und ich würde die hingekritzelte Notiz des armen Gordon nicht der Hoteldirektion übergeben. Ich konnte mir jetzt vorstellen, was geschehen war. Der bedauernswerte Mensch, der nicht merkte, wohin ihn diese Unterhaltung in der Bar führen würde, war vermutlich durch Stolls Geschwätz über Mythologie und den Unsinn über das alte Kreta neugierig geworden und hatte als Archäologe gedacht, eine Fortsetzung des Gesprächs könne vielleicht ergiebig sein. Und so hatte er eine Einladung in den Bungalow Nr. 38 angenommen – die unheimliche Übereinstimmung der Worte auf der Karte mit denen, die Mrs. Stoll ausgesprochen hatte, verfolgte mich noch immer – und war danach über die Bucht zurückgeschwommen. Weshalb er statt dessen nicht den etwas längeren Weg über den Felsenpfad gewählt hatte, war allerdings rätselhaft. Ein Anflug von Wagemut? Wer weiß? In Stolls Bungalow hatte sich das bedauernswerte Opfer dann dazu hinreißen lassen, von dem Teufelsgebräu, das ihm sein Gastgeber anbot, zu trinken, und als er später schwer angeschlagen wieder zurückschwimmen wollte, geschah das Unvermeidliche. Ich hoffte nur, daß er zu weit hinüber war, um noch Todesqualen auszustehen, und sofort versank. Natürlich gründete meine Theorie nur auf Intuition, auf einigen Bruchstücken, die zusammenzupassen schienen, und auf Vorurteil. Es war höchste Zeit, die ganze Angelegenheit aus meinem Gedächtnis zu streichen und mich auf den Tag zu konzentrieren, der vor mir lag.

Oder besser, auf die Tage. Mein Erkundungsausflug längs der Küste nach Westen hin übertraf alle meine Erwartungen. Ich folgte der Straße, die sich links vom Hotel ein paar Kilometer in die Hügel wand und dann wieder zum Meer führte. Als ich abwärts fuhr, dehnte sich das Land rechts unter mir plötzlich zu einer weiten, glatten, weißlichen Fläche, von der sich das gleißendblaue Meer in wunderbarem Kontrast abhob. Ich glaubte zuerst, es sei ausgetrocknetes Marschland, doch als ich näher kam, sah ich, daß es sich um Salinen handelte, die durch schmale Dämme voneinander getrennt waren. Von Gräben durchschnittene Mauern faßten die eigentlichen Becken ein, so daß das Meerwasser abfließen konnte und das Salz zurückblieb. Hier und da sah man die Ruine einer verlassenen Windmühle, und in ein paar hundert Meter Entfernung stand ganz nahe am Meer eine kleine Kirche, deren winziges Kreuz auf dem Dach in der Sonne blitzte. Dann endeten die Salinen abrupt, und das Land begann zu dem langen schmalen Isthmus von Spinalongha hin wieder anzusteigen.

Ich steuerte den Volkswagen den holprigen Weg hinunter, der zu den Salinen führte. Kein Mensch weit und breit. Hier, so beschloß ich, nachdem ich die Szenerie von jedem Gesichtswinkel aus betrachtet hatte, würde für die nächsten Tage mein Arbeitsbereich sein. Die verfallene Kirche im Vordergrund, die verlassenen Windmühlen dahinter, die Salinen zur Linken und rechts das blaue Wasser, das die Küste der Landenge umspülte.

Ich baute meine Staffelei auf, drückte mir den verbeulten Filzhut auf den Kopf und hatte bald alles außer dem Panorama vor mir vergessen. Ich kam noch zweimal wieder, und diese drei Tage in Einsamkeit und Frieden waren der Höhepunkt meiner Ferien. Ich sah keine Menschenseele. Ab und zu fuhr ein Wagen in der Ferne die Küstenstraße entlang und verschwand dann wieder. Ich stärkte mich zwischendurch an Sandwiches und Limonade, und wenn die Sonne am heißesten herunterbrannte, legte ich bei der verfallenen Windmühle eine Ruhepause ein. In der Abendkühle kehrte ich ins Hotel zurück, ging früh in den Speisesaal und zog mich dann in meinen Bungalow zurück, um bis zum Einschlafen zu lesen. Ein in seine Gebete vertiefter Eremit hätte sich nicht mehr Abgeschiedenheit wünschen können.

Am vierten Tag – ich hatte zwei Bilder beendet, verließ aber nur sehr ungern mein erwähltes Territorium, das ich inzwischen als meine persönliche Domäne betrachtete – packte ich mein Malzeug in den Wagen und machte mich zu Fuß daran, das ansteigende Gelände des Isthmus zu durchstreifen und einen neuen Platz für den nächsten Tag zu suchen. Eine höher gelegene Stelle mochte zusätzliche Vorteile bieten. Ich arbeitete mich mühsam den Hügel hinauf und benutzte dabei meinen Hut als Fächer, denn es war außerordentlich heiß. Oben angelangt, stellte ich mit Erstaunen fest, wie schmal der Isthmus war. Unmittelbar unter mir war das Meer – nicht das ruhige Wasser, das die Salzbecken bespülte, sondern die schaumig-gekräuselten Wellen des eigentlichen Golfs, von einem scharfen Nordwind aufgepeitscht, der mir fast den Hut aus der Hand blies. Ein Genie hätte diese mannigfaltigen Tönungen vielleicht festhalten können – Türkis, das in Ägäisch-Blau mit weindunklen Schatten überging –, aber nicht ein Dilettant wie ich. Außerdem konnte ich kaum aufrecht stehen. Leinwand und Staffelei wären sofort vom Wind weggeweht worden.

Ich kletterte zu einer Gruppe Ginsterbüsche hinunter, in deren Schutz ich ein paar Minuten ausruhen und die geriffelte See betrachten konnte. Dann sah ich plötzlich das Boot. Es lag vor einer kleinen Bucht, wo das Wasser verhältnismäßig ruhig war. Ein Irrtum war unmöglich; es war ihr Boot. Der Grieche, der es bediente, hatte eine Angelschnur ausgeworfen, doch seiner lässigen Positur nach zu schließen, schien er gar nicht darauf erpicht, Fische zu fangen; es sah viel eher so aus, als hielte er seine Siesta. Er war allein im Boot. Ich blickte zu dem Sandstreifen hinunter, der die Küste säumte, und sah, daß sich dort eine halbverfallene Hütte aus unbehauenen Steinen gegen das Kliff lehnte, die ursprünglich sicher als Unterstand für Schafe und Ziegen benutzt worden war. Neben dem Eingang lagen ein Rucksack, ein Picknickkorb, ein Mantel, eine Jacke. Die Stolls mußten demnach schon eine Weile vorher an Land gegangen sein und rasteten vermutlich an einer windgeschützten Stelle, obwohl es bestimmt bei der bewegten See ein recht gewagtes Unternehmen gewesen war, den Bug zum Strand zu steuern. Braute

Stoll etwa hier an diesem abgeschiedenen Fleck auf dem Isthmus von Spinalongha sein Spezialgemisch aus Piniennadeln und Efeu, vielleicht noch mit etwas Ziegenmist aufgebessert?

Plötzlich erhob sich der Bursche im Boot, kurbelte die Schnur ein, ging ans andere Ende und beobachtete vom Heck aus das Wasser. Ich sah, wie sich unter der Oberfläche etwas bewegte, und dann tauchte die Gestalt auf: Haube, Maske, Gummianzug, Preßluftzylinder – die gesamte Ausrüstung. Doch zunächst verdeckte der Grieche den Taucher, als er ihm half, sich von Maske und Mundstück zu befreien, und meine Aufmerksamkeit wurde zu der verfallenen Hütte abgelenkt. Irgend etwas stand im Eingang. Ich sage ›etwas‹, weil es sich zunächst – zweifellos durch irgendein kurioses Spiel des Lichts – um ein zottiges Fohlen zu handeln schien, das auf den Hinterhänden stand. Beine und sogar das Gesäß waren mit Haaren bedeckt. Dann erkannte ich an dem scharlachroten Gesicht und den zu beiden Seiten des kahlen Kopfes abstehenden gewaltigen Ohren, daß es Stoll war, Arme und Brust ebenso haarig wie der Rest des Körpers. Ich hatte kaum je in meinem Leben etwas so Abstoßendes gesehen. Er trat in die Sonne hinaus, schaute zum Boot hin und stolzierte dann, die Arme auf die Hüften gestemmt, mit vorgewölbter Brust und weit ausladendem Hinterteil vor dem Schuppen auf und ab, als sei er höchst zufrieden mit sich und der Welt. Und er hatte dabei dieselbe merkwürdige Art, sich zu bewegen, die mir schon im Dorf aufgefallen war; es war nicht der schwankende Gang eines Betrunkenen, sondern eher ein schwerfälliges Traben.

Der Taucher hatte sich inzwischen der Maske und des Preßluftzylinders entledigt und kam mit gemächlichen Stößen in die Bucht hereingeschwommen. Er hatte die Schwimmflossen noch nicht abgelegt, und sie durchpflügten das Wasser wie die Schwanzflosse eines riesigen Fisches. Nun streifte er sie ab, warf sie auf den Sand und richtete sich auf, und ich sah zu meinem höchsten Erstaunen, daß es Mrs. Stoll war. Sie trug eine Art Beutel um den Hals, den sie abnahm und ihrem Ehemann aushändigte. Dann gingen sie zusammen zu der Hütte und verschwanden darin. Der Grieche hatte sich währenddessen wieder in die Bootsback gesetzt und träge die Angelschnur ausgeworfen.

Ich ging hinter dem Ginster in Deckung und wartete. Ich würde ihnen zwanzig Minuten geben, eine halbe Stunde vielleicht, und dann zu den Salinen und zu meinem Wagen zurückkehren. Aber ich brauchte gar nicht so lange zu warten. Knapp zehn Minuten später schon hörte ich unter mir auf dem Strand einen Ruf. Ich spähte durch den Ginster und sah, daß sie beide auf dem Sandstreifen standen, Rucksack, Picknickkorb und Schwimmflossen in der Hand; Stoll hatte sich angezogen. Der Grieche startete den Motor, hievte anschließend den Anker hoch und steuerte das Boot langsam an die Felsplatte heran, wo ihn die Stolls erwarteten. Sie stiegen hinein, und im Nu hatte das Boot gewendet und fuhr aus der geschützten Bucht in den Golf hinaus. Dort umrundete es die Spitze der Landenge und war dann außer Sicht.

Die Neugier ließ mir keine Ruhe. Ich kletterte das Kliff hinunter und ging geradenwegs zu der verfallenen Hütte. Wie ich vermutet hatte, war es ein Schuppen für Ziegen gewesen; überall lagen ihre Exkremente herum, und der schmutzige Boden stank. Nur eine Ecke hatte man saubergemacht, und dort waren einige Holzplanken zu einer Art Bord aufgeschichtet. Die unvermeidlichen Bierflaschen waren darunter verstaut, aber ich konnte nicht feststellen, ob sie das einheimische Erzeugnis oder Stolls eigenes Giftgebräu enthalten hatten. Auf dem Bord selbst lagen allerlei Keramikfragmente; es sah aus, als hätte jemand eine Schutthalde durchwühlt und wertlosen Haushaltplunder ans Tageslicht gefördert. Es klebte allerdings keine Erde an ihnen; sie waren mit Muscheln überkrustet, und einige waren feucht, und plötzlich wurde mir klar, daß es sich um archäologische ›Scherben‹ handelte, die vom Meeresgrund stammten. Mrs. Stoll hatte unter Wasser nach Muscheln oder interessanteren Dingen gesucht; diese Trümmer hier waren als wertlos aussortiert worden, und weder sie noch ihr Mann hatten sich die Mühe gemacht, sie wegzuwerfen. Ich bin auf dem Gebiet kein Kenner, und als ich mich noch einmal umgeschaut hatte, verließ ich die Hütte.

Dies war ein verhängnisvoller Schritt. Ich wollte gerade das Kliff hinaufklettern, als ich das Tuckern des zurückkehrenden Motorbootes hörte, das – seiner Position nach zu schließen – die Küste entlangfuhr. Alle drei Köpfe waren mir zugewandt, und wie nicht anders zu erwarten, hatte die vierschrötige Gestalt im Heck den Feldstecher auf mich gerichtet. Er würde unschwer erkennen können, wer es war, der soeben den verfallenen Schuppen besichtigt hatte.

Ich schaute mich nicht um, sondern stieg weiter nach oben, den Hut tief in die Stirn gezogen, in der vagen Hoffnung, er könne mir als Tarnung dienen. Letzten Endes hätte ich ja ein x-beliebiger Tourist sein können, den es zufällig genau um diese Zeit an genau diesen Ort verschlagen hatte. Dennoch fürchtete ich, daß er mich unweigerlich erkannt hatte. Ich ging zu den Salinen zurück und langte müde, atemlos und gründlich verärgert an. Ich bedauerte es, je auf die Idee gekommen zu sein, die andere Seite der Halbinsel zu erforschen. Die Stolls würden glauben, ich hätte ihnen nachspioniert, und obendrein stimmte das. Der ganze Tag war mir verdorben. Ich hielt es für das beste, schnell ins Hotel zurückzufahren, aber ich hatte Pech, denn ich war kaum ein Stück weit gelangt, als ich merkte, daß einer meiner Reifen platt war. Ich bin in allen mechanischen Arbeiten sehr ungeschickt, und so vergingen vierzig Minuten, bis ich den Ersatzreifen aufmontiert hatte.

Meine schlechte Laune besserte sich keineswegs, als ich im Hotel feststellen mußte, daß mir die Stolls zuvorgekommen waren. Ihr Boot lag bereits an seinem Ankerplatz neben dem Landungssteg, und Stoll saß auf seiner Veranda und überwachte meinen Bungalow durch das Fernglas. Unsicher und befangen, als stünde ich vor einer Fernsehkamera, stapfte ich die Stufen hinauf, ging in mein Zimmer und schloß die Läden hinter mir. Ich nahm gerade ein Bad, als das Telefon klingelte.

»Ja?« Ein Handtuch umgeschlungen, tropfende Hände –

es hätte in keinem ungeeigneteren Augenblick läuten können.

»Sind Sie's, Mr. Tutor?«

Die krächzende, schnarrende Stimme war unverkennbar. Er schien allerdings nicht angetrunken zu sein.

»Hier ist Terence Grey«, erklärte ich steif.

»Wie Sie heißen, ist mir völlig egal«, sagte er. Sein Ton war unangenehm, feindselig. »Sie waren heute nachmittag auf dem Spinalongha-Isthmus. Stimmt's?«

»Ich machte einen Spaziergang«, gab ich zurück. »Ich wüßte nicht, wieso Sie das interessieren könnte.«

»Ach, hören Sie doch auf«, erwiderte er. »Sie können mich nicht zum Narren halten. Sie sind genauso wie der andere Bursche. Ein gottverdammter Spion, sonst nichts. Jetzt hören Sie mir gut zu: Das Wrack ist schon vor Jahrhunderten völlig kahlgeplündert worden.«

»Ich weiß überhaupt nicht, wovon Sie sprechen«, sagte ich. »Was für ein Wrack?«

Eine kurze Pause trat ein. Er murmelte etwas vor sich hin, ohne daß ich hätte unterscheiden können, ob es an ihn selbst oder an seine Frau gerichtet war, doch als er wieder zu sprechen anfing, hatte sich sein Ton gemildert, wieder etwas von der trügerischen Gutartigkeit angenommen, die ihn normalerweise kennzeichnete.

»Okay . . . okay, Mr. Tutor«, sagte er. »Wir wollen uns nicht streiten, Junge. Sagen wir mal, Sie und ich haben gewisse gemeinsame Interessen. Lehrer, Universitätsprofessoren, College-Dozenten – wir sind doch innerlich alle gleich und manchmal sogar äußerlich.« Sein leises Kichern war ekelhaft. »Keine Angst, ich verrate Sie nicht«, fuhr er fort. »Sie gefallen mir, das hab' ich Ihnen neulich schon gesagt. Sie möchten etwas für Ihr gottverdammtes Schulmuseum, hab' ich recht? Etwas, was Sie den kleinen Jungen und Ihren Kollegen zeigen können? Gut. Einverstanden. Ich hab' genau das Richtige. Kommen Sie heute am späten Abend hier vorbei, und ich schenke es Ihnen. Ich will Ihr gottverdammtes Geld nicht . . .« Glucksend hielt er inne, und dann mußte Mrs. Stoll wohl eine Bemerkung gemacht haben, denn er fügte hinzu: »Gut, gut. Wir werden eine gemütliche Party veranstalten. Nur wir drei. Meine Frau mag Sie auch.«

Das Handtuch glitt auf den Boden, und ich stand nackt da. Ein absurdes Gefühl der Befangenheit überkam mich, und die gönnerhafte, einschmeichelnde Stimme machte mich wütend.

»Mr. Stoll«, sagte ich, »ich betätige mich nicht als Sammler für Schulen, Colleges oder Museen. Ich interessiere mich nicht für archäologische Funde. Ich will hier in aller Ruhe zu meinem eigenen Vergnügen ein bißchen malen, und ich habe nicht die geringste Absicht, Sie oder irgendeinen anderen Hotelgast zu besuchen. Guten Abend.«

Ich schmetterte den Hörer hin und ging ins Badezimmer zurück. Eine himmelschreiende Unverschämtheit. Widerlicher Mensch. Die Frage war nur, würde er mich jetzt in Ruhe lassen, oder würde er mit seinem Feldstecher meinen Balkon überwachen, bis er mich zum Abendessen ins Hotel gehen sah, und mir dann, Mrs. Stoll im Schlepptau, in den Speisesaal folgen? Er würde es doch wohl nicht wagen, das Gespräch vor Kellnern und Gästen fortzuführen? Wenn ich seine Absichten richtig beurteilte, dann versuchte er mein Schweigen zu erkaufen, indem er mich mit irgendeinem Geschenk abspeiste. Diese stundenlangen Angeltouren waren eine Tarnung für Unterwasserstreifzüge – daher seine Anspielung auf das Wrack –, bei denen er wertvolle Gegenstände zu finden hoffte oder vielleicht schon gefunden hatte, die er aus Kreta hinausschmuggeln wollte. Zweifellos hatte er das bereits im Vorjahr mit Erfolg praktiziert, und der griechische Bootsmann wurde sicher gut dafür bezahlt, daß er den Mund hielt. In dieser Saison waren die Dinge allerdings nicht ganz planmäßig verlaufen. Mein unglückseliger Vorgänger im Bungalow 62, Charles Gordon, selbst ein Fachmann in archäologischen Fragen, hatte Verdacht geschöpft. Stolls Bemerkung ›Sie sind genau wie der andere Bursche, ein gottverdammter Spion, sonst nichts‹ machte das völlig klar. Wie, wenn Gordon nicht in den Bungalow Nr. 38 eingeladen worden war, um das selbstgebraute Bier zu versuchen, sondern um Stolls Sammlung zu besichtigen? Und bei der Gelegenheit ein Bestechungsgeschenk angeboten bekommen hatte, damit er nichts verlauten ließe? Hatte er abgelehnt und gedroht, Stoll zu entlarven? War sein Tod wirklich ein Unfall gewesen, oder war ihm Stolls Frau mit Gummianzug, Maske und Schwimmflossen ins Wasser gefolgt, um sodann, unter der Oberfläche...

Meine Fantasie ging mit mir durch. Ich hatte keinerlei Beweise. Ich wußte nur eins: daß mich nichts in der Welt dazu bewegen könnte, Stolls Bungalow zu betreten; und wenn er tatsächlich versuchte, mich weiter zu belästigen, würde ich die Geschichte eben der Hoteldirektion erzählen müssen.

Ich zog mich zum Abendessen um, machte dann meine Läden einen Spalt auf und spähte zu seinem Bungalow hinüber. Auf seiner Terrasse brannte Licht, denn es war schon dunkel, aber er selbst war verschwunden. Ich trat hinaus, schloß die Läden hinter mir und ging durch den Garten zum Hotel hinauf. Ich wollte gerade von der Terrasse aus die Halle durchqueren, als ich Stoll und seine Frau drinnen sitzen sah. Sie überwachten gewissermaßen den Durchgang zur Halle und zum Speisesaal, und wenn ich etwas essen wollte, mußte ich an ihnen vorbeigehen. Gut, dachte ich. Ihr könnt hier den ganzen Abend warten. Ich trat wieder auf die Terrasse hinaus, ging um den Küchentrakt herum zum Parkplatz und stieg in den Volkswagen. Ich würde eben im Dorf essen, die zusätzliche Ausgabe war mir jetzt gleichgültig. Wütend fuhr ich davon und fand ein ganzes Stück vom Hafen entfernt eine obskure Kneipe, wo ich mich statt des Drei-Gänge-Dinners mit einem Omelett, einer Orange und einer Tasse Kaffe begnügen mußte. Dabei hatte ich mich auf das Essen im Hotel gefreut, denn nach einem ganzen Tag im Freien und ein paar kärglichen Sandwiches fühlte ich mich hungrig.

Es war nach zehn, als ich zum Hotel zurückkam. Ich parkte den Wagen, ging um das Hotel herum zu meinem Bungalow hinunter und schlüpfte wie ein Dieb durch die Tür. Das Licht auf Stolls Terrasse brannte immer noch. Zu dieser Stunde war er zweifellos ganz damit beschäftigt, sich die nötige Bettschwere anzutrinken, und falls er mir am nächsten Tag irgendwelchen Ärger bereitete, würde ich definitiv die Hoteldirektion informieren.

Ich zog mich aus und las im Bett, bis ich nach Mitternacht schläfrig wurde. Dann knipste ich das Licht aus und ging zum Fenster, um die Läden zu öffnen, weil mir die Luft stikkig vorkam. Ich blickte zur anderen Seite der Bucht hinüber. Alle Häuschen lagen im Dunkeln – bis auf eines. Stolls Bungalow natürlich. Sein Verandalicht brannte, warf einen gelben Streifen auf das Wasser neben der Anlegestelle. Zuerst fiel mir auf, daß sich das Wasser kräuselte, obwohl es völlig windstill war. Und dann sah ich ihn plötzlich. Den Schnorchel, meine ich. Das kleine Rohr war nur eine Sekunde lang in dem gelben Schein auszumachen, doch ich wußte sofort, daß es den Felsen unterhalb meines Bungalows zusteuerte. Ich wartete. Es geschah nichts, ich hörte keinen Laut, nicht das leiseste Plätschern. Vielleicht tat sie das jeden Abend. Vielleicht hatte sie schon des öfteren, während ich nichtsahnend in ein Buch vertieft auf meinem Bett lag, unten bei den Felsen Wasser getreten. Der Gedanke, daß sie regelmäßig nach Mitternacht ihren über seinem Teufelsgebräu aus Piniennadeln und Efeu eingeschlafenen Ehemann verließ und in ihrem schwarzen Gummianzug, der Maske und den Schwimmflossen herüberkam, um dem Bewohner des Bungalows 62 nachzuspionieren, war – gelinde gesagt – unangenehm. Und vor allem in dieser Nacht, nach dem Telefongespräch und meiner Weigerung, sie zu besuchen, hatte die Vorstellung, daß sie sich in so unmittelbarer Nachbarschaft aufhalten könnte, etwas Unheimliches, ja geradezu Bedrohliches, zumal ich auch noch eine neue Theorie über das Schicksal meines Vorgängers entwickelt hatte.

Plötzlich kam der Schnorchel in Sicht, als ihn der dünne Lichtstrahl erfaßte, der von meiner Veranda auf das nachtschwarze stille Wasser fiel. Jetzt war er beinahe genau unter mir. Von Furcht überwältigt, stürzte ich in mein Zimmer und verschloß sorgfältig alle Läden. Dann schaltete ich das Verandalicht aus, lehnte mich gegen die Wand zwischen Schlafzimmer und Bad und lauschte. Laue Luft drang durch die Spalten in den Läden, neben denen ich stand. Es schien eine Ewigkeit zu dauern, bis ich das Geräusch wahrnahm, das ich erwartet, gefürchtet hatte. Eine Art Rascheln auf der Veranda, tastende Hände, schwerer Atem. Ich konnte von meinem Platz aus nichts sehen, aber ich wußte, sie war da. Ich wußte, daß sie die Tür befühlte, während aus ihrem hautengen Gummianzug Wasser tropfte, und ich wußte, daß sie nichts hören würde, selbst wenn ich »Was wollen Sie?« schrie. Es gab noch keine Hörapparate, die unter Wasser funktionierten. Was immer sie nachts tat, mußte sie allein mit den Augen und dem Tastsinn bewältigen.

Sie begann an den Läden zu rütteln. Ich rührte mich nicht. Sie rüttelte wieder. Dann klingelte sie, und das scharfe Schrillen durchschnitt die Luft über meinem Kopf mit der Brutalität eines Zahnbohrers, der auf den Nerv trifft. Sie klingelte dreimal. Dann wurde es still. Keinerlei Geräusch mehr. Nicht einmal Atemzüge. Doch sie konnte sehr gut in ihrem tropfenden schwarzen Gummianzug irgendwo auf der Veranda kauern und darauf warten, daß ich die Geduld verlor und herauskam.

Ich schlich von der Wand fort und setzte mich aufs Bett. Draußen blieb es still. Mutig knipste ich die Nachttischlampe an und rechnete fast damit, daß das Gerüttel der Läden, das Schrillen der Klingel wieder ertönen würde. Doch nichts geschah. Ich blickte auf meine Armbanduhr. Es war halb eins. Ich saß zusammengekrümmt auf dem Bett. Meine ganze Schläfrigkeit war verflogen. Ich war entsetzlich wach, von bösen Vorahnungen erfüllt, und meine Furcht vor dieser schlüpfrigen schwarzen Gestalt nahm von Minute zu Minute zu, so daß ich nahe daran war, die Nerven zu verlieren. Und meine Angst wurde noch dadurch stärker und zugleich unbegreiflicher, daß es sich bei der Gestalt im Gummianzug um eine Frau handelte. Was wollte sie?

Eine Stunde oder länger saß ich da, bis meine Vernunft

endlich wiederkehrte. Meine unheimliche Besucherin war bestimmt längst fort. Ich stand auf, ging zu dem geschlossenen Laden und lauschte. Es war nichts zu hören, nur das sanfte Plätschern des Wassers am Fuß der Felsen. Behutsam öffnete ich den Haken und spähte durch die Tür. Es war niemand da. Ich stieß sie weiter auf und trat hinaus. Jenseits der Bucht brannte kein Licht mehr. Die kleine Pfütze vor meiner Tür war allerdings Beweis genug dafür, daß hier vor einer Stunde jemand gestanden hatte, und die feuchten Fußabdrücke, die die Stufen zu den Felsen hinunterführten, ließen vermuten, daß sie auf dem gleichen Weg, den sie für ihr Kommen gewählt hatte, auch verschwunden war. Ich atmete erleichtert auf. Jetzt konnte ich ruhig schlafen.

Erst in diesem Moment bemerkte ich den Gegenstand, der vor der Tür auf dem Boden lag. Ich bückte mich und hob ihn auf. Es war ein kleines, in wasserdichtes Tuch eingewickeltes Päckchen. Ich nahm es mit hinein und betrachtete es mißtrauisch. Alberne Mutmaßungen über Plastikbomben gingen mir durch den Kopf, doch die Unterwasserbeförderung hätte so ein gefährliches Ding ja sicher unwirksam gemacht ... Das Päckchen war ringsum mit Schnur zugenäht. Es wog nicht viel. Ich erinnerte mich an das klassische Sprichwort ›Ich fürchte die Griechen auch dann, wenn sie schenken‹. Aber die Stolls waren keine Griechen, und, ganz gleich was für ein versunkenes Atlantis sie geplündert haben mochten – Sprengstoffe gehörten nicht zu den Schätzen, die dieser untergegangene Kontinent barg.

Ich schnitt die Schnur mit einer Nagelschere durch, zog sie Stück für Stück aus dem wasserdichten Tuch heraus und entfernte es dann. Doch der Gegenstand blieb noch immer durch eine Schicht feinmaschiges Netz verhüllt, und nachdem auch dieses entwirrt war, hielt ich endlich die symbolische Gabe in der Hand. Es war ein kleiner, rötlicher Krug mit Henkeln auf beiden Seiten. Ich hatte diese Art von Krug schon zuvor gesehen, in den Glaskästen von Museen. Aus dem Gefäßbauch war mit hervorragendem Geschick das Gesicht eines Mannes herausmodelliert – gerade stehende, an

Kammuscheln erinnernde Ohren, vortretende Augen, eine Knollennase über dem lüstern grinsenden Mund, der hängende Schnurrbart und ein abgerundeter Bart, der den Fuß bildete. Der Gefäßhals zeigte zwischen den Henkeln die Figuren dreier mit gewölbter Brust einherstolzierender Männer, deren Gesichter dem anderen auf dem Gefäßbauch ähnelten; doch damit hörte das Menschliche an ihnen auch auf, denn sie hatten Hufe statt Hände und Füße, und von ihrem haarigen Hinterteil wallte ein Pferdeschweif herab.

Ich drehte den Krug herum. Von der anderen Seite grinste mich dasselbe Gesicht lüstern an. Dieselben drei Figuren zierten den Hals. Er hatte keinen Sprung, keinen einzigen erkennbaren Makel, außer einer winzigen Kerbe an der Mündung. Ich schaute hinein und sah einen Zettel auf dem Gefäßboden liegen. Die Öffnung war zu eng für meine Hand, so daß ich ihn herausschütteln mußte. Es war eine einfache weiße Karte, auf der in Maschinenschrift geschrieben stand: »Silen, sterblicher Satyr, halb Pferd, halb Mensch, der – unfähig, die Wahrheit von trügerischem Schein zu unterscheiden – Dionysos, den Gott des Weins, in einer kretischen Höhle als Mädchen aufzog und später sein trunkener Erzieher und Gefährte wurde.«

Das war alles. Nichts weiter. Ich legte die Karte wieder in den Krug und stellte ihn auf den Tisch am anderen Ende des Zimmers. Doch selbst von dort aus grinste das geile, spöttische Gesicht noch zu mir herüber, und die drei Pferdemenschenfiguren hoben sich als deutlich hervortretendes Relief vom Hals ab. Ich war zu erschöpft, um das Gefäß wieder einzuwickeln, und so bedeckte ich es nur mit meiner Jacke und legte mich ins Bett. Am Morgen würde ich mich an die mühsame Aufgabe machen, es zu verpacken, und dann konnte ich den Frühstückskellner bitten, es in den Bungalow Nr. 38 zu bringen. Stoll sollte seinen Krug behalten, was immer er auch wert war, und glücklich damit werden. Ich wollte nichts damit zu schaffen haben.

Todmüde schlief ich ein, aber es war mir keine Entspannung vergönnt. Die Träume, die mich heimsuchten, ohne daß es mir gelang, sie abzuschütteln, gehörten einer anderen, unbekannten Welt an, die sich auf unheimliche Weise mit der meinen vermischte. Das Trimester hatte begonnen, doch die Schule, an der ich unterrichtete, lag auf einer von Wald umschlossenen Bergspitze, wiewohl die Gebäude die gleichen und das Klassenzimmer mein eigenes war. Meine Schüler, alles mir vertraute Jungengesichter, trugen Weinblätter im Haar und waren von einer seltsamen, unirdischen Schönheit, die betörend und zugleich verdorben wirkte. Sie liefen lächelnd auf mich zu, und ich umschlang sie mit den Armen und empfand dabei ein tückisch-süßes Glücksgefühl, wie ich es nie zuvor gekannt oder mir auch nur vorgestellt hatte. Der Mann, der mit vorgewölbter Brust in ihrer Mitte stand und mit ihnen spielte, war nicht ich selbst, so wie ich mich kannte, sondern ein dämonenhafter Schemen, der aus einem Krug aufstieg und eitel herumstolzierte, wie Stoll es in Spinalongha getan hatte.

Mir schien eine Ewigkeit vergangen zu sein, als ich erwachte, und tatsächlich sickerte helles Tageslicht durch die Läden, und es war Viertel vor zehn. Mein Kopf schmerzte, und ich fühlte mich elend, wie ausgepumpt. Ich bestellte Kaffee und schaute zur anderen Seite der Bucht hinüber. Das Boot lag an seinem Ankerplatz. Die Stolls waren also nicht Angeln gefahren. Normalerweise waren sie spätestens um neun Uhr draußen. Ich holte den Krug unter meiner Jacke hervor und begann ihn mit ungeschickten Händen in das Netz und das wasserdichte Tuch zu verpacken. Ich war gerade fertig, als der Kellner mit meinem Frühstückstablett erschien. Lächelnd wie immer wünschte er mir guten Morgen.

»Könnten Sie mir wohl einen Gefallen tun?« fragte ich.

»Gern, Sir«, erwiderte er.

»Es betrifft Mr. Stoll«, erklärte ich. »Soviel ich weiß, wohnt er in Bungalow Nr. 38 auf der anderen Seite der Bucht. Er fährt sonst jeden Tag zum Angeln hinaus, aber wie ich sehe, liegt sein Boot noch am Landungssteg.«

»Das braucht Sie nicht zu wundern.« Der Kellner lächelte.

»Mr. und Mrs. Stoll sind heute früh mit dem Wagen fortgefahren.«

»Verstehe. Wissen Sie, wann sie zurückkommen?«

»Sie kommen nicht mehr zurück, Sir. Sie sind abgereist. Sie sind zum Flughafen gefahren und wollten die Maschine nach Athen nehmen. Das Boot ist wahrscheinlich jetzt frei, wenn Sie es mieten wollen.«

Er ging die Stufen in den Garten hinunter, und der Krug in seiner wasserdichten Verpackung lag noch immer neben dem Frühstückstablett.

Die Sonne brannte bereits auf meinen Balkon. Es würde ein heißer Tag werden, zu heiß zum Malen. Ich war allerdings auch nicht dazu aufgelegt. Die Ereignisse der Nacht hatten mich völlig ausgelaugt, und meine Erschöpfung war nicht nur auf den mitternächtlichen Eindringling, sondern auch auf meine endlosen Träume zurückzuführen. Von den Stolls war ich vielleicht erlöst, nicht aber von ihrem Vermächtnis. Ich wickelte den Krug erneut aus und drehte ihn in meinen Händen herum. Das lüsterne, spöttische Gesicht stieß mich ab; ich bildete mir die Ähnlichkeit mit Stoll nicht nur ein, sie war überwältigend, unheimlich und zweifellos der eigentliche Grund, weshalb er das Gefäß an mich weitergegeben hatte – ich erinnerte mich an das Kichern bei jenem Telefongespräch –, und wenn er andere Gegenstände von ähnlichem oder vielleicht sogar noch höherem Wert besaß, dann konnte er auf diesen einen sehr gut verzichten. Es war bestimmt nicht einfach, dergleichen Dinge durch den Zoll zu schmuggeln, schon gar nicht in Athen. Die Geldstrafen für solche Vergehen waren ungeheuer hoch. Aber er hatte zweifellos seine Verbindungen und wußte, was zu tun war.

Ich starrte die Figuren auf dem Gefäßhals an und war von neuem verblüfft über die auffallende Ähnlichkeit zwischen ihnen und dem am Strand von Spinalongha gespreizt herumstolzierenden Stoll mit seinem nackten, behaarten Körper und dem ausladenden Gesäß. Halb Mensch, halb Satyr... ›Silenos, der trunkene Erzieher des Gottes Dionysos‹...

Der Krug war abscheulich, teuflisch. Kein Wunder, daß ich derart üble Träume gehabt hatte, die meiner Natur so völlig fremd waren. Aber vielleicht Stolls Natur nicht? Konnte es sein, daß er das Obszöne an diesem Gefäß ebenfalls bemerkt hatte, wenn auch erst, als es zu spät war? Der Barkeeper hatte mir erzählt, daß Stoll erst in diesem Jahr dem Alkohol verfallen sei. Sicher bestand ein Zusammenhang zwischen seiner Trunksucht und dem Fund des Kruges. Eins war mir klar, ich mußte ihn loswerden – aber wie? Wenn ich ihn zur Hoteldirektion brachte, würde man mir Fragen stellen. Vielleicht klang es unglaubwürdig, daß jemand das Gefäß in der Nacht auf meiner Veranda deponiert hatte. Vielleicht würde man mich verdächtigen, es von einer archäologischen Stätte mitgenommen zu haben, womöglich, um es aus dem Land zu schmuggeln oder irgendwo auf der Insel zu veräußern. Was also dann? Sollte ich die Küste entlangfahren und diesen jahrhundertealten Krug von wahrscheinlich unschätzbarem Wert ins Wasser werfen?

Ich packte ihn behutsam in meine Jackentasche und wanderte durch den Garten zum Hotel hinauf. Die Bar war leer, der Barkeeper polierte gerade hinter seiner Theke Gläser. Ich setzte mich auf einen Hocker und bestellte Mineralwasser.

»Kein Ausflug heute, Sir?« erkundigte er sich.

»Vieleicht später«, antwortete ich.

»Ein kühles Bad im Meer und eine Siesta auf der Veranda«, schlug er vor. »Ah, übrigens, Sir, ich habe etwas für Sie.«

Er bückte sich und brachte eine kleine Flasche mit Schraubverschluß zum Vorschein. »Das hat Mr. Stoll gestern abend mit den besten Grüßen für Sie hinterlassen. Er wartete hier fast bis Mitternacht auf Sie, aber Sie kamen nicht. So versprach ich ihm, Ihnen die Flasche zu geben.«

Ich beäugte sie mißtrauisch. »Was ist darin?« fragte ich.

Der Barkeeper lächelte. »Etwas von seinem Spezialgebräu«, antwortete er. »Es ist ganz harmlos, er hat mir auch eine Flasche davon gegeben, für mich und meine Frau. Sie sagt, es ist ganz einfach Limonade. Das übelriechende Zeug muß er wohl weggeschüttet haben. Probieren Sie mal.« Und bevor ich ihn daran hindern konnte, hatte er schon ein wenig in mein Mineralwasser gegossen.

Zögernd tauchte ich meinen Finger in das Glas und kostete. Es erinnerte mich an den Gerstentrank, den Mutter immer machte, als ich noch Kind war. Es schmeckte auch genauso fade. Und doch... es hinterließ einen eigenartigen Nachgeschmack auf Gaumen und Zunge. Nicht so süß wie Honig, auch nicht so herb wie Trauben, aber angenehm, eine Mischung aus sonnenbeschienenen Rosinen und reifen Ähren.

»Na gut«, sagte ich. »Auf die Gesundheit von Mr. Stoll – er hat es nötig!« und mannhaft trank ich meine Medizin.

»Eins steht fest«, erklärte der Barkeeper, »ich habe meinen besten Kunden verloren. Sie sind heute früh abgereist.«

»Ja«, sagte ich, »das habe ich von meinem Kellner gehört.«

»Mrs. Stoll sollte ihn in eine Klinik bringen«, fuhr der Barkeeper fort. »Er ist ein kranker Mann, und es ist nicht nur der Alkohol.«

»Wie meinen Sie das?«

Er tippte sich an die Stirn. »Da oben stimmt's nicht mehr ganz«, antwortete er. »Sie haben ja selbst erlebt, wie er sich benimmt. Irgend etwas zerrüttet ihm den Verstand. Eine fixe Idee oder so etwas. Ich glaube nicht, daß wir die beiden nächstes Jahr wiedersehen.«

Ich trank mein Mineralwasser, das durch den Gerstengeschmack zweifellos gewonnen hatte.

»Was war er eigentlich von Beruf?« fragte ich.

»Mr. Stoll? Na, mir erzählte er einmal, er sei an einer amerikanischen Universität Professor für alte Sprachen, aber bei ihm wußte man ja nie, ob er die Wahrheit sagte oder nicht. Mrs. Stoll bezahlte die Rechnungen hier, engagierte den Bootsmann und kümmerte sich überhaupt um alles. Obwohl er sie in der Öffentlichkeit beschimpfte, schien er von ihr abhängig zu sein. Ich hab' mich zwar manchmal gefragt...«

Er verstummte.

»Was haben Sie sich gefragt?« forschte ich.

»Na ja... Sie mußte eine ganze Menge einstecken. Ich hab' sie oft beobachtet, wenn sie ihn anschaute, und es waren keine liebevollen Blicke. Frauen ihres Alters möchten doch etwas vom Leben haben. Vielleicht hat sie anderswo ihre Befriedigung gefunden und ihm dafür die Leidenschaft für Alkohol und Altertümer nachgesehen. Er hat eine ganze Reihe Dinge zusammengetragen – in Griechenland und auf den Inseln und hier in Kreta. Es ist gar nicht so schwer, wenn man sich auskennt.«

Er blinzelte. Ich nickte und bestellte noch ein Mineralwasser. Die warme Luft in der Bar hatte mich durstig gemacht.

»Gibt es an der Küste vielleicht noch irgendwelche weniger bekannte Stätten?« fragte ich. »Orte, die er mit dem Boot hätte erreichen können, meine ich.«

Möglicherweise war es nur Einbildung, aber es kam mir so vor, als wiche er meinem Blick aus.

»Das weiß ich nicht, Sir«, antwortete er. »Vermutlich schon, aber es ist sicher alles bewacht. Und daß es noch Orte gibt, die die Behörden nicht kennen, bezweifle ich.«

»Und wie ist es mit Wracks?« bohrte ich weiter. »Schiffen, die vielleicht vor Jahrhunderten gesunken sind und nun auf dem Meeresgrund liegen?«

Er zuckte die Schultern. »Man hört immer wieder einmal Gerüchte«, antwortete er obenhin. »Geschichten, die von Generation zu Generation weitererzählt werden. Aber meistens ist es reine Fantasie, Aberglauben. Ich habe so etwas nie ernst genommen, und ich kenne keinen einigermaßen vernünftigen Menschen, der es tut.«

Er schwieg einen Augenblick und rieb an einem Glas herum. Ich überlegte, ob ich zuviel gesagt hatte. »Wir wissen alle, daß ab und zu kleine Gegenstände gefunden werden«, murmelte er, »und sie können sehr wertvoll sein. Meistens werden sie aus dem Land geschmuggelt, aber wenn das zu riskant ist, kann man sie schon hier zu einem guten Preis an Kenner verkaufen. Ich hab' einen Vetter im Dorf, der Beziehungen zu unserem Museum hat. Er ist der Wirt des Cafés gegenüber dem Teich. Mr. Stoll war da sehr häufig. Papitos heißt er. Übrigens gehört ihm auch das Boot, das die Stolls immer benutzten. Er vermietet es an die Hotelgäste.«

»Ich verstehe.«

»Aber... Sie sind natürlich kein Sammler, Sir... Sie interessieren sich nicht für Altertümer.«

»Nein«, bestätigte ich, »ich bin kein Sammler.«

Ich stieg von meinem Hocker herunter, nickte dem Barkeeper grüßend zu und verließ die Bar. Ich fragte mich, ob sich wohl das Päckchen in meiner Tasche abzeichnete.

Ich schlenderte durch die Halle auf die Terrasse hinaus. Die Neugier ließ mir keine Ruhe, und so spazierte ich zu Stolls Bootsanlegestelle hinunter. Sein Bungalow war schon saubergemacht und aufgeräumt, die Läden hatte man geschlossen. Nichts erinnerte mehr an die letzten Bewohner. Höchstwahrscheinlich würde das Haus bis zum Abend schon wieder an irgendeine englische Familie vermietet sein, die überall ihre Badeanzüge verstreute.

Das Boot lag an seinem Ankerplatz, und sein Betreuer schrubbte es gerade von außen ab. Ich schaute zu meinem eigenen Bungalow hinüber, den ich nun zum erstenmal von Stolls Blickwinkel aus sah. Ja, wenn er hier stand und durch sein Fernglas starrte, mußte er mich für einen Eindringling gehalten haben, einen Spion, vielleicht sogar für jemanden, der aus England hergeschickt worden war, um die Begleitumstände von Gordons Tod zu untersuchen. War es eine Geste der Herausforderung, daß Stoll mir in der Nacht vor seiner Abreise den Krug geschenkt hatte? Ein Bestechungsversuch? Oder ein Fluch?

Jetzt richtete sich der Grieche auf und sah zu mir herüber. Es war nicht derselbe Bootsmann wie bisher, ich hatte das nur nicht bemerkt, solange er mir den Rücken zugewandt hielt. Der Bursche, der die Stolls begleitet hatte, war jünger gewesen, dunkelhaarig; dieser hier war schon ein recht alter Mann. Es fiel mir ein, daß mir der Barkeeper erzählt hatte, das Boot gehöre seinem Vetter Papitos, dem Besitzer des Cafés beim Teich.

»Entschuldigen Sie«, rief ich. »Sind Sie vielleicht der Bootseigentümer?«

Der Mann kletterte auf den Landungssteg und kam heran.

»Nicolai Papitos ist mein Bruder«, sagte er. »Wollen Sie kleine Fahrt um die Bucht machen? Viele Fische draußen. Kein Wind heute. Sehr ruhig das Meer.«

»Für Angeln interessiere ich mich nicht«, antwortete ich. »Aber ich hätte nichts gegen einen Ausflug. So eine Stunde ungefähr. Was kostet das?«

Er nannte mir den Betrag in Drachmen, und ich rechnete aus, daß es knapp zwei Pfund waren, obwohl es zweifellos doppelt soviel kosten würde, die Landspitze zu umrunden und bis zu jenem Sandstreifen auf dem Isthmus von Spinalongha die Küste entlangzufahren. Ich zog meine Brieftasche heraus, um nachzusehen, ob ich genügend Geld bei mir hatte oder zur Rezeption zurückgehen und einen Travellerscheck einlösen müßte.

»Lassen Sie Hotel bezahlen«, schlug er schnell vor, da er offenbar meine Gedanken erraten hatte. »Kosten kommen dann auf Ihre Rechnung.«

Das gab den Ausschlag. Im übrigen waren meine Extraausgaben bisher sowieso sehr bescheiden gewesen.

»Schön«, sagte ich, »dann miete ich das Boot für ein paar Stunden.«

Ein merkwürdiges Gefühl, durch die Bucht zu tuckern, wie es die Stolls so oft getan hatten. Ich hatte keinen genauen Plan. Es zog mich lediglich aus irgendeinem unerklärlichen Grund zu der Stelle, wo das Boot am Vortag geankert hatte. »Das Wrack ist schon vor Jahrhunderten leergeplündert worden...« Hatte Stoll gelogen? War es vielleicht denkbar, daß dort wochenlang Tag für Tag sein Jagdrevier gewesen war und seine Frau aus der Tiefe tropfende Schätze heraufgebracht und ihm in die raffgierigen Hände gelegt hatte?

Wir umrundeten die Spitze, und als wir den schützenden Arm hinter uns gelassen hatten, wurde die Brise gleich frischer, und das Boot geriet in Bewegung, wenn es die gekräuselten kurzen Wellen schnitt.

Der lange Isthmus von Spinalongha lag links vor uns, und es war ziemlich schwierig, meinem Steuermann nun zu erklären, daß mich ausgerechnet die exponiertere, zur offenen See hin gelegene Isthmusküste interessierte und nicht etwa die ruhigeren Gewässer bei den Salinen.

»Möchten Sie angeln?« brüllte er, um das Dröhnen des Motors zu übertönen. »Gute Fische davor«, und er deutete auf die Salinen.

»Nein, nein!« schrie ich zurück. »Fahren Sie weiter, die Küste entlang.«

Er zuckte die Achseln. Er konnte nicht fassen, daß ich nicht angeln wollte, und ich überlegte mir schon, was für eine Ausrede ich vorbringen könnte, damit er, wenn wir unser Ziel erreichten, das Boot zur Küste steuerte und dort verankerte.

Jetzt kamen die Hügel in Sicht, auf denen ich gestern herumgeklettert war, und gleich darauf, nachdem wir eine Landzunge umrundet hatten, der kleine Meeresarm und die verfallene Schäferhütte am Strand.

»Da hinein«, rief ich. »Ankern Sie vor dem Strand dort.«

Er starrte mich verwirrt an und schüttelte den Kopf. »Nicht gut«, schrie er. »Zuviel Felsen.«

»Unsinn«, brüllte ich. »Erst gestern habe ich Leute vom Hotel hier ankern sehen.«

Er hatte unvermittelt den Motor gedrosselt, so daß meine Stimme lächerlich gellend klang. Das Boot tanzte auf den kurzen Wellen auf und ab.

»Kein guter Platz«, wiederholte er störrisch. »Wrack da, versperrt den Weg.«

Also gab es tatsächlich ein Wrack... Ich verspürte eine wachsende Erregung und war nicht gewillt, mich von meinem Plan abbringen zu lassen.

»Darüber weiß ich nichts«, entgegnete ich genauso entschieden. »Aber das Boot lag genau vor der kleinen Landzunge, ich habe es selbst gesehen.«

Er murmelte etwas vor sich hin und bekreuzigte sich dann.

»Und wenn ich Anker verliere?« fragte er. »Was sage ich meinem Bruder Nicolai?«

Er steuerte das Boot sehr behutsam in die Bucht hinein. Dann ging er mit unterdrücktem Fluchen nach vorn und warf den Anker über Bord. Er wartete, bis er hielt, kam wieder ins Heck und stellte den Motor ab.

»Wenn Sie näher wollen, müssen Sie Schlauchboot nehmen«, sagte er mürrisch. »Ich blase es für Sie auf.« Und er zerrte eines dieser aufblasbaren Rettungsboote hervor.

Es war mir im Grund viel lieber. So konnte ich in Ruhe zum Strand paddeln, ohne daß er mir dabei über die Schulter sah. Gleichzeitig wollte ich mir aber die Gelegenheit nicht entgehen lassen, seinem Stolz einen kleinen Stich zu versetzen.

»Der Mann, der das Boot gestern steuerte, ankerte weiter drinnen, und es ist nichts passiert«, sagte ich.

»Wenn er riskieren wollen, daß mein Bruder Boot verliert, kann er das machen«, erwiderte er barsch. »Jetzt habe ich die Verantwortung. Der andere ist heute nicht gekommen zur Arbeit, wird entlassen. Ich habe nicht Lust, daß auch mir passiert so etwas.«

Ich entgegnete nichts. Wenn der jüngere Bootsmann seinen Job verloren hatte, dann vermutlich, weil zu viele Trinkgelder von Stoll in seine Tasche gewandert waren.

Als das Boot aufgeblasen im Wasser schwamm, stieg ich vorsichtig hinein und begann auf den Sandstreifen zuzupaddeln, den ich glücklicherweise auch ohne große Schwierigkeit erreichte. Als ich das Schlauchboot an Land zog, merkte ich, daß mich mein Steuermann von seinem sicheren Ankerplatz aus interessiert beobachtete. Doch nachdem er sich davon überzeugt hatte, daß das Schlauchboot keinen Schaden nahm, drehte er mir aus Protest den Rücken zu und hockte dann mit vorgeschobenen Schultern im Bug, wo er vermutlich über die spleenigen englischen Touristen nachdachte.

Ich wollte deshalb an Land gehen, weil ich von dort aus den gestrigen Ankerplatz des Bootes einigermaßen genau zu bestimmen hoffte. Wie erwartet, sah ich sofort, daß es weiter links als heute und mehr in Strandnähe gelegen hatte. Ich schaute zu der Schäferhütte hinüber und entdeckte meine Fußabdrücke vom Tag zuvor. Es gab aber noch andere. Frische. Der Sand vor der Hütte war zerwühlt, als hätte etwas da gelegen und wäre dann zum Wasser geschleift worden.

Vielleicht war der Ziegenhirte am Morgen mit seiner Herde gekommen.

Ich ging zu dem Schuppen hinüber und schaute hinein. Seltsam... Der kleine Haufen Keramikscherben war fort. Nur die leeren Flaschen standen noch immer in der Ecke und hatten sich sogar um drei vermehrt, von denen eine noch halb voll war. Die Sonne hatte fast eine Stunde lang auf meinen ungeschützten Kopf heruntergebrannt – ich hatte dummerweise meinen Hut im Bungalow zurückgelassen, weil ich ja überhaupt nicht auf diesen Ausflug vorbereitet gewesen war –, und so verspürte ich jetzt einen unerträglichen Durst. Ich hatte allzu spontan gehandelt und mußte nun dafür büßen. Rückblickend betrachtet, war es ein unverantwortlich leichtfertiges Unternehmen. Auf jeden Fall fand ich, eine halbe Flasche Bier sei einem Hitzschlag vorzuziehen.

Ich wollte nicht gern eine Flasche an den Mund setzen, aus der schon ein Ziegenhirte getrunken hatte – sofern er tatsächlich dagewesen war; diese Burschen zeichneten sich nicht gerade durch besondere Reinlichkeit aus. Der Krug in meiner Tasche fiel mir ein. Nun, so diente er zumindest einem Zweck. Ich wickelte ihn aus und goß das Bier hinein. Erst nach dem ersten Schluck merkte ich, daß es gar kein Bier war, sondern Gerstenwasser. Dasselbe hausgebraute Zeug, das Stoll in der Bar für mich hinterlassen hatte. Tranken es die Einheimischen etwa auch? Daß es völlig harmlos war, wußte ich aus eigener Erfahrung; zudem hatten es auch der Barkeeper und seine Frau probiert.

Als die Flasche leer war, betrachtete ich den Krug noch einmal. Ich weiß nicht, wie es zuging, doch das lüsterne Gesicht schien mit einemmal nicht mehr so geil. Es hatte eine gewisse Würde, die mir zuvor entgangen war. Der Bart zum Beispiel war geradezu vollendet um den Gefäßfuß herum modelliert. Wer immer den Krug hergestellt hatte, es war ein Meister gewesen. Ich überlegte, ob Sokrates so ausgesehen haben mochte, wenn er mit seinen Schülern in die Agora von Athen spazierte und über das Leben philosophierte. Gut möglich. Und bei seinen Schülern mußte es sich auch nicht unbedingt um jene jungen Männer, als die sie Plato bezeichnete, gehandelt haben; sie konnten auch in zarterem Alter gewesen sein, wie meine Schüler, diese elf- und zwölfjährigen Jungen, die mich in meinen Träumen der letzten Nacht angelächelt hatten.

Ich betastete die welligen Ohren, die runde Nase und die vollen Lippen des Tutors Silen auf dem Krug, seine Augen, die ich auf einmal nicht mehr als vortretend bezeichnet hätte, sondern eher als fragend, flehend; selbst die nackten Pferdemenschen auf dem Hals hatten jetzt mehr Anmut. Sie stolzierten nicht mehr eitel herum, sondern schienen mit verschlungenen Händen zu tanzen, heiter, gelöst, von ausgelassener Fröhlichkeit erfüllt. Es mußte meine Furcht vor dem mitternächtlichen Eindringling gewesen sein, die mich das Gefäß mit so viel Abscheu hatte betrachten lassen.

Ich steckte es wieder in meine Tasche und ging zu dem Schlauchboot zurück. Angenommen, ich besuchte diesen Papitos, der Beziehungen zum örtlichen Museum hatte, und erkundigte mich nach dem Wert des Kruges? Angenommen, er war Hunderte, Tausende wert, und Papitos könnte ihn für mich verkaufen oder mir eine Adresse in London nennen? Stoll mußte das ständig getan und Erfolg dabei gehabt haben. Das hatte der Barkeeper wenigstens angedeutet... Während ich vom Strand fortpaddelte, dachte ich über den Unterschied zwischen einem so vermögenden Mann wie Stoll und mir nach. Da war er, ein gefühlloser, roher Mensch mit einer so dicken Haut, daß man sie nicht einmal mit einem Speer hätte durchstechen können, ein Mann, dessen Regale zu Hause in den Vereinigten Staaten vermutlich mit Beute geradezu beladen waren. Ich dagegen, der ich ein unzulängliches Gehalt bekam, um kleine Jungen zu unterrichten, und wofür das alles? Die Moralisten behaupteten, Geld mache nicht glücklich, doch sie irrten sich. Wenn ich nur ein Viertel von Stolls Reichtum besäße, könnte ich mich vom Schuldienst zurückziehen, im Ausland leben, den Sommer vielleicht auf einer griechischen Insel verbringen und den Winter in irgendeinem Studio in Athen oder Rom. Ein völlig neues Leben würde sich vor mir auftun, und überdies genau im richtigen Augenblick, bevor ich zu alt wurde, um es zu genießen.

Ich paddelte zu der Stelle hin, wo das Boot meiner Meinung nach am Vortag geankert hatte. Dann ließ ich das Schlauchboot treiben und starrte ins Wasser. Es war von blaßgrüner Farbe, durchsichtig, allerdings bestimmt einige Faden tief, denn der mit hellem Sand bedeckte Meeresgrund hatte etwas Entrücktes und wirkte wie eine andere, weit von der meinen entfernte Welt. Ein silberhell schimmernder Fischschwarm wogte auf eine Locke rötlichen Haares zu, die Aphrodite hätte zieren können, jedoch nur Tang war, der sich sanft mit der Strömung im Wasser wiegte. Jeder gewöhnliche runde Kiesel glänzte wie ein Edelstein. Die Brise, die den Golf hinter dem verankerten Boot kräuselte, konnte stets nur die Wasseroberfläche, nie diese Tiefen erreichen, und während das Schlauchboot langsam im Kreis herumtrieb, überlegte ich, ob es vielleicht das Tauchen als solches gewesen war, was die taube Mrs. Stoll dazu veranlaßt hatte, die Habgier ihres Mannes zu befriedigen, ob die Suche nach Schätzen für sie nur ein Vorwand gewesen war, um in den Tiefen da unten einem unerträglichen Leben zu entkommen.

Genau in dieser Sekunde sah ich in den Hügeln über der Bucht etwas in der Sonne blitzen. Es war ein Gegenstand aus Glas, und er bewegte sich. Irgend jemand beobachtete mich durch einen Feldstecher. Ich stützte mich auf meine Paddel und starrte hinauf. Zwei Gestalten versuchten sich hastig über den Hügelkamm fortzustehlen, aber ich erkannte sie gleich. Es waren Mrs. Stoll und der Grieche, der das Boot für sie bedient hatte. Ich schaute mich um. Mein Steuermann blickte noch immer unverwandt auf das Meer hinaus. Er hatte nichts gesehen.

Jetzt waren die frischen Fußabdrücke erklärt. Mrs. Stoll hatte zusammen mit dem Bootsmann die Hütte ein letztes Mal besucht, um die Scherben wegzuräumen, und jetzt würden sie sicher ihre durch den Abstecher zu den Salinen um einige Kilometer verlängerte Fahrt zum Flugplatz fortsetzen, um die Nachmittagsmaschine nach Athen zu erreichen. Und

Stoll selbst? Wahrscheinlich hielt er inzwischen auf dem Rücksitz des wartenden Wagens eine Siesta.

Daß ich diese Frau noch einmal sehen mußte, verdarb mir den ganzen Ausflug. Ich bedauerte, daß ich gekommen war. Und mein Steuermann hatte die Wahrheit gesagt; das Schlauchboot trieb jetzt über Felsen. Hier erstreckte sich offenbar ein Riff von der Küste ins Meer hinein. Der Sand war nun dunkler, grau, von anderer Beschaffenheit. Die Augen mit den Händen abschirmend, starrte ich angestrengt ins Wasser, und plötzlich sah ich den großen, überkrusteten Anker, auf dem sich die Muscheln von Jahrhunderten festgesetzt hatten, und als das Schlauchboot weitertrieb, entdeckte ich auch das geborstene, verstümmelte Skelett des Schiffes.

Stoll hatte recht gehabt, es war ausgeplündert. Hier war bestimmt nichts verblieben, was irgendeinen Wert gehabt hätte. Keine Schalen, Krüge oder schimmernde Münzen. Eine momentane Brise riffelte das Wasser, und als es wieder ruhig und klar wurde, sah ich neben dem Gerippe des Bugs den zweiten Anker und einen menschlichen Körper, den das verkrustete Eisen gefangenhielt. Die Bewegung des Wassers verlieh ihm trügerisches Leben, so daß es schien, als versuche er noch immer verzweifelt, sich zu befreien, obwohl ihm das nie gelingen konnte. Tage und Nächte würden vergehen, Monate und Jahre, und bald würde sich das Fleisch zersetzen, bis nur noch ein auf dem Anker aufgespießtes Skelett übrigblieb.

Es war Stoll, dessen Kopf, Rumpf und Glieder hier grotesk und unmenschlich in der Strömung hin und her schwangen.

Ich blickte noch einmal zu dem Hügelkamm hinauf, doch die beiden Gestalten waren schon lange verschwunden, und mit einemmal sah ich intuitiv mit erschreckender Klarheit vor mir, was geschehen war: Stoll, die Flasche zum Mund gehoben, stolzierte am Strand herum, und plötzlich schlugen sie ihn von hinten nieder und schleiften ihn zum Wasser, und seine Frau war es dann, die den Ertrinkenden zu seiner letzten Ruhestätte auf dem Meeresgrund hinunterschleppte und ihn auf den verkrusteten Anker aufspießte. Der einzige

Zeuge seines Geschicks war ich, und ich würde schweigen, ganz gleich, was für Lügen sie erzählen mochte, um sein Verschwinden zu erklären. Ich war nicht verpflichtet, die Tragödie aufzudecken, und ich wollte auf keinen Fall darin verwikkelt werden.

Dann hörte ich einen würgenden, halberstickten Laut neben mir – jetzt weiß ich, daß er von mir selbst kam, denn Grauen und Furcht überwältigten mich –, hastig begann ich von dem Wrack fortzupaddeln. Dabei streifte mein Arm den Krug in meiner Tasche, und in plötzlicher Panik zerrte ich ihn heraus und warf ihn über Bord. Doch ich wußte, daß ich ihn vergeblich von mir schleuderte. Er versank nicht gleich, sondern tänzelte noch eine Weile auf der Oberfläche, bis er sich mit dem durchsichtig hellgrünen Wasser füllte, dessen blasse Tönung mich an den mit Piniennadeln und Efeu versetzten Gerstensaft erinnerte. Dieser Saft war keineswegs harmlos, nein, er war teuflisch, stumpfte das Gewissen ab und betäubte den Geist; das höllische Gebräu des lachenden Gottes Dionysos, das seine Jünger in Trunksüchtige verwandelte, würde bald ein neues Opfer fordern. Das Gift kreiste schon in mir. Die Augen in dem aufgedunsenen Gesicht starrten zu mir herauf, und es waren nicht nur die des Erzieher-Satyrs Silen und des ertrunkenen Stoll, sondern auch meine eigenen, wie sie mir eines Tages aus einem Spiegel entgegensehen würden. Alles Wissen schien in ihrem unergründlichen Blick zu liegen, und alle Verzweiflung.

Ein Grenzfall

Shelaghs Vater hatte etwa zehn Minuten geschlafen. Sicher nicht länger. Shelagh hatte ein paar der alten Fotoalben aus seinem Arbeitszimmer geholt, um ihn zu unterhalten, und sie hatten sich beim Durchblättern gemeinsam amüsiert. Allem Anschein nach ging es ihm bedeutend besser. Die Pflegeschwester hatte sich zum erstenmal wieder mit gutem Gewissen für einen Nachmittagsspaziergang beurlaubt, da ihr Patient ja unter der Obhut seiner Tochter blieb, und seine Frau hatte die Gelegenheit benutzt, rasch zum Friseur zu fahren. Der Arzt hatte ihnen allen versichert, die Krisis sei vorüber; nun komme es nur noch auf viel Ruhe und Geduld an, und sie dürften die Sache nicht so tragisch nehmen.

Shelagh stand am Fenster, nachdem ihr Vater lächelnd eingeschlummert war, und blickte geistesabwesend in den Garten hinunter. Selbstverständlich würde sie so lange zu Hause bleiben, wie ihr Vater sie brauchte; sie hätte es nie übers Herz gebracht, ihn zu verlassen, solange noch die geringsten Zweifel an seiner Genesung bestanden. Nur... falls sie das Angebot ihrer Theatertruppe ausschlug, die Hauptrollen in einer ganzen Serie von Shakespeare-Komödien zu spielen, bekam sie wahrscheinlich nie wieder eine derartige Chance. Rosalinde! Portia! Viola! Viola in *Was ihr wollt* war ihre Lieblingsrolle – ein sehnendes Herz im doppelten Verkleidungs- und Verwechslungsspiel, das Witz und Lust bis zum erlösenden Ende steigerte...

Sie lächelte unwillkürlich, strich das Haar hinter die Ohren, warf den Kopf in den Nacken, stemmte eine Hand in die Hüfte und markierte stumm die Szene, in der Viola zum erstenmal in Männerkleidung, als Cesario, auftritt. In dem Augenblick riß ein plötzliches Geräusch hinter ihr sie herum. Ihr Vater war erwacht und mühte sich, im Bett hochzukommen. Er starrte sie mit einem Ausdruck ungläubigen Entsetzens an und ächzte: »Nein, nein – oh, Jinnie! O mein Gott!« Und als Shelagh mit dem verwirrten Gestammel »Was ist denn, Papa? Fehlt dir was?« zu ihm stürzte, wehrte er sie mit einem Kopfschütteln und einer fahrigen Handbewegung ab, fiel auf das Kissen zurück, und sie erkannte: Er war tot.

Sie raste aus dem Zimmer und schrie nach der Schwester, ehe sie sich erinnerte, daß diese spazierengegangen war, wer weiß wo. Sie rannte die Treppe hinunter, um ihre Mutter aufzutreiben, aber das Haus war leer, und das Garagentor stand weit offen. Ihre Mutter war also mit dem Wagen irgendwohin gefahren. Warum? Zu welchem Zweck? Ihr, Shelagh, hatte sie nichts gesagt. Shelagh griff mit zitternden Händen nach dem Telefon in der Diele und wählte die Nummer des Arztes, aber als endlich das Antwortzeichen kam, meldete sich nicht der Doktor selbst, sondern nur seine unpersönliche Tonbandstimme: »Hier Doktor Dray. Ich bin vor fünf Uhr nicht zu sprechen. Ihr Anliegen wird auf Band aufgenommen. Bitte beginnen Sie ...« Es tickte im Apparat, ganz als ob man die Zeitansage anriefe und eine Automatenstimme erwiderte: »Beim Gongschlag ist es zwei zweiundvierzig und zwanzig Sekunden ...« Shelagh ließ den Hörer auf die Gabel fallen, suchte fieberhaft im Telefonbuch nach der Nummer von Dr. Drays Assistenten, einem jungen Mann, der erst seit kurzem in der Praxis war und den sie nicht einmal kannte – und diesmal antwortete wenigstens eine lebende Stimme, eine Frau. Im Hintergrund schrie ein Kind, und das Radio dröhnte, und Shelagh hörte, wie die Frau dem Kind ungeduldig zurief, es solle still sein.

»Hier Shelagh Money. Whitegates, Great Marsden. Bitte schicken Sie mir den Doktor sofort. Ich glaube ... Mein Vater ist eben gestorben. Die Schwester ist weggegangen, und ich bin allein im Haus. Und ... ich kann Dr. Dray nicht erreichen.«

Ihre Stimme versagte. Die rasche, verständnisvolle Antwort der Frau »Ich gebe meinem Mann Bescheid« machte weitere Erklärungen überflüssig. Shelagh hätte ohnehin kein Wort mehr hervorgebracht. Sie wandte sich vom Telefon ab und rannte blindlings wieder die Treppen hinauf in das Krankenzimmer. Ihr Vater lag noch da, wie sie ihn verlassen hatte, und auch der Ausdruck des Entsetzens war noch auf seinem erstarrten Gesicht. Sie ließ sich neben dem Bett auf die Knie fallen und küßte seine Hand, während ihr die Tränen über die Wangen strömten. »Was ist passiert?« fragte sie sich stumm. »Was habe ich ihm getan?« Denn vorhin, als er ihren Kosenamen ›Jinnie‹ ächzte, hatte es nicht geklungen, als litte er an einem plötzlichen Schmerzanfall oder an der Nachwirkung eines schlechten Traums. Seine letzten Worte waren eher eine Anklage – als habe er ihr etwas vorzuwerfen, was über alle Begriffe ging. »Nein, nein... Oh, Jinnie... O mein Gott!« Es klang ihr noch im Ohr. Und dann hatte er sie abgewehrt, als sie ihm zu Hilfe eilen wollte, und war gestorben.

Ich ertrage es nicht, ich ertrage es nicht, dachte sie. Was hab' ich ihm nur getan? Sie stand, noch tränenblind, auf, ging wieder ans offene Fenster und wagte erst nach Minuten, einen Blick über die Schulter auf das Totenbett zu werfen. Sein Gesicht hatte sich unmerklich verändert. Er starrte sie nicht mehr an. Er war still. Er war hinüber. Er hatte den Augenblick der Wahrheit für immer mit sich genommen. Sie würde nie erfahren, was wirklich geschehen war. Das gehörte schon dem Damals an, der Vergangenheit, einer anderen Zeitdimension, und das Hier und Jetzt war ein Teil der Zukunft, die er nicht mehr teilte. Gegenwart und Zukunft waren für ihn so leer wie manche Stellen seiner Fotoalben, in die die längst fälligen Bilder noch immer nicht eingeklebt waren. Shelagh rief sich verzweifelt seine letzten Minuten ins Gedächtnis zurück. Selbst wenn er meine Gedanken gelesen hätte wie so oft, dachte sie, hätten sie ihn nicht schockiert. Er wußte ja, wie wild ich auf diese Shakespeare-Rollen war... Mehr als das, er hat mich stets ermutigt, er hat mich angefeuert, er war überzeugt von meinem Talent. Es war ja nicht, als hätte ich heimlich geplant, mit irgendeiner Schmiere durchzubrennen und ihn zu verlassen... Warum also dieses ungläubige Entsetzen im letzten Moment? Warum? Warum?

Sie starrte aus dem Fenster. Der herbstliche Blätterteppich, der hier und da den Rasen bedeckte, wurde gerade von einem Windstoß in die Lüfte gewirbelt, in alle Richtungen zerblasen und taumelte wieder zu Boden. Diese Blätter, deren Knospen und glänzend saftgrünes Entfalten sie miterlebt hatte, waren nun auch ohne Leben. Der Baum hatte sie abgeworfen und sie dem müßigen Zufallsspiel der Winde überlassen. Sie schimmerten nur noch in ersterbendem Gold, wenn die Sonne darauf schien; im Schatten waren sie welk, runzlig, trocken.

Shelagh hörte einen Wagen vorfahren, ging hastig aus dem Zimmer und blieb abwartend auf dem oberen Treppenabsatz stehen. Es war nicht der Arzt. Es war ihre Mutter, die in die Diele trat und sich im Gehen die Handschuhe auszog. Ihre hochtoupierte Frisur glitzerte von Trockenhaube und Haarspray. Ohne zu bemerken, daß sie von ihrer Tochter beobachtet wurde, verweilte Mrs. Money ein paar Sekunden vor dem Spiegel, um eine Locke zurechtzurücken und sich die Lippen nachzuziehen. Das Zufallen der Küchentür veranlaßte sie, den Kopf umzuwenden.

»Sind Sie's, Schwester?« rief sie. »Machen Sie bitte Tee. Wir trinken ihn dann alle oben.«

Damit blickte sie wieder in den Spiegel, legte den Kopf prüfend rechts und links und tupfte das Zuviel an Lippenstift mit einem Kleenex-Tuch ab.

Die Pflegerin kam von der Küche her in die Diele. Ohne ihre Schwesterntracht wirkte sie ganz anders als sonst. Sie hatte sich für ihren Spaziergang Shelaghs Wettermantel ausgeborgt, und ihr im Dienst so glattgescheiteltes Haar war zerzaust.

»Welch herrlicher Nachmittag!« sagte sie. »Ich habe einen tüchtigen Fußmarsch über die Felder gemacht. Es war erfrischend, hat alle Spinnweben weggeblasen. Ja, ich kümmere mich nun um den Tee. Wie geht's meinem Patienten?«

Die beiden leben noch in der Vergangenheit, dachte Shelagh oben auf der Treppe, beziehungsweise in einer Gegenwart, die es nicht mehr gibt. Die vom Spaziergang hungrige

Schwester würde die Butterbrötchen, auf die sie sich freute, nicht mehr genießen, und ihre Mutter würde beim nächsten Blick in den Spiegel ein gealtertes, verzerrtes Gesicht unter der toupierten Lockenpracht entdecken. Der unerwartete Schock schien Shelaghs Vorstellungskraft erhöht zu haben. Sie sah die Schwester bereits am Bett des nächsten Patienten, eines unleidlichen alten Nörglers, der nie irgendwelche Späßchen mit ihr machte wie ihr Vater, während ihre Mutter in elegantem Schwarzweiß (Schwarz allein würde sie zu ›streng‹ finden) Kondolenzbriefe beantwortete, zuerst natürlich diejenigen, deren Absender eine gesellschaftliche Rolle spielten.

Mutter und Pflegerin bemerkten sie zufällig fast gleichzeitig, wie sie da oben auf dem Treppenabsatz stand.

»Er ist tot«, sagte Shelagh.

Ihre emporgewandten Gesichter starrten sie fassungslos an, wie seines es getan hatte, nur ohne Grauen, ohne Vorwurf, und während die Schwester, die sich als erste erholte, die Treppe hinauf und an ihr vorbei fegte, sah Shelagh das sorgsam gepflegte und noch immer hübsche Gesicht ihrer Mutter verfallen, zusammenschrumpfen wie eine Plastikmaske.

Du brauchst dir keine Vorwürfe zu machen. Du warst machtlos dagegen. Früher oder später hätte es doch so kommen müssen. Ja, dachte Shelagh, aber warum so viel früher und nicht ein bißchen später, denn wenn einem der Vater so plötzlich wegstirbt, merkt man erst, wieviel Wichtiges ungesagt geblieben ist. Hätte ich in dieser letzten Stunde, als ich mit ihm über dem Fotoalbum herumalberte, gewußt, daß sich in seinen Herzkranzgefäßen etwas zusammenballte wie eine Zeitbombe, so hätte ich mich anders benommen, ihn zu halten gesucht, ihm wenigstens für meine neunzehn Lebensjahre gedankt, für all seine Liebe und sein Verständnis. Ich hätte mich nicht über die unmöglichen Moden auf den alten Fotos mokiert und bei den meisten so ausgiebig gegähnt, daß er schließlich meine Langeweile spüren mußte, das Album auf den Boden gleiten ließ und murmelte: »Gib dir keine Mühe, Kind... Ich werde jetzt ein Nickerchen machen.«

»So geht's einem immer«, sagte die Schwester tröstend zu ihr, »wenn man unversehens dem Tod gegenübersteht. Man wirft sich alles mögliche vor. Man denkt, man hätte mehr tun können. In meiner Lehrzeit habe ich darunter auch immer am meisten gelitten. Und natürlich ist es noch schlimmer, wenn es sich um einen nahen Verwandten handelt. Sie haben einen schweren Schock hinter sich. Aber Sie müssen sich jetzt zusammennehmen, Ihrer Mutter zuliebe...« Meiner Mutter? hätte Shelagh fast geantwortet. Meiner Mutter wäre es am liebsten, wenn ich jetzt sofort aus dem Haus ginge, weil sie dann alle Beileidsbekundungen allein entgegennehmen könnte. »Wie wunderbar sie den Schicksalsschlag trägt!« würden die Leute sagen. Aber da ich ja auch noch da bin, ist die Aufmerksamkeit geteilt. Sogar Dr. Dray, als er, von seinem Vertreter benachrichtigt, endlich ankam, klopfte zuerst ihr auf die Schulter, nicht ihrer Mutter, und sagte: »Er war sehr stolz auf Sie, meine Liebe; er hat mir dauernd von Ihnen erzählt.« Der Tod gab offenbar Anlaß zu Komplimenten und kleinen gegenseitigen Gefälligkeiten, an die man sonst nicht im Traum dachte. Ja, ich hole dir dies und das herunter... Ja, ich gehe schon ans Telefon... Soll ich den Kessel aufsetzen? Übertriebene Höflichkeit, wie die endlosen Verbeugungen chinesischer Mandarine in ihren Kimonos, und dahinter steckte doch nichts als der Versuch, nichtwiedergutzumachende Versäumnisse vor sich selbst zu rechtfertigen: Als es darauf ankam, war man nicht dagewesen.

Die Schwester zum Arzt: »Ich wäre nie spazierengegangen, wenn ich nicht überzeugt gewesen wäre, er sei gut aufgehoben. Und ich dachte, Mrs. Money und ihre Tochter seien beide im Hause. Ja, ich habe ihm vorher noch seine Tabletten gegeben...« und so weiter.

Sie spricht wie als Zeugin vor Gericht, dachte Shelagh, aber stehen wir jetzt nicht alle im Zeugenstand?

Die Mutter, ebenfalls zum Arzt: »Mir war vollkommen entfallen, daß die Schwester ein paar Freistunden hatte. Ich hatte in letzter Zeit an so viel zu denken, so viele Ängste durchgemacht... Ein kurzer Besuch beim Friseur würde mich auf andere Gedanken bringen, hoffte ich. Und in diesen Tagen schien es ihm doch soviel besser zu gehen, er war wirklich ganz der alte... Nicht um die Welt hätte ich das Haus oder sein Zimmer verlassen, wenn ich einen Moment darauf gefaßt gewesen wäre...«

»Das ist es ja eben!« unterbrach Shelagh. »Wir haben uns alle nichts dabei gedacht, du nicht, die Schwester nicht, Doktor Dray nicht, und vor allem ich nicht. Meine Denkfaulheit ist am wenigsten zu entschuldigen, denn ich war die einzige, die dabeistand, als es passierte – und ich werde seinen letzten Gesichtsausdruck nicht vergessen, solange ich lebe.«

Sie ließ die anderen abrupt stehen, stürzte in ihr eigenes Zimmer und schluchzte hysterisch, wie sie es nicht mehr getan hatte, seit ihr erstes Auto in der Einfahrt vom Postwagen gerammt worden war. Lauter verbeultes Blech, das hübsche Spielzeug ruiniert... *Das* wird ihnen eine Lehre sein, dachte sie; sie hatten die Spielregeln der Etikette am Sterbebett nicht wahren, keine noble Haltung angesichts des Todes einnehmen, nicht das übliche Geschwätz von ›Erlösung‹ und ›Es ist wohl am besten so...‹ von sich geben können. Während es ihnen ja im Grunde ganz egal war, daß jemand für immer ging, für immer...

Am späten Abend, als alle zu Bett waren – Todesfälle sind, außer für die Toten selbst, sehr anstrengend –, schlich Shelagh noch einmal ins Zimmer ihres Vaters, um das Fotoalbum zu suchen, das die Pflegerin taktvoll weggeräumt hatte. Als sie es gefunden hatte, nahm sie es mit sich in ihr Zimmer. Am Frühnachmittag, als sie zum letztenmal mit ihrem Vater darin geblättert hatte, waren ihr die Bilder noch so gleichgültig gewesen wie die alten Weihnachtskarten, die in einer Schublade aufbewahrt wurden, aber nun hatten sie die Bedeutsamkeit eines Nachrufs, einer Totenehrung auf dem Fernsehschirm.

Ein Baby im Spitzenkleidchen auf einer Matte, offenbar lauthals schreiend, während die Eltern im Hintergrund

Krocket spielten. Dann ein Onkel, der im Ersten Weltkrieg gefallen war. Und wieder ihr Vater, nun nicht mehr als Baby, sondern in Kniehosen und mit einem zu großen Kricketschläger bewaffnet. Die Häuser der längst verstorbenen Großeltern. Kinder am Strand. Picknicks in Heidelandschaften. Dann Dartmouth, Aufnahmen verschiedener Schiffe. In Reihen angetretene Knaben, Jünglinge, Männer. Als Kind war Shelagh stolz darauf gewesen, ihren Vater immer auf Anhieb herausfinden zu können. »Das bist du, das bist du!« Erst der Allerkleinste in der hintersten Reihe, dann schlanker, allmählich aufrückend, schließlich groß, stattlich und gutaussehend, kein Kind und auch kein Halbwüchsiger mehr. Von da ab hatte Shelagh die Seiten immer nur überflogen, denn die Fotos waren für sie uninteressant; sie zeigten keine Personen mehr, sondern nur Hafenplätze – Malta, Alexandria, Portsmouth, Greenwich – und Hunde, die ihr Vater früher gehabt hatte und die sie nicht kannte. »Das da ist der gute alte Punch«... (Punch, erzählte er ihr jedesmal, wußte immer genau, wann sein Schiff wieder im Heimathafen einlief, und wartete am Fenster.) Marineoffiziere beim Eselreiten, beim Tennis, beim Wettlauf. – Alles noch Aufnahmen aus den Vorkriegsjahren. Schon die nächsten Seiten brachten Trauriges. Das Schiff, das ihr Vater so liebte, wurde versenkt, und viele der lachenden jungen Männer gab es nun nicht mehr. Andere Offiziere, andere Schiffe, der große Tag, als Mountbatten das Schiff besichtigte und ihr Vater als dessen Kommandant ihn begrüßte. Der Paradeplatz vor dem Buckingham-Palast. Ein Pressefoto: ihr Vater verteilte mit leicht verlegener Miene Tapferkeitsmedaillen.

»Nun kommst bald du an die Reihe«, pflegte ihr Vater beim nächsten Umblättern zu sagen. Sie hatte ihm nie eingestanden, wie albern sie das Bild ihrer Mutter im Abendkleid fand, das er so bewunderte, besonders den seelenvollen Blick, den sie nur zu gut kannte. Als Kind hatte es sie geradezu geniert, daß ihr Vater sich damals verliebt hatte und, wenn er sich schon verlieben mußte, nicht wenigstens auf eine dunkle, geheimnisvolle und überaus kluge Schönheit verfallen war statt auf eine ganz gewöhnliche Person, die stets grundlos gereizt war und eine Staatsaffäre daraus machte, wenn man zu spät zu Tisch kam.

Die Trauung mit Marine-Ehrenspalier, das Triumphlächeln ihrer Mutter – Shelagh kannte auch diesen Ausdruck, der immer da war, wenn sie wie üblich ihren Willen durchgesetzt hatte – und das ganz andersartige Lächeln ihres Vaters, das nicht triumphierend, sondern einfach glücklich war. Die angejahrten Brautjungfern in Rüschenkleidern, die sie plumper erscheinen ließen, als sie waren – ihre Mutter hatte sie sicher sorgfältig ausgewählt, um von keiner ausgestochen zu werden –, und Nick, der Trauzeuge, der nicht halb so gut aussah wie ihr Vater. Auf einem der früheren Marinefotos kam er besser zur Geltung. Hier, als Brautführer, machte er lediglich ein hochnäsiges und gelangweiltes Gesicht.

Hochzeitsreise, Eigenheim... Und nun kam Shelagh selbst an die Reihe, die Kinderfotos, die ein Teil ihres Lebens waren: erst auf dem Knie des Vaters, dann huckepack auf seinen Schultern, und so weiter durch Kindheit und Jugend bis zum letzten gemeinsamen Weihnachtsfest. Es könnte auch mein Nachruf sein, dachte sie, dieses Album ist uns zu gleichen Teilen gewidmet, und es endet mit den beiden Schnappschüssen im Schnee, die wir voneinander aufgenommen haben.

Sie war schon wieder den Tränen nahe, aber das war pures Selbstmitleid. Wenn sie überhaupt weinte, durfte sie nur um ihn weinen. Bei welcher Gelegenheit hatte er eigentlich heute nachmittag ihre Langeweile gespürt und das Album beiseite geschoben? Richtig, sie hatten über Hobbys gesprochen. Er hatte ihr gesagt, sie sei körperlich zu träge, sie mache sich nicht genug Bewegung.

»Das Theater hält mich genug in Trab«, hatte sie sich verteidigt. »Mein Sport ist es nun mal, in andere Figuren zu schlüpfen.«

»Das ist nicht dasselbe«, fand er. »Du solltest dich manchmal von anderen Menschen lösen, von den erfundenen und von den wirklichen. Weißt du was? Sobald ich wieder aufstehen kann, fahren wir alle drei nach Irland und angeln. Es wäre eine herrliche Erholung für Mama, und ich habe seit Jahren nicht mehr geangelt.«

Irland? Angeln? Ihr Egoismus meldete sich. Sein Plan kreuzte sich mit ihren Tourneeplänen. Sie mußte ihm die Sache spaßhaft ausreden.

»Mama fände es bestimmt gräßlich«, behauptete sie. »Sie würde viel lieber nach Südfrankreich zu Tante Bella fahren.« (Bella war die Schwester ihrer Mutter und besaß eine Villa am Cap d'Ail.)

»Bestimmt«, lächelte er, »aber ich für meine Person stelle mir unter einem Genesungsurlaub was anderes vor. Hast du vergessen, daß ich ein halber Ire bin? Dein Großvater stammte aus der Grafschaft Antrim.«

»Ich weiß«, sagte Shelagh. »Aber Großvater ist schon lange tot und liegt auf einem Friedhof in Suffolk begraben. Soviel über dein irisches Blut. Du kennst doch niemanden mehr drüben, oder?«

Er antwortete erst nach einer kurzen Pause. »Höchstens den armen alten Nick.«

Armer alter Nick... Armer alter Punch... Shelagh wußte manchmal nicht, ob er von Menschen oder von Hunden sprach. Sie hatte die einen so wenig gekannt wie die anderen.

»Meinst du jetzt deinen Trauzeugen?« fragte sie stirnrunzelnd. »Ich dachte immer, der wäre auch schon tot.«

»Tot für die Welt, ja«, erwiderte ihr Vater kurz. »Er hatte vor ein paar Jahren einen schlimmen Autounfall, bei dem er ein Auge verlor. Seitdem lebt er wie ein Eremit.«

»Traurig«, bemerkte sie. »Ist das der Grund, warum er dir nie geschrieben hat, nicht mal die obligate Weihnachtspostkarte?«

»Ja, zum Teil... Armer alter Nick. Ein toller Draufgänger war er, aber total verrückt. Ein psychologischer Grenzfall. Ich konnte ihn nicht zur Beförderung empfehlen, und ich fürchte, das nimmt er mir noch heute übel.«

»Was ja nicht weiter erstaunlich wäre. Ich würde ebenso

reagieren, wenn ich mit jemand eng befreundet wäre und der mich dann im Stich ließe.«

Ihr Vater schüttelte den Kopf. »Freundschaft ist Freundschaft, und Dienst ist Dienst. Für mich ging der Dienst vor. Du gehörst einer Generation an, die das nicht mehr versteht. Ich weiß, daß ich nur meine Pflicht getan habe, obwohl sie mir damals schwer genug fiel. Ein Mann, dem man einen Komplex beibringt, kann leicht erbittern. Der Gedanke ist mir gräßlich, daß ich für die Schwierigkeiten, in die er hinterher geraten sein könnte, verantwortlich bin.«

»Was meinst du damit?«

»Ach laß. Dich braucht das nicht zu bekümmern. Ist ja auch schon lange her. Manchmal wünschte ich nur...«

»Sprich deinen Satz zu Ende, Papa.«

»... daß ich dem alten Knaben die Hand schütteln und ihm alles Gute wünschen könnte.«

Das war der Moment gewesen, als Shelagh zu gähnen anfing und er, ihre Gleichgültigkeit spürend, sagte, er wolle ein Nickerchen machen. Aber kein Mensch starb doch an einem Herzinfarkt, nur weil seine Tochter ihre Langeweile nicht gut genug verborgen hatte! War sie ihm etwa im Traum als Schreckbild erschienen? Oder hatte ihn ein Alpdruck wieder auf das sinkende Schiff versetzt, und er hatte unter all den anderen Ertrinkenden auch sie im Wasser zu sehen geglaubt? Im Traum vermengen sich bekanntlich alle möglichen Erlebnisse, auch wenn sie zeitlich noch so weit auseinander liegen. Und inzwischen war das Blutgerinnsel in seinen Gefäßen immer dicker geworden, wie verharztes Öl in einem Uhrwerk. Jeden Moment mußten die Zeiger stehenbleiben, die Rädchen zu ticken aufhören.

Jemand klopfte an ihre Tür. »Ja?« rief sie.

Es war die Pflegerin. Trotz ihres Morgenrocks war ihr die staatlich geprüfte Krankenschwester anzumerken.

»Ich wollte nur nachsehen, wie es Ihnen geht«, flüsterte sie. »Das Licht unter Ihrer Tür hat mich beunruhigt.«

»Danke. Ich bin okay.«

»Ihre Mutter schläft. Ich habe ihr ein Schlafmittel gegeben.

Sie hat sich so aufgeregt, weil morgen Samstag ist und die Anzeigen in der *Times* und im *Telegraph* vielleicht erst Montag erscheinen können. Sie hält doch so sehr darauf, daß alles seine Ordnung hat.«

Lag in dieser Bemerkung ein versteckter Vorwurf, weil Shelagh sich um nichts gekümmert hatte? Sie war tatsächlich der Meinung gewesen, die Anzeigen kämen Montag noch früh genug. Laut fragte sie nur: »Kann Alpdrücken tödlich sein?«

»Wie meinen Sie das, liebes Kind?«

»Wäre es denkbar, daß mein Vater zuletzt einen furchtbaren Traum gehabt hat und einfach vor Schreck gestorben ist?«

Die Schwester trat an ihr Bett und glättete die Steppdecke. »Ich habe Ihnen doch schon gesagt, es wäre auf jeden Fall passiert, und der Arzt ist gleicher Meinung. Sie müssen wirklich aufhören, darüber zu grübeln. Das hilft niemandem mehr. Ich werde Ihnen auch ein Schlafmittel bringen.«

»Ich will kein Schlafmittel.«

»Seien Sie mir nicht böse, Liebes, aber... Sie benehmen sich jetzt ein bißchen kindisch. Ihre Trauer ist natürlich, aber daß Sie sich derart quälen, hätte Ihr Vater am allerwenigsten gewollt. Es ist vorüber. Er hat seinen Frieden.«

»Woher wissen Sie das?« brauste Shelagh auf. »Woher wissen Sie, daß sein Astralleib nicht gerade jetzt neben uns im Zimmer ist, wutentbrannt darüber, daß er tot ist und mir nicht mehr sagen kann: ›Diese verdammte Schwester hat mir zu viele Pillen gegeben!‹?«

O nein, dachte sie gleichzeitig, das hab' ich nicht sagen wollen – jeder Mensch ist in solchen Situationen nackt und verletzlich. Die arme Frau, aus ihrer professionellen Gelassenheit aufgescheucht, sackte in ihrem Morgenrock zusammen und konnte sich nur mit zitternder Stimme verteidigen: »Wie häßlich von Ihnen! Sie wissen selbst, daß ich nichts dergleichen getan habe!«

Shelagh sprang impulsiv aus dem Bett und schloß die Schwester in die Arme.

»Verzeihung«, bat sie flehentlich, »selbstverständlich trifft Sie keine Schuld. Er hatte Sie sehr gern; Sie waren die ideale Pflegerin für ihn. Ich meinte nur« – sie suchte verzweifelt nach einer Erklärung –, »ich meinte nur, daß doch kein Mensch sagen kann, was mit den eben Verstorbenen geschieht. Vielleicht stehen sie am Himmelstor Schlange und warten, bis Sankt Petrus sie einläßt, oder sie drängeln sich in einem gräßlichen Fegefeuer-Nachtklub, bis über Himmel oder Hölle entschieden wird, oder ihr Geist schwebt irgendwo herum, bis sich die Nebel lichten und keine Frage mehr bleibt... Doch, geben Sie mir ein Schlafmittel, und nehmen Sie selber auch eins, damit wir beide morgen früh richtig ausgeschlafen sind. Und tragen Sie mir nichts nach, bitte.«

Das schlimme ist, dachte sie, nachdem sie ihre Schlaftablette genommen hatte und wieder im Bett lag, daß Worte verwunden können und jede Wunde eine Narbe hinterläßt. Die Schwester wird ihren Patienten nie wieder Pillen geben, ohne sich im Unterbewußtsein zu fragen, ob sie auch nichts falsch macht. So ein unsichtbares Fragezeichen trug auch ihr Vater mit sich herum, weil er seinen Freund nicht zur Beförderung vorgeschlagen und der ›arme alte Nick‹ einen Komplex davongetragen hatte. Es mußte schlimm sein, mit nicht ganz reinem Gewissen zu sterben. Man müßte rechtzeitig einen Wink von oben bekommen, damit man denjenigen, denen man Unrecht getan hatte, noch schnell telegrafieren könnte ›Verzeih mir‹, und dann wäre alles erledigt und ausgelöscht. Das war's wohl, warum sich in früheren Tagen alle Angehörigen um ein Sterbelager scharten: nicht nur, um im Testament bedacht zu werden, sondern um allen Hader aus der Welt zu schaffen und sich gegenseitig zu vergeben. Das war auch eine Art der Liebe, und nicht die schlechteste...

Shelagh hatte sich Hals über Kopf auf Reisen begeben. Sie neigte zu unüberlegten Handlungen; sie wußte es selbst, und Familie und Freunde hatten sich damit abzufinden. Diesmal allerdings erkannte sie die wahre Bedeutung ihres impulsiven Entschlusses erst, als sie ihren Mietwagen von Dublin nordwärts steuerte. Sie hatte eine Mission, einen geheiligten Auftrag aus dem Jenseits. Er war geheim, kein Mensch durfte davon wissen, denn wenn sie darüber gesprochen hätte, wäre jedermann mit Fragen und Einwänden über sie hergefallen. Folglich hatte sie nach dem Begräbnis kein Wort über ihre Pläne verlauten lassen. Ihre Mutter entschloß sich, wie vorausgesehen, zu Tante Bella ans Cap d'Ail zu fliegen.

»Ich muß einfach weg«, hatte sie zu ihrer Tochter gesagt. »Papas Krankheit war eine furchtbare Nervenbelastung für mich. Du hast es vielleicht nicht bemerkt, aber ich habe ein paar Kilo abgenommen. Jetzt wünsche ich mir nichts, als die Augen zuzumachen, auf Bellas Balkon in der Sonne zu liegen und das ganze Elend der letzten Wochen zu vergessen.«

Es klang wie eine Seifenreklame: Verwöhnen Sie sich! Und dazu gehörte das Bild einer nackten, schaumumhüllten Badewannenschönheit. Tatsächlich sah ihre Mutter schon viel besser aus, nachdem sie den ersten Schock überwunden hatte, und Shelagh wußte aus Erfahrung, daß Tante Bellas Sonnenbalkon sehr bald wieder Treffpunkt einer sehr gemischten Gesellschaft sein würde: Salonlöwen, Faulenzer, die sich als Künstler aufspielten, nervtötende alte Schwule, kurz alles, was ihr Vater mit dem Sammelbegriff »Halbseidene« zu bezeichnen pflegte, woran ihre Mutter aber Spaß fand. »Und du? Willst du nicht mitkommen?« Die Aufforderung klang nicht besonders dringlich, aber immerhin, sie wurde gemacht.

Shelagh schüttelte den Kopf. »Nächste Woche beginnen die Proben. Ich dachte, ich unternehme vorher mal eine Autofahrt ins Blaue. Einfach so ein paar Tage lang herumgondeln, ohne festen Plan.«

»Warum nimmst du keine Freundin mit?«

»Weil mir im Moment jede auf die Nerven fallen würde. Allein wird mir wohler sein.«

Weiter wurde zwischen Mutter und Tochter nichts als das praktisch Notwendige besprochen. Keine fragte die andere: Wie unglücklich bist du wirklich? Ist dies ein Wendepunkt für dich, für mich? Wie stellst du dir die Zukunft vor? Statt dessen gab es lange Verhandlungen mit dem Gärtner und seiner Frau, die während ihrer Abwesenheit das Haus hüten sollten; Rechtsfragen, die bis zu Mrs. Moneys Rückkehr vom Cap d'Ail vertagt wurden, Anweisungen, die Post nachzuschicken, und so weiter... Gelassen wie zwei tüchtige Sekretärinnen saßen sie beieinander, um die Kondolenzbriefe zu lesen und zu beantworten. »Nimm du A bis K. Ich erledige L bis Z.« Und dann die immer gleichen Floskeln: »Ihre tröstende Anteilnahme... Tief gerührt...« Es war wie die alljährliche Pflichtpost zu Weihnachten, nur der Text war ein bißchen anders.

Beim Durchsehen des alten Adreßbuchs ihres Vaters stieß Shelagh auf den Namen Barry. Kapitän a. D. Nicolas Barry, Ballyfane, Lough Torrah, Irland. Die Adresse war durchgestrichen, was im allgemeinen bedeutete, daß der Betreffende inzwischen gestorben war. Shelagh warf einen Blick auf ihre Mutter.

»Es wundert mich, daß Vaters alter Freund, dieser Kapitän Barry, nicht geschrieben hat. Er ist doch nicht tot, oder?«

»Wer?« Ihre Mutter sah zerstreut auf. »Ach, du meinst Nick! Nein, ich glaube nicht, daß er tot ist. Er hatte zwar vor Jahren einen scheußlichen Autounfall, aber Papa und er hatten schon vorher keinen Kontakt mehr miteinander. Er hat sehr lange nichts von sich hören lassen.«

»Warum wohl?«

»Ich weiß nicht. Sie haben sich irgendwie zerstritten; den Grund habe ich nie erfahren. Hast du den reizenden Brief von Admiral Arbuthnot gelesen? Wir waren damals alle zusammen in Alexandria.«

»Ja, der Brief ist sehr nett. Wie war er sonst so? Ich meine nicht den Admiral, sondern Nick Barry.«

Ihre Mutter lehnte sich im Sessel zurück und überlegte.

»Offen gestanden, ich bin nie so recht klug aus ihm geworden«, sagte sie dann. »Entweder sprühte er vor Witz und brachte Leben in die Bude, besonders auf Partys, oder er übersah alle und machte nur ironische Bemerkungen. Er hatte etwas Zügelloses an sich. Einmal, als er kurz nach unserer Hochzeit bei uns zu Gast war – er war Papas Trauzeuge, wie du dich erinnerst –, betrank er sich fürchterlich und stellte alle Wohnzimmermöbel auf den Kopf. So etwas Albernes! Ich war sprachlos.«

»Hat Papa sich darüber geärgert?«

»Ich glaube, nein. Ich weiß es nicht mehr so genau. Sie waren ja alte Freunde, kannten sich schon von der Kadettenausbildung her. Etwas später nahm Nick seinen Abschied und zog sich in seine Heimat zurück, nach Irland, und so trennten sich ihre Wege. Irgendwie hatte ich den Eindruck, daß er die Marine nicht ganz freiwillig verließ, aber ich wollte Papa nicht danach fragen. Du weißt, über Dienstangelegenheiten schwieg er wie das Grab.«

»Ja...«

(Armer alter Nick. Er hat einen Komplex. Ich wollte, ich könnte ihm noch mal die Hand schütteln und ihm alles Gute wünschen...)

Zwei Tage später brachte Shelagh ihre Mutter zum Flughafen und buchte, als die Maschine glücklich weg war, gleich einen Flug für sich selbst nach Dublin. Am Abend vor der Abreise durchsuchte sie noch einmal die Papiere ihres Vaters nach Anhaltspunkten. Sie fand einen Zettel mit einer Reihe von bleistiftgekritzelten Daten und dem Namen Nick, der am Rand mit einem großen Fragezeichen versehen war; doch war den Daten kein Wort der Erklärung hinzugefügt. 25. Juni 1953 – 12. Juni 1954 – 17. Oktober 1954 – 24. April 1955 – 13. August 1955. Das war alles. Die Liste hatte mit den übrigen Papieren, die sich im selben Aktendeckel befanden, ersichtlich nichts zu tun; sie mußte aus Versehen hineingerutscht sein. Shelagh schrieb die Daten ab und steckte sie in einen Umschlag, den sie in ihrem Reisehandbuch verwahrte.

Und nun war sie hier in Irland, auf dem Weg... Wohin? Wozu? Um sich im Namen ihres verstorbenen Vaters bei einem Kapitän a. D. zu entschuldigen, der bei der Beförderung übergangen worden war? Bei dem einstigen Draufgänger, der einstigen Stimmungskanone? Das heraufbeschworene Bild war nicht gerade sehr verlockend. Shelagh fing an, sich einen alternden Spaßvogel auszumalen, der unter Hyänengekicher hinter jeder Tür üble Scherzartikel versteckte. Vielleicht hatte er auch dem Obersten Marinebefehlshaber einen Streich dieser Art zu spielen versucht und dafür den endgültigen Tritt bekommen. Und dann war er durch einen Autounfall vollends zum Verbannten geworden, zu einem verbitterten ehemaligen Clown (worin äußerte sich sein Draufgängertum sonst noch, das ihr Vater gerühmt hatte? War er im Krieg in die öligen Wogen gesprungen, um ertrinkende Matrosen zu retten?), der nun nägelkauend in irgendeinem baufälligen Gutshaus oder sogenannten Kastell saß, irischen Whisky trank und seine dummen Streiche verwünschte.

Wie dem auch sein mochte – vorläufig genoß Shelagh die Siebzigmeilenfahrt von Dublin aus. Es war ein milder Oktobernachmittag, das Land wurde immer üppiger und grüner, die menschlichen Ansiedlungen immer spärlicher. Dafür glitzerte am westlichen Horizont immer häufiger Wasser auf, und plötzlich sah sich Shelagh von ungezählten kleinen und großen Wasserarmen, Seen und Landzungen umgeben. Die Aussicht, hier ein Gutshaus oder Kastell vorzufinden, schwand. Nirgends zeigten sich trutzige Mauern; jenseits der Fahrstraße erstreckten sich nur feuchte Wiesen, und an die silberblinkenden Seen da drüben konnte man sicher nicht mit dem Auto herankommen.

Ballyfane war in ihrem amtlichen Reiseführer denkbar lakonisch beschrieben. ›Dorf am Westufer des Lough Torrah. Zahlreiche kleinere Gewässer in der Nähe. Gasthaus ‚The Kilmore Arms', 6 Betten.‹ Moderner Komfort war nicht erwähnt. Na, wenn es allzu schlimm war, würde sie einfach Nick anrufen: So und so, die Tochter eines alten Freundes sei in der Nähe gestrandet; ob er ihr im Umkreis von weiteren zehn Meilen ein anständiges Hotel nennen könnte? Übrigens würde sie ihn gern am nächsten Vormittag besuchen. – Daraufhin würde natürlich ein alter Butler oder Verwalter antworten: »Kapitän Barry würde sich freuen, wenn Sie bei ihm auf Ballyfane Castle zu Gast sein wollten.« Im Geist hörte sie schon die irischen Wolfshunde am Tor bellen, und ihr Gastgeber erschien, auf einen Stock gestützt, auf den Stufen...

Einstweilen erschien nur ein Kirchturm hinter dem nächsten Straßenbuckel, und allmählich tauchte das zugehörige Dorf auf. Das mußte Ballyfane sein! Die Straße wand sich, wieder etwas ansteigend, zwischen ein paar düsteren Häusern und Läden dahin. Auf den Schildern standen Namen wie Driscoll und Murphy. Der Gasthof ›Kilmore Arms‹ brauchte dringend einen neuen Anstrich, doch die Studentenblumen in den Fensterkästen, die tapfer ein zweitesmal zu blühen versuchten, ließen auf Bewohner mit immerhin etwas Farbensinn schließen.

Shelagh parkte ihren geliehenen Mini-Austin und sah sich prüfend um. Die Tür des Gasthauses stand weit offen. Der Vorraum war öd und leer. Niemand war in Sicht, aber eine Handklingel, die auf dem Empfangspult stand, schien für etwaige Gäste bestimmt zu sein. Shelagh klingelte kräftig. Hierauf tauchte ein melancholisch dreinblickender, bebrillter und hinkender Mann aus einem Hinterzimmer auf, und der gruselige Gedanke durchfuhr sie: Das ist Nick. Er hat schwere Jahre durchmachen müssen.

»Guten Tag«, sagte sie. »Kann ich bei Ihnen Tee trinken?«

»Gewiß«, erwiderte er. »Nur Tee oder mit allem Drum und Dran?«

»Nun ja... mit etwas Zubehör«, sagte sie und hatte eine Vision von aufgebackenen Brötchen mit Kirschmarmelade. Ungeachtet dieser niederschmetternden Vorstellung schenkte sie dem Mann das Lächeln, das sie sonst für den Bühnenpförtner reservierte.

»Sie werden in etwa zehn Minuten bedient«, sagte er. »Der Speisesaal ist dort – links, nur drei Stufen hinunter. Kommen Sie von weit her?«

»Von Dublin«, erwiderte Shelagh.

»Oh, das ist eine hübsche Fahrt. Ich war gerade erst vor einer Woche dort. Meine Frau liegt nämlich im Krankenhaus.«

Shelagh hätte sich am liebsten entschuldigt, weil sie ihm Umstände machte, aber der Mann war schon verschwunden, und sie ging die drei Stufen zum Speisesaal hinunter. Dort waren sechs Tische gedeckt, aber sie hatte den Eindruck, daß seit Tagen kein Gast daran gesessen hatte. Eine Wanduhr tickte laut durch die Stille. Plötzlich kam eine kleine Kellnerin aus den hinteren Regionen und stellte schnaufend ein schweres Tablett ab. Darauf waren nebst eine Kanne Tee nicht etwa altbackene Marmeladenbrötchen, wie sie befürchtet hatte, sondern zwei Spiegeleier, drei dicke Scheiben Schinkenspeck und ein wahrer Berg von Bratkartoffeln. Ein komplettes Abendessen... Und sie mußte es vertilgen, um die guten Leute nicht zu beleidigen.

Die kleine Kellnerin verschwand, und eine große schwarzweiße Katze, die mit ihr gekommen war, strich schnurrend um Shelaghs Waden. Sie gab ihr heimlich den Speck und ein Ei; den Rest nahm sie selbst in Angriff. Der starke kochendheiße Tee ließ sie neuen Mut schöpfen.

Nach einer Weile steckte die kleine Kellnerin den Kopf zur Hintertür herein. »Schmeckt es Ihnen?« erkundigte sie sich besorgt. »Ich brate Ihnen gern noch ein Ei, falls Sie nicht satt werden.«

»Nein, nein, danke, es war reichlich«, sagte Shelagh. »Haben Sie ein Telefonbuch? Ich möchte gern die Nummer eines Bekannten nachschlagen.«

Das Telefonbuch wurde gebracht, und sie blätterte hastig die B durch. Barrys gab es massenhaft, aber keinen in der nächsten Umgebung. Keinen Kapitän. Keinen Nicolas Barry. Ihre Fahrt ins Blaue war also wirklich ins Blaue gegangen. Ihr Entdeckermut verwandelte sich in Verzagtheit.

Sie stand auf und fragte: »Was bin ich schuldig?«

Die kleine Kellnerin murmelte eine bescheidene Summe, Shelagh zahlte, dankte nochmals, ging die drei Stufen hinauf zur leeren Diele und verließ die ›Kilmore Arms‹ durch die offene Tür. Das Postamt war gleich gegenüber. Eine letzte Nachforschung, und wenn auch die ergebnislos blieb, fuhr sie eben in Richtung Dublin zurück und übernachtete unterwegs in einem Hotel, wo sie wenigstens heiß baden und in einem bequemen Bett schlafen konnte. Sie wartete geduldig, bis eine alte Frau ihre Briefmarken gekauft und ein Mann sich nach den Vorschriften für den Paketversand nach Amerika erkundigt hatte. Dann endlich war sie an der Reihe.

»Verzeihung«, fragte sie den Mann hinter dem Schalter, »darf ich Sie um eine Auskunft bitten? Wissen Sie zufällig, ob ein Kapitän a. D. Nicolas Barry hier irgendwo in der Gegend wohnt?«

Der Mann starrte sie an. »Klar«, erwiderte er. »Der wohnt schon seit zwanzig Jahren hier.«

O unverhofftes Glück! Ihre Mission war also doch nicht ins Blaue gegangen. Noch war nichts verloren.

»Ich habe seinen Namen nicht im Telefonbuch gefunden«, erklärte sie.

»Kein Wunder«, sagte der Postmeister. »Auf Lamb Island gibt es kein Telefon.«

»Lamb Island?« wiederholte sie. »Wohnt er auf einer Insel?«

Der Mann betrachtete sie, als habe sie eine ganz dumme Frage gestellt. »Sie liegt auf der Südseite des Lough Torrah«, erwiderte er, »Vogelfluglinie rund vier Meilen von hier. Man kann sie nur mit dem Boot erreichen. Am besten setzen Sie sich schriftlich mit Kapitän Barry in Verbindung. Er empfängt nur selten Besuch.«

Der Komplex... Eine Einsiedelei...

»Ich verstehe«, sagte Shelagh. »Ich war nicht genau im Bild. Kann man die Insel von der Straße aus sehen?«

Der Postmeister zuckte die Achseln. »Ungefähr eine Meile vor Ballyfane führt ein Weg zum See hinunter, aber es ist nur ein Trampelpfad. Mit dem Auto kommt man nicht heran. Aber machen Sie ihn lieber bei Tageslicht. In der Dämmerung kann man sich leicht verirren. Und der Abendnebel über dem See ist meistens ziemlich dick.«

»Danke«, sagte Shelagh. »Vielen Dank.«

Beim Hinausgehen hatte sie das Gefühl, daß er ihr nachstarrte. Was nun? Heute abend konnte sie wohl keinen Besuch mehr riskieren. Besser, sie nahm es mit dem zweifelhaften Komfort der ›Kilmore Arms‹ und einer Magenverstimmung auf. Sie kehrte in das Gasthaus zurück und begegnete dem Wirt, der sich als Mr. Doherty vorstellte, auf der Schwelle.

»Hätten Sie ein Zimmer für mich frei?« fragte sie ohne Umschweife.

»Aber sicher. Seien Sie herzlich willkommen. Jetzt ist die stille Zeit... In der Saison würden Sie sich wundern, da haben wir selten ein leeres Bett. Ich bringe Ihnen Ihr Gepäck. Der Wagen kann ruhig auf der Straße stehen bleiben, es passiert ihm nichts.«

Er hinkte diensteifrig hinaus, holte Shelaghs Koffer aus dem Gepäckraum und führte sie die Treppe hinauf in ein kleines Doppelzimmer, das auf die Straße hinausging.

»Ich berechne natürlich nur ein Bett«, sagte er. »Das macht mit Frühstück zweiundzwanzig Shilling. Das Bad ist schräg gegenüber.«

Ihr war jetzt alles recht. So ein Dorfgasthaus war auch mal ganz lustig – und modernen Komfort gab's also doch; ein Bad war vorhanden. Später würden vermutlich Einheimische den Schankraum bevölkern und in laute Gesänge ausbrechen. Sie würde ihnen dann mit einem riesigen Deckelkrug zuprosten und vielleicht sogar mitsingen.

Vorerst inspizierte sie das Badezimmer, das sie an frühere Tournee-Unterkünfte erinnerte. Der Warmwasserhahn hatte durch Dauertropfen einen braunen Fleck in der Wanne gebildet, und als sie ihn probeweise aufdrehte, schoß er los wie ein Niagarafall. Immerhin war das Wasser heiß. Shelagh packte aus, badete, zog sich um und ging wieder hinunter. Verworrenen Stimmen folgend, die ihr von unten entgegenkamen, gelangte sie in die Bar, wo der Wirt Doherty in eigener Person hinter der Theke stand. Das Stimmengewirr brach ab, als sie eintrat, und alle starrten sie an. Alle: das waren etwa ein Halbdutzend Männer, unter denen sie auch den Postmeister erkannte.

»Guten Abend«, grüßte sie strahlend.

Die Männer erwiderten ihren Gruß undeutlich, ohne sonderliches Interesse, und redeten dann weiter. Shelagh bestellte sich einen Whisky und genierte sich plötzlich auf ihrem Barhocker, was völlig lächerlich war – schließlich war sie von ihren Tourneen allerhand gewöhnt, und an dieser Bar war durchaus nichts Besonderes.

»Sind Sie zum erstenmal in Irland?« fragte Mr. Doherty, sichtlich bemüht, ihr gefällig zu sein, und schenkte den Whisky ein.

»Ja. Es ist eine Schande, daß ich noch nie hier war. Mein Großvater war Ire. Die Landschaft hier herum muß zauberhaft sein. Morgen werde ich ein bißchen am See herumstrolchen.«

Ein flüchtiger Seitenblick zeigte ihr, daß der Postmeister kein Auge von ihr ließ.

»Sie wollen also ein paar Tage bleiben?« fragte der Wirt höflich. »Ich könnte eine Angelpartie für Sie arrangieren, wenn Sie das möchten.«

»Oh ... Ich weiß noch nicht recht. Es hängt davon ab, was ich sonst unternehme.«

Wie laut und englisch ihre Stimme hier in der Luft hing! Wie die ihrer Mutter. Wie die einer Salondame aus einem schicken Gesellschaftsmagazin. Sie hatte das vertrauliche einheimische Geplauder damit für den Moment abgeschnitten. Die vielgerühmte irische Lebenslust, auf die sie gerechnet hatte, war nicht vorhanden. Keiner machte Miene, plötzlich nach der Fiedel zu greifen, einen Solo-Jig zu tanzen und schallend zu singen. Vielleicht hielt man hier junge Mädchen, die allein an der Bar saßen, für fragwürdig.

»Wenn Sie jetzt essen wollen«, sagte Mr. Doherty, »wir wären soweit.«

Sie verstand den Wink, glitt gehorsam vom Barhocker und ging artig wie eine Zehnjährige in den Speisesaal. Suppe, Fisch und Roastbeef – wie sollte sie das alles bewältigen! Welche Mühe hatte man sich ihretwegen gemacht, und dabei wäre sie doch mit einem hauchdünnen Schinkenbrot vollkommen zufrieden gewesen. Aber nun war es unmöglich, etwas stehenzulassen. Sie bestellte sich Sherry, um die gewaltige Mahlzeit besser hinunterzuspülen.

Dann sah sie auf ihre Uhr. Es war erst halb neun.

»Wünschen Sie den Kaffee im Salon?«

»Ja, danke.«

»Dort steht ein Fernsehgerät. Ich werde es für Sie einschalten.«

Die kleine Kellnerin rückte ihr einen Sessel zurecht, und Shelagh setzte sich gottergeben vor ein Kännchen Kaffee, das sie gar nicht wollte, während ein amerikanisches Lustspiel, Jahrgang 1950, über die Mattscheibe flimmerte. Aus der Bar drang undeutliches Stimmengemurmel. Sie goß den eingeschenkten Kaffee in die Kanne zurück und stahl sich in ihr Zimmer hinauf, um ihre Jacke zu holen. Während das Fernsehgerät im Salon weiterblökte, gelangte sie ungesehen auf die Straße. Sie traf keine Menschenseele. Ganz Ballyfane war offenbar schon im Bett oder hinter verschlossenen Türen. Sie setzte sich in ihren Mietwagen und fuhr durch das leere Dorf zur Hauptstraße, auf der sie am frühen Nachmittag angekommen war. »Es ist ein Trampelpfad«, so oder ähnlich hatte der Postmeister sich ausgedrückt, »etwa eine Meile vor Ballyfane.«

Hier, links! Das mußte es sein. Ein windschiefer Wegweiser mit der Inschrift ›Fußweg zum Lough Torrah‹ leuchtete im Scheinwerferkegel auf. Sie stieg aus. Der schmale, gewundene Trampelpfad führte abwärts. Es war im Grunde verrückt, ihn ohne Taschenlampe auszuprobieren, zumal der Dreiviertelmond sich immer wieder hinter Wolken versteckte, die am Himmel dahineilten. Aber Shelagh wollte den Weg ja gar nicht zu Ende gehen. Ein Stückchen genügte als Vorübung.

Ihre Schuhe, glücklicherweise waren es flache, schmatzten auf dem feuchten Boden. Sobald ich einen kleinen Überblick über den See habe, dachte sie, kehre ich um, und morgen lasse ich mir ein Lunchpaket packen und gehe ernstlich zum Angriff über. Noch während sie sich dies überlegte, weitete sich der Trampelpfad unversehens; sie hatte das Seeufer erreicht und stand vor einer weiten Wasserfläche, die rechts und links von vorschießenden Landzungen eingerahmt war und genau in der Mitte ein geheimnisvolles, waldiges Eiland barg. Es wirkte gespenstisch wie die Böcklinsche Toteninsel. Der Mond, der eben wieder durch die Wolken brach, verwandelte das Wasser in reines Silber, doch die Insel blieb schwarz wie der Buckel eines Riesenwals.

Lamb Island – Lämmerinsel. Shelagh mußte, sie wußte nicht warum, an alte Legenden denken – nicht von irischen Kleinkönigen, die im Mittelalter ihre Stammesfehden ausfochten, sondern von Opferfeiern in prähistorischer Zeit. Steinerne Altäre in Waldlichtungen. Ein Lamm mit durchschnittener Kehle in der glimmenden Asche. Wie weit, fragte sie sich, ist es bis dorthin? Eine halbe Meile? Bei Nacht lassen sich Entfernungen schwer abschätzen. Zu ihrer Rechten mündete ein Bach ins schilfige Seeufer. Stets darauf bedacht, zwischen glitschigen Steinen und Schlamm nicht fehlzutreten, ging sie auf die Stelle zu und war schon nah daran, als sie das Boot sah, das dort lag. Das Boot und den Mann, der daneben stand. Er starrte ihr entgegen. Von unerklärlicher Panik erfaßt, wich sie zurück. Natürlich nützte das jetzt nichts mehr. Er kam mit ein paar raschen Schritten auf sie zu und fragte:

»Suchen Sie jemand?«

Er war jung und kräftig, trug Fischerkleidung und Wasserstiefel und sprach den landesüblichen Dialekt.

»Nein«, antwortete Shelagh, »nein, ich bin nur Touristin. Es ist ein so schöner Abend ... Da bin ich ein bißchen spazierengegangen.«

»Ziemlich einsame Gegend zum Spazierengehen. Kommen Sie von weit her?«

»Nur von Ballyfane. Ich logiere im Gasthof ›The Kilmore Arms‹.«

»Aha«, sagte der junge Mann. »Dann sind Sie wahrscheinlich zum Angeln hier. Dazu ist es aber auf der anderen Seite von Ballyfane günstiger.«

»Danke. Ich werd's mir merken.«

Kurze Pause. Shelagh wußte nicht recht, ob sie noch etwas sagen sollte oder besser täte, sich mit einem kurzen ›guten

Abend‹ umzudrehen und zu gehen. Der junge Mann sah an ihr vorbei auf den Trampelpfad, den sie gekommen war, und sie hörte hinter sich das Schmatzen weiterer, schwerer Tritte auf dem morastigen Boden. Eine Gestalt tauchte aus den Schatten und kam auf sie zu. Es war der Postmeister von Ballyfane. Bei seinem Anblick schwankten Shelaghs Gefühle zwischen noch größerem Unbehagen und Erleichterung.

»Nochmals guten Abend«, sagte sie um eine Nuance zu fröhlich. »Wie Sie sehen, habe ich nicht bis morgen gewartet. Dank Ihrer Auskunft habe ich den Weg zum See jetzt schon gefunden.«

»Ich habe Ihren Wagen an der Abzweigung gesehen«, erwiderte der Postmeister, »und hielt es für richtig, Ihnen nachzugehen, damit Ihnen nichts passiert.«

»Nett von Ihnen. Aber es wäre sicher nicht nötig gewesen.«

»Schon recht, schon recht.« Der Postmeister wandte sich dem jungen Mann in Fischerkleidung zu. »Schöne Nacht, Michael.«

»Und ob, Mr. O'Reilly. Die Dame hier hat mir erzählt, daß sie zum Angeln in Ballyfane ist, und ich habe ihr gesagt, da findet sie auf der anderen Seite des Dorfes bessere Stellen.«

»Stimmt, wenn sie wirklich nur auf Angeln aus ist«, meinte der Postmeister und lächelte zum erstenmal. Aber es war ein unangenehmes, hinterhältiges Lächeln. »Diese junge Dame hat heute nachmittag bei mir im Postamt nach Kapitän Barry gefragt. Hat sich gewundert, daß er nicht im Telefonbuch steht.«

»Na so was!« sagte der junge Mann, indem er erschrekkend plötzlich eine Taschenlampe zückte und Shelagh ins Gesicht leuchtete. »Entschuldigen Sie, Miß, aber ich möchte gern Ihre Bekanntschaft machen. Wenn Sie mir vielleicht sagen würden, was Sie von Kapitän Barry wollen, werde ich's ihm ausrichten.«

»Michael wohnt auf Lamb Island«, erklärte der Postmeister. »Er ist so eine Art Wachhund, das heißt, er hält dem Kapitän ungebetene Besucher vom Hals.«

Er sagte es mit demselben unangenehmen, wissenden Lächeln, und Shelagh wünschte sehnlichst, in ihrem gemütlichen kleinen Gasthauszimmer geblieben zu sein, statt sich hier am Rand dieses unheimlichen Sees mit zwei fremden Männern auseinandersetzen zu müssen.

»Ich kann Ihnen leider nicht sagen, weshalb ich zu Kapitän Barry will«, stotterte sie hastig. »Es ist eine rein private Angelegenheit. Vielleicht melde ich mich erst mal schriftlich bei ihm an. Er erwartet mich nicht – er weiß gar nicht, daß ich hier bin. Es... es ist alles ziemlich schwierig.«

Den beiden Männern war natürlich klar, daß sie etwas außer Fassung geraten war. Sie sah sie bedeutsame Blicke wechseln. Dann zog der Jüngere den Postmeister mit einer ruckartigen Kopfbewegung beiseite, und sie flüsterten miteinander. Sie konnte nichts verstehen. Ihr Unbehagen wuchs.

Kurz darauf wandte sich der Jüngere wieder ihr zu. »Passen Sie auf«, sagte er mit einem Grinsen, das um eine Spur zu breit war, um noch gutmütig zu wirken. »Ich fahre Sie jetzt gleich rüber auf die Insel, und der Kapitän kann dann selbst entscheiden, ob er Sie sehen will oder nicht.«

Shelagh wich zurück. »O nein, danke – nicht heute. Es ist viel zu spät. Wenn Sie morgen früh Zeit haben, wäre ich dankbar...«

»Besser, wir erledigen es gleich heute abend«, unterbrach Michael ihr Gestammel.

Erledigen? Was meinte er damit? Vor ein paar Monaten hatte sie bei einer Premierenparty vor ihren Kollegen geprahlt, sie hätte sich noch nie im Leben vor etwas gefürchtet, außer vor plötzlichem Gedächtnisschwund auf der Bühne. Jetzt fürchtete sie sich aus anderen Gründen.

»Man erwartet mich im Hotel«, sagte sie eilig. »Wenn ich nicht bald zurückkomme, alarmiert Mr. Doherty die Polizei.«

»Keine Sorge«, sagte der Postmeister. »Oben auf der Straße steht noch ein Freund von uns. Er wird Ihren Wagen zum Gasthof zurückfahren und Tim Doherty Bescheid sagen.«

Ehe sie ein weiteres Wort hervorbrachte, wurde Shelagh von den beiden Männern rechts und links am Arm gepackt und zum Boot gezerrt. Das kann doch nicht wahr sein! dachte sie. Sie stieß einen schluchzenden, halberstickten Laut aus wie ein zu Tode erschrockenes Kind.

»Schsch! Nun regen Sie sich doch bloß nicht auf!« sagte Michael. »Niemand krümmt Ihnen ein Haar. Der Abend ist schön, und auf dem Wasser ist's noch schöner. Sie werden die Fische springen sehen.«

Er half ihr ins Boot und drückte sie mit fester Hand auf den Achtersitz. Der Postmeister blieb an Land. Gott sei Dank, dachte sie, nun habe ich's wenigstens nur noch mit einem zu tun.

»Bis bald, Mr. O'Reilly!« rief Michael, während er das Seil löste und den Motor anließ.

»Mach's gut, Junge!« rief der Postmeister zurück.

Das Boot glitt aus dem Schilf ins offene Wasser, das das Tuckern der kleinen Maschine dämpfte. Der Postmeister winkte noch einmal, ehe er sich umdrehte und den Uferpfad zur Straße hinaufging.

Die Bootsfahrt zur Insel dauerte nur fünf Minuten, obwohl das Festland schon nach wenigen Sekunden dunkel, fern und nebelumhüllt erschien. Die friedlichen Lichter des Dorfes waren außer Sicht. Shelagh fühlte sich allein und schutzlos wie nie zuvor. Michael beachtete sie nicht, bis er das Boot an einem kleinen Landungssteg zwischen dichtem Baumgeäst festmachte. Dann half er ihr beim Aussteigen.

»Also«, sagte er, als sie auf dem Landesteg stand, »um die Wahrheit zu sagen... Der Kapitän ist im Moment gar nicht da; aber er wird gegen Mitternacht oder so zurückkommen. Ich bringe Sie einstweilen ins Haus. Der Steward wird sich weiter um Sie kümmern.«

Der Steward? Shelaghs romantische Fantasien von einem verfallenen Gutshaus oder Kastell hatten sich verflüchtigt; dafür klang ihr das Wort ›Steward‹ vertraut, und sie wurde wieder etwas zuversichtlicher. Michael hatte jedenfalls nicht den Auftrag, sie in aller Stille unter den Bäumen zu erdrosseln.

Das Haus kam erstaunlich rasch inmitten des scheinbar undurchdringlichen Dickichts in Sicht. Es war ein langes, niedriges, einstöckiges Gebäude, das an ein Urwaldhospital erinnerte, besonders der ringsumlaufenden Veranda wegen. Michael fühte Shelagh zu einer Tür, an der in Druckbuchstaben ›Kombüse‹ stand. Drinnen bellte ein Hund. Es war nicht das tiefdröhnende Bellen eines Wolfshundes, wie Shelagh es sich ausgemalt hatte, sondern eher ein schrilles, kurzatmiges Gekläff. »Das ist Skip«, erklärte Michael lachend. »Wenn sie da ist, brauche ich nicht den Wachhund zu spielen. Sie wittert Fremde zwanzig Meilen gegen den Wind.«

Die Tür ging auf. Ein untersetzter Mann mittleren Alters, der die Uniform eines Schiffsstewards trug, stand vor ihnen.

»Eine kleine Überraschung, Bob«, sagte Michael. »Diese junge Dame ist im Stockdunkeln drüben am Ufer herumgeirrt, nachdem sie Mr. O'Reilly nach dem Kapitän ausgefragt hat.«

Der Steward verzog keine Miene, betrachtete Shelagh aber diskret von oben bis unten und richtete dabei die Blicke besonders auf ihre Jackentaschen.

»Sie hat nichts bei sich«, sagte Michael. »Und ihre Handtasche hat sie wahrscheinlich im Auto gelassen. Die junge Dame wohnt in den ›Arms‹, aber wir haben sie lieber gleich hertransportiert. Man kann nie wissen.«

»Treten Sie bitte ein, Miß«, sagte der Steward in höflichem, aber energischem Ton. »Sie sind aus England?«

»Ja«, antwortete Shelagh. »Ich bin heute früh nach Dublin geflogen, habe mir einen Wagen gemietet und bin gleich nach Ballyfane weitergefahren. Was ich mit Kapitän Barry zu besprechen habe, ist rein privat.«

»Ich verstehe«, sagte der Steward. Der Hund, ein Zwergschnauzer mit spitzen Ohren und blanken, klugen Augen, beschnüffelte zurückhaltend ihre Waden.

»Würden Sie bitte Ihr Jackett ablegen?« fuhr der Steward fort.

Komisches Ansinnen. Shelagh hatte nur ein ganz normales Reisekostüm mit kurzer Jacke an. Sie überließ sie dem Steward, der kurz die Taschen prüfte und die Jacke dann über eine Stuhllehne hängte. Danach – und dies war wirklich peinlich – befummelte er ihren Körper rasch und sachlich, während Michael dabeistand und interessiert zusah.

»Was bezwecken Sie damit?« fragte sie. »Sie sind die Entführer, nicht ich.«

»Mit unbekannten Besuchern verfahren wir immer so«, antwortete der Steward. »Auf die Dauer erspart es manche Mißverständnisse.« Sein Gesicht wandte sich mit einem Ruck zu Michael. »Sie haben gut daran getan, die junge Dame gleich herzubringen. Ich werde dem Kapitän die Sachlage erklären, sobald er zurückkommt.«

Michael zwinkerte ihr grinsend zu, deutete einen spöttischen Gruß an, ging hinaus und schloß die Tür hinter sich.

»Bitte folgen Sie mir«, sagte der Steward.

Shelagh war Michaels Verschwinden keineswegs recht. In den letzten Minuten war er ihr eher wie ein Verbündeter als wie ein Mädchenräuber vorgekommen. Sie sah sich gehetzt in der ›Kombüse‹ um und folgte dann dem Steward über den Korridor in ein Zimmer am anderen Ende. Er dienerte sie hinein.

»Zigaretten sind auf dem Kamintischchen«, sagte er. »Klingeln Sie, falls Sie sonst etwas wünschen. Kaffee gefällig?«

»Ja, bitte«, antwortete Shelagh. Sie hatte eine Aufpulverung nötig, falls sie die ganze Nacht hier sitzen sollte.

Das Zimmer war geräumig und anheimelnd. Blauer Teppichboden, Sofa, zwei tiefe Sessel, Schreibtisch am Fenster, Seestücke mit Schiffen an der Wand, loderndes Kaminfeuer. Die ganze Ausstattung erinnerte sie an irgend etwas. Sie mußte früher mal, in ihrer frühen Kindheit, in einem ähnlichen Raum gewesen sein. Dann fiel es ihr ein: es war die Kapitänskajüte ihres Vaters an Bord der *Excalibur*. Alles stimmte, bis in die kleinsten Einzelheiten. Es war unheimlich. Es war wie eine Reise in die Vergangenheit.

Shelagh ging ein paarmal im Zimmer hin und her und zog den Fenstervorhang auf, halb und halb darauf gefaßt, draußen das Deck und dahinter eine Reihe weiterer Schiffe zu sehen, die im Hafen von Portsmouth vor Anker lagen. Unsinn... natürlich gab es hier weder Deck noch Hafen, noch Schiffe, nur die lange Veranda, das Baumdickicht, den schmalen Pfad zum See und das mondbeglänzte Wasser. Die Tür öffnete sich hinter ihr, und der Steward brachte ein silbernes Kaffeetablett herein.

»Der Kapitän wird bald hier sein«, sagte er. »Ich habe soeben Meldung erhalten, daß seine Barkasse vor fünfzehn Minuten gestartet ist.«

Barkasse? Man verfügte hier also doch über mehrere Boote. Und wieso ›Meldung‹? Shelagh hatte kein Klingeln gehört, und es gab hier ja auch gar keinen Telefonanschluß. Wieder packte sie ratloses Unbehagen. Ohne ihre Handtasche, die im Wagen geblieben war, fühlte sie sich verloren. Kein Kamm, kein Lippenstift! Keine Möglichkeit, sich vor der Begegnung mit dem Kapitän ein bißchen aufzufrischen! Sie sah in den Wandspiegel, der hinter dem Schreibtisch hing. Strähniges Haar, bleiches, gespanntes Gesicht – ein erbärmlicher Anblick. Wie konnte sie ihre Auftrittsszene retten? Sollte sie mit geheuchelter Ruhe im Sessel sitzen und Kaffee trinken, wenn er hereinkam, oder sollte sie in jungenhaft-salopper Haltung vor dem Kamin stehen? Schade, daß ihr Regisseur Adam Vane nicht hier war. Der hätte ihr noch einen nützlichen Tip geben können, bevor der Vorhang aufging.

Sie wandte sich vom Spiegel ab, und in diesem Moment entdeckte sie die blauledern gerahmte Fotografie auf dem Schreibtisch: das ihr wohlbekannte Hochzeitsbild ihrer Eltern. Ihre Mutter mit wehendem Schleier und dem unausstehlichen Triumphlächeln... Aber irgend etwas stimmte nicht. Der Bräutigam, der neben ihr stand, war nicht Shelaghs Vater, sondern der Trauzeuge Nick. Sein Bürstenhaarschnitt und sein blasierter Gesichtsausdruck waren unverkennbar. Shelagh beugte sich verblüfft näher heran und merkte nun, daß es sich um eine raffinierte Fotomontage handelte. Nicks Kopf war nahtlos auf die Schultern ihres Vaters versetzt worden, und das glücklich lächelnde Gesicht ihres Vaters krönte dafür die schlaksige Gestalt, die in der zweiten Reihe zwischen den Brautjungfern stand. Wenn ihr das Originalfoto nicht so vertraut gewesen wäre, hätte sie die Fälschung nie erkannt. Ein Fremder mußte unbedingt darauf hereinfallen. Aber was sollte das Ganze? Wen hatte Nick damit nasführen wollen außer sich selbst?

Shelagh wandte sich, peinlich berührt, vom Schreibtisch ab. Nur Geisteskranke versuchten sich selbst zu betrügen. Hatte ihr Vater seinen einstigen Freund Nick nicht als einen Grenzfall bezeichnet? Sie hatte sich vorhin am See, als sie von den beiden Männern verhört und entführt wurde, schon genügend geängstigt, aber das war natürliche, körperliche Angst vor einer möglichen Gewalttat gewesen. Was sie jetzt empfand, war seltsamer innerer Widerwille. Das Zimmer, das ihr erst so gemütlich vorgekommen war, schien ihr plötzlich nicht ganz geheuer, nahm ihr die Luft. Sie wollte hinaus. Eine Glastür führte auf die Veranda. Shelagh riß den Vorhang zurück, aber die Tür war zugesperrt, und im Schloß steckte kein Schlüssel; es gab keinen Ausweg. Gleichzeitig hörte sie Stimmen im Flur. Zu spät, dachte sie, nun muß ich die Suppe auslöffeln, die ich mir eingebrockt habe. Nun heißt es schwindeln, improvisieren. Der Steward wird mir schwerlich helfen; ich bin allein mit einem Geisteskranken.

Und schon ging die Tür auf, und er trat ein.

Die Überraschung war gegenseitig. Er hatte sie buchstäblich auf dem falschen Fuß erwischt, halbgeduckt zwischen Sessel und Kaffeegeschirr, in einer Haltung also, die beim Theater unmöglich gewesen wäre. Sie richtete sich auf und starrte ihn an. Er starrte zurück. Er sah dem Trauzeugen auf dem originalen Hochzeitsbild kaum noch ähnlich, außer daß er nach wie vor groß und hager war. Aber der Bürstenhaarschnitt war mitsamt dem meisten Haar verschwunden, und über dem linken Auge trug er eine schwarze Klappe, die an Moshe Dayan erinnerte. Das rechte Auge war dafür besonders durchdringend und blau. Sein Mund war schmallippig. Während er noch reglos in der offenen Tür stand, hüpfte der kleine Hund an ihm vorbei ins Zimmer. Nick Barry sagte etwas über die Schulter zu dem Steward, ohne das Auge von Shelagh zu wenden. »Sorgen Sie dafür, daß Operation B sofort in Gang kommt, Bob.«

»Zu Befehl, Sir«, antwortete die Stimme des Stewards vom Korridor her.

Nick schloß die Tür hinter sich. Er kam näher und sagte: »Bob hat Sie mit Kaffee versorgt. Ist er kalt?«

»Keine Ahnung«, antwortete Shelagh. »Ich habe noch keinen getrunken.«

»Gießen Sie sich Whisky hinein. Das möbelt Sie auf.«

Er öffnete einen Wandschrank, brachte ein kleines Tablett mit Karaffe, Siphon und Gläsern, stellte es auf den Tisch und ließ sich in den freien Sessel Shelagh gegenüber sinken. Der Hund sprang ihm sofort auf den Schoß. Shelagh goß einen Schuß Whisky in ihre Kaffeetasse und bemerkte dabei unwillig, daß ihre Hand zitterte. Außerdem begann sie zu schwitzen. Die wenigen Sätze, die Nick bisher gesprochen hatte, hatten so kurz, klar und befehlsgewohnt geklungen, daß er sie an einen Lehrer ihrer Schauspielschule erinnerte. Seine Schülerinnen schwammen damals fast täglich in Tränen... Alle außer ihr. Sie war eines Morgens beim Unterricht einfach davongelaufen, mit dem Erfolg, daß der Lehrer ihr nachgekommen war und sich entschuldigt hatte.

»Machen Sie sich's doch endlich bequem«, sagte ihr Gastgeber. »Sie sind ja gespannt wie ein Flitzbogen. Verzeihen Sie die Entführung. Zum Teil war es Ihre eigene Schuld. Was hatten Sie so spät am Abend am See zu suchen?«

»Ich bin nur dem Wegweiser nachgegangen«, erwiderte Shelagh. »Da stand drauf ›Fußweg zum Lough Torrah‹ und keinerlei Verbot. Wenn es hierzulande verboten ist, abends spazierenzugehen, sollte man die Touristen gleich bei der Ankunft auf dem Flughafen warnen. Aber das würde wohl den Fremdenverkehr schädigen.«

Der Ton ist richtig, bleib dabei, dachte sie und trank ihren

Kaffee-Whisky mit einem Zug aus. Er lächelte unbestimmt und streichelte das glatte Fell des kleinen Schnauzers. Sein eines Auge war verwirrend. Shelagh hatte das Gefühl, daß auch das andere unter der schwarzen Klappe noch da war und sie beobachtete.

»Wie heißen Sie eigentlich?« fragte er.

»Jinnie Blair«, antwortete sie instinktiv, wie aus der Pistole geschossen. Jennifer Blair war ihr Bühnenname. Mit einem Namen wie Shelagh Money war keine Karriere zu machen. Aber außer ihrem Vater hatte nie jemand Jinnie zu ihr gesagt. Sie mußte aus purer Nervosität mit dem Namen herausgeplatzt sein.

»Hm«, machte er. »Jinnie. Hübsch. Und weswegen wollten Sie mich sprechen, Jinnie?«

Improvisieren! Nach dem Gehör spielen, wenn man ins Schwimmen kommt, wie Adam Vane seiner Schauspielertruppe immer wieder einhämmerte. Die Situation ist so und so, also einfach drauflos...

Auf dem Tisch stand ein Zigarettenkästchen nebst Feuerzeug. Sie beugte sich vor und nahm sich eine Zigarette. Da er sich nicht rührte, mußte sie sich selbst Feuer geben.

»Ich bin Journalistin«, fuhr sie fort. »Meine Zeitschrift plant für den nächsten Frühling eine Serie von Tatsachenberichten über das Leben ehemaliger Offiziere aus dem Zweiten Weltkrieg. Wie sie sich mit ihrer Lage abgefunden haben, welche Steckenpferde sie reiten, und so weiter. Sie können sich's ja ungefähr denken. Vier von uns Mitarbeitern wurden dafür abgeordnet. Sie stehen auf meiner Liste. Na schön, und da bin ich.«

»Aha, deshalb.«

Wenn er doch nur für einen Moment das eine blitzende Auge von ihr lassen würde! Der kleine Hund – es war übrigens eine Hündin – war mittlerweile unter der streichelnden Hand ihres Herrn so in Ekstase geraten, daß sie sich auf den Rücken gewälzt hatte und alle viere in die Luft streckte.

»Was finden Sie an mir so interessant für Ihre Leser?« fragte er.

»Das zu eruieren, war nicht meine Aufgabe. Die Auswahl wird von anderen Leuten in der Redaktion getroffen. Wir Reporter bekommen nur kurze Hinweise. Lebenslauf. Kriegsauszeichnungen, Pensionierung, jetziger Wohnort. Von da ab müssen wir selbst weitermachen. Hauptsache, wir bringen irgendeine Story zusammen – Allgemeinmenschliches, wissen Sie, und so...«

»Sonderbar«, sagte er, »daß Ihre Redakteure gerade auf mich verfallen sind, wo weit höhere ehemalige Offiziere hier leben als ich. Generäle und Vizeadmirale in jeder Menge.«

»Wenn Sie mich fragen«, entgegnete Shelagh achselzukkend, »greifen sie die Namen auf gut Glück aus einer Kartei. Und irgendeiner, ich weiß nicht mehr wer, hat gesagt, Sie hätten sich in eine regelrechte Einsiedelei zurückgezogen. So was lesen die Leute gern. Ich bekam also den Auftrag, in Ihrem Seelenleben herumzustochern. Sie brauchen das natürlich nicht allzu ernst zu nehmen.«

Er schenkte sich einen Whisky-Soda ein und lehnte sich wieder im Sessel zurück.

»Von welcher Zeitung kommen Sie?«

»Es ist keine Tageszeitung, sondern eine dieser schicken neuen Illustrierten, die alle vierzehn Tage erscheinen. *Scheinwerfer* heißt sie. Vielleicht haben Sie schon mal eine der ersten Nummern gesehen.«

Der *Scheinwerfer* war tatsächlich eine kürzlich gegründete Zeitschrift. Shelagh hatte im Flugzeug eine Nummer durchblättert.

»Bis jetzt nicht«, sagte Nicolas Barry. »Aber bei meinem Einsiedlerdasein ist das ja kein Wunder, was?«

»Natürlich nicht.«

Sein eines hellwaches Auge irritierte sie immer mehr. Sie vernebelte ihr Gesicht vorübergehend mit einer Rauchwolke.

»Es war also berufliche Neugier, die Sie spätabends an den See trieb, statt daß Sie bis morgen früh warteten?«

»Sicher. Die Tatsache, daß Sie auf einer Insel wohnen, hat mich natürlich auch gereizt. Inseln haben für mich immer etwas Geheimnisvolles. Besonders bei Mondschein.«

»Ängstlich sind Sie demnach nicht?«

»Doch, ich hatte Angst, als Ihr treuer Knappe Michael und der andere – dieser ziemlich unsympathische Postmeister – mich packten und mit Gewalt ins Boot verfrachteten.«

»Was haben Sie sich da gedacht?«

»Überfall, Mord, Sittlichkeitsverbrechen – irgend etwas in dieser Art.«

»Das kommt davon, wenn man zuviel englische Zeitschriften liest und selbst für Sensationsblätter schreibt. Wir Iren sind ein so friedlicher Schlag, daß wir Sie enttäuschen werden. Wir schießen uns gegenseitig tot, aber das ist alte Tradition. Aber Frauenraub ist nicht üblich. Wir vergewaltigen unsere Frauen nur selten. Sie vergewaltigen uns.«

Nun mußte Shelagh zum erstenmal unwillkürlich lächeln. Ihre Bühnensicherheit kehrte zurück. Parieren und Vorstoßen. Nur zu. Auf diese Art konnte sie stundenlang weiterreden.

»Darf ich Ihr Bonmot in meinem Artikel zitieren?« fragte sie.

»Lieber nicht. Könnte unserem National-Image schaden. Wir stellen uns gern als Teufel hin, das verschafft uns mehr Respekt. Noch einen Whisky?«

»Danke, gern.«

Wenn dies ein Stück wäre, dachte sie, würde die Regieanweisung jetzt lauten: Stellung wechseln. Whisky eingießen, aufstehen, zerstreut umherblicken. Nein, bei genauerem Überlegen war es wohl besser, sitzenzubleiben.

»Nun sind Sie an der Reihe, mir ein paar Fragen zu beantworten«, sagte sie. »Ist Ihr Bootsmann drauf gedrillt, Touristinnen zu entführen?«

»Nein. Sie sind die erste. Sie sollten sich geschmeichelt fühlen.«

»Ich hab' ihm gleich gesagt«, fuhr sie unbeirrt fort, »und dem Postmeister auch, daß ich es für einen Besuch heute zu spät fände und lieber morgen wiederkommen würde. Sie wollten mich aber nicht anhören. Und als ich hier ankam, wurde ich von Ihrem Steward durchsucht oder ›gefilzt‹, wie man das heute im Polizeijargon nennt, glaube ich.«

»Bob ist immer sehr gründlich. Alte Marinegewohnheit. Wir haben schon früher die Mädels, die an Bord kamen, gefilzt. Das gehörte zum Vergnügen.«

»Schwindler«, sagte Shelagh.

»Nein, es ist die reine Wahrheit. Jetzt ist es verboten, wie ich höre, ebenso wie die tägliche Rumration. Kein Wunder, daß die jungen Leute sich nicht mehr zur Marine drängeln. *Das* können Sie zitieren, wenn Sie wollen.«

Sie sah ihn über den Rand des Glases hinweg an. »Bedauern Sie, daß Sie nicht mehr dabei sind?«

»Nicht im geringsten. Ich bin so weit gekommen, wie ich wollte.«

»Aber die höhere Laufbahn?«

»Ach, zum Henker mit der höheren Laufbahn. Wer will denn im tiefsten Frieden ein Schiff kommandieren, das schon vor der Jungfernfahrt veraltet ist? Und noch weniger verlockte es mich, im Admiralsstab oder auf sonst einer Landdienststelle auf dem Hintern zu sitzen. Hier zu Hause hatte ich lohnendere Sachen zu tun.«

»Zum Beispiel?«

»Meine eigene Heimat kennenlernen. Geschichtsbücher lesen. Nicht den Kram über Cromwell und so, sondern die Vor- und Frühgeschichte Irlands, die weitaus spannender ist. Ich habe selbst lange Abhandlungen darüber geschrieben, die vermutlich nie gedruckt werden. Hin und wieder veröffentliche ich kurze Artikel in Fachzeitschriften, das ist auch alles. Ohne Honorar. Sie mit Ihren schicken Illustrierten sind da besser dran.«

Er lächelte wieder. Es war ein gutes Lächeln, vielleicht nicht gerade im landläufigen Sinn, aber in ihrem: anfeuernd, herausfordernd. (Die ›Stimmungskanone‹!) War der Moment gekommen? Sollte sie sich weiter vorwagen?

»Erlauben Sie mir eine Frage. Sie ist zwar persönlich, aber die Leser wollen solche Dinge wissen«, begann sie kühn. »Ich konnte nicht gut umhin, das große Hochzeitsbild auf Ihrem Schreibtisch zu bemerken. Sie sind oder waren verheiratet?«

»Ja«, sagte er. »Die einzige Tragödie meines Lebens. Meine Frau kam kurze Zeit nach unserer Hochzeit bei einem Autounfall um. Unglücklicherweise überlebte ich. Ich hab' dabei nur ein Auge eingebüßt.«

Shelagh kam für Sekunden aus dem Text. Improvisieren... Improvisieren!

»Wie schrecklich«, murmelte sie. »Verzeihen Sie meine taktlose Frage.«

»Macht nichts. Es ist ja schon viele Jahre her. Natürlich habe ich lange gebraucht, um darüber wegzukommen, aber allmählich habe ich mich der Situation angepaßt. Was hätte ich sonst tun sollen? Ich war damals schon außer Dienst, und ich muß zugeben, das erschwerte die Lage. Aber ich mußte mich nun mal damit abfinden – und, wie schon gesagt, es ist lange her.«

Glaubte er wirklich, was er sagte? Bildete er sich ein, er sei mit ihrer Mutter verheiratet gewesen und habe sie bei einem Autounfall verloren? Dann hatte er wohl nicht nur sein Auge eingebüßt, sondern auch einen Hirnschaden davongetragen. Und wann hatte er die Fotografie gefälscht? Vor oder nach dem Unfall? Und warum? Mißtrauen und Zweifel kehrten zurück. Shelagh hatte gerade angefangen, Nick ganz nett zu finden und sich in seiner Gesellschaft wohl zu fühlen, aber damit war es nun vorbei. Wie mußte sie sich verhalten, falls er wirklich geistesgestört war? Zunächst stand sie auf und ging an den Kamin. Komisch, dachte sie, das war eine völlig natürliche Reaktion, ich brauche keine Regieanweisung, ich schauspielere nicht mehr... Das Stück wird echtes Leben.

»Hören Sie«, sagte sie nach einer kurzen Pause, »ich glaube, ich werde auf dieses Interview verzichten. Es ist nicht fair. Sie haben zuviel durchgemacht. Der Chefredakteur wird mir zustimmen. *Scheinwerfer* ist nicht die Art Zeitschrift, die in den Wunden anderer Leute herumstochert.«

»Ach, wirklich?« antwortete Nick Barry. »Wie enttäuschend. Ich habe mich schon darauf gefreut, einen langen Bericht über mich selbst zu lesen. Ich bin nämlich eitel, müssen Sie wissen.«

Er streichelte den kleinen Hund, ohne das eine Auge von Shelagh zu wenden.

»Nun, in diesem Fall...« sie suchte nach Worten, »... könnte ich ja ein bißchen über Ihr Inseldasein schreiben, über Ihre Tierliebe, Ihr Interesse für Vor- und Frühgeschichte... und so weiter.«

»Kaum wert, gedruckt zu werden. Langweilt die Leute doch bloß.«

»Nicht, wenn es spritzig geschrieben ist.«

Er lachte auf, setzte den Hund auf den Boden und kam verwirrend plötzlich ebenfalls an den Kamin. »Sie müssen noch eine Menge zulernen«, sagte er. »Morgen früh unterhalten wir uns weiter darüber. Dann können Sie mir auch sagen, wer Sie wirklich sind – wenn Sie wollen. Sollten Sie tatsächlich Journalistin sein, was ich bezweifle, so sind Sie bestimmt nicht hergeschickt worden, um über meine Hobbys und mein Schoßhündchen zu schreiben. Seltsam, Sie erinnern mich an irgendwen – aber ich komme einfach nicht darauf, wer es war.«

Er lächelte, höchst selbstsicher, keineswegs verrückt, und erinnerte sie seinerseits – an wen nur? Lag es daran, daß das Zimmer sie an die Kapitänskajüte ihres Vaters an Bord der *Excalibur* erinnerte? Daß ihr Vater sie darin einmal hoch in die Luft geschwenkt hatte, als sie noch Kind war, und sie vor Schreck und Wonne aufkreischte? Dann dieser Duft nach Eau de Cologne... Der fremde Mann neben ihr benutzte das gleiche Eau de Cologne, nicht das penetrante After-shave, nach dem heutzutage die meisten jungen Männer rochen...

»Ich erinnere alle Leute an irgendwen«, sagte sie. »Offenbar habe ich wenig Eigenpersönlichkeit. Dafür erinnern Sie mich an Moshe Dayan.«

Er betupfte seine Augenklappe. »Auch nur ein Trick. Wenn er und ich mit den blinden, rosa Lidern unter die Leute gingen, würde kein Hahn nach uns krähen. Erst das schwarze Pflaster macht uns interessant. Hat dieselbe Wirkung auf Frauen wie schwarze Netzstrümpfe auf Männer.«

Er ging unvermittelt zur Tür, riß sie auf und rief in den Flur hinaus: »Bob?«

»Sir?« kam die Antwort aus der Küchenregion.

»Operation B eingeleitet?«

»Jawohl, Sir. Michael wird gleich anlegen.«

»In Ordnung.« Er wandte sich wieder Shelagh zu. »Ich werde Ihnen jetzt das übrige Haus zeigen.«

Aus seinem sachlich-kurzen Offizierston entnahm sie, Michael sei bereits angewiesen, sie im Motorboot zum Festland zurückzubringen. Dann hatte sie im Gasthof noch genug Zeit, sich klarzuwerden, ob sie am nächsten Tag einen zweiten Besuch riskieren oder lieber die ganze Mission aufgeben und nach Hause fahren sollte. Nick führte sie durch den Korridor, öffnete zuvorkommend jede Tür, und sie registrierte seltsame Aufschriften wie ›Kontrollraum‹, ›Funkstation‹, ›Krankenstube‹, ›Mannschaftskajüte‹ ... Hier zeigt sich sein Knacks, dachte sie. In der Fantasie lebt er immer noch an Bord eines Schiffes. Nur so wird er mit den Enttäuschungen und Wunden fertig, die ihm das Leben zugefügt hat.

»Unsere Organisation klappt tadellos«, erklärte er. »Was soll ich mit einem Telefon? Ich stehe mit dem Festland in Funkverbindung. Inselbewohner sind notgedrungen Selbstversorger. Genau wie ein Schiff auf hoher See. Ich habe das alles selbst aufgebaut. Als ich auf die Insel kam, gab's hier nicht einmal ein Blockhaus, und nun ist es ein Flaggschiff mit allem, was dazugehört. Ich könnte von hier aus eine Kriegsflotte kommandieren.«

Sein triumphierendes Lächeln jagte Shelagh eine Gänsehaut über den Rücken. Er ist *doch* verrückt, dachte sie, unrettbar verrückt – aber trotzdem, um ehrlich zu sein, ungeheuer attraktiv. Es fehlt nicht viel, und ich glaube ihm alles, was er sagt.

»Wieviel Mann Besatzung haben Sie eigentlich?« fragte sie.

»Zehn, wenn ich mich selbst mitzähle. Hier ist mein Privatquartier.«

Sie waren am Ende des Korridors angelangt, und Nick führte Shelagh in einen Separatflügel, der drei Zimmer und ein Bad umfaßte. Eine Tür trug die Aufschrift ›Kapitän Barry‹.

»Hier wohne ich«, sagte er und zeigte ihr das Innere einer typischen Kapitänskajüte, obwohl er wenigstens ein Bett darin hatte statt der schon befürchteten Koje. Immerhin, die Ausstattung war ihr so vertraut, daß sie einen schmerzhaften Stich in der Herzgegend verspürte.

»Und gleich nebenan sind die Gästezimmer«, sagte er. »Nummer eins, Nummer zwei. Nummer eins hat den besseren Ausblick auf den See.«

Er ging ihr in Nummer eins voraus und zog den Vorhang auf. Der Mond zwar inzwischen sehr hoch gestiegen und warf eine Silberbahn über das Wasser hinter der Baumkulisse. Es war sehr friedlich, sehr still. Lamb Island barg keine Schrecken mehr. Im Gegenteil, jetzt kam ihr das schattenhaft erkennbare Festland drüben trostlos und öde vor.

»Hier könnte sogar ich das Einsiedlerleben ertragen«, bemerkte sie, als sie sich vom Fenster abwandte. »Aber jetzt darf ich Sie nicht länger aufhalten. Michael wartet sicher schon mit dem Boot auf mich.«

Er knipste das Nachttischlämpchen an. »Sie fahren heute nicht mehr zurück. Operation B ist im Gang.«

»Was soll das heißen?«

Das eine Auge, das sich wieder unbehaglich fest auf sie richtete, blitzte belustigt. »Als ich erfuhr, daß mich eine junge Dame besuchen wollte, habe ich sofort einen Plan festgelegt. ›Operation A‹ hieß: Die betreffende Person ist für uns bedeutungslos und kann nach Ballyfane zurückgebracht werden. ›Operation B‹ heißt: Die junge Dame ist bis auf weiteres mein Gast. Ihr Gepäck wird aus dem Gasthof geholt und der Wirt informiert. Tim Doherty ist sehr diskret.«

Sie sah ihn entsetzt an. Damit hatte sie nicht gerechnet. »Sie haben nicht viel Zeit für Ihren Entschluß gebraucht«, sagte sie nach ein paar Sekunden. »Ich habe gehört, daß Sie

Operation B befahlen, kaum daß Sie vorhin hereinkamen und mich sahen.«

»Stimmt. Ich bin ein Mann rascher Entscheidungen. Und da kommt auch schon Bob mit Ihren Sachen.«

Ein Hüsteln vor der Tür, ein sachtes Klopfen. Der Steward brachte Shelaghs Koffer, in den offensichtlich alles, was sie im Gasthof schon ausgepackt hatte, wieder sorgfältig eingepackt worden war. Desgleichen brachte er ihre Straßenkarte, ihren Reiseführer, ihre Wagenpapiere und die Handtasche, die sie im Auto zurückgelassen hatte. Nichts fehlte.

»Danke, Bob«, sagte Nick. »Miß Blair wird morgen klingeln, sobald sie ihr Frühstück wünscht.«

Der Steward murmelte »gute Nacht« und zog sich mit einer Verbeugung zurück. Jetzt hab' ich's! dachte Shelagh. Wie soll das weitergehen? Nick beobachtete sie noch immer mit seinem verdammt überlegenen Lächeln. Wenn du nicht weiter weißt, rief sie sich eine alte Bühnenregel ins Gedächtnis zurück – gähne. Oder tu sonst was Nebensächliches. Tu jedenfalls, als kämen solche Abenteuer bei dir alle Tage vor. Sie ergriff ihre Handtasche, nahm den Kamm heraus und fuhr sich, ein paar Töne summend, damit durchs Haar.

»Sie hätten den Dienst niemals quittieren sollen«, sagte sie dann beiläufig. »Ihr Organisationstalent wird verschwendet! Sie könnten heute Kommandeur der Mittelmeerflotte sein und große Manöver abhalten, oder was weiß ich.«

»Genau das tue ich. Sie werden Ihre Befehle erhalten, sobald dieses Schiff in Aktion ist. Und nun habe ich noch einiges zu planen und muß Sie allein lassen. Übrigens –« er hielt, die Hand schon auf der Klinke, noch einmal inne. »Sie sind hier vollkommen sicher. Sie brauchen sich nicht einzuschließen.«

»Ich hätte auch nicht im Traum daran gedacht«, erwiderte sie. »Als Journalistin bin ich allerhand gewöhnt, sogar mitternächtliche Streiche auf unbekannten Korridoren...«

Den kleinen Hieb kann er sich deuten, wie er will, dachte sie. Nun verschwinde und stelle alle Möbel auf den Kopf, alter Spaßmacher!

»Aha«, sagte er lachend, »ich habe Ihren Mut unterschätzt. Vielleicht muß *ich* meine Tür abschließen. Danke für die Warnung.«

Sie hörte ihn noch im Weggehen lachen. Vorhang. Verdammt. Er hatte doch das letzte Wort gehabt.

Als nächstes öffnete sie ihren Koffer. Ihre paar Kleider und die üblichen Hygiene- und Kosmetikartikel waren musterhaft ordentlich verpackt. Die Handtasche war offenbar nicht berührt worden. Ein Glück, daß die Papiere für den gemieteten Austin auf ihren Bühnennamen ausgestellt waren. Jennifer Blair, nicht Shelagh Money. Ihr Paß lag so unverändert zwischen den Geldscheinen im Sicherheitsfach ihrer Handtasche, daß sie kaum mehr daran zweifelte, ihr Inkognito bewahren zu können. Dann sah sie, daß die Straßenkarte, die im Reiseführer steckte, falsch zusammengefaltet war. Na, das machte nichts. Sie hatte Ballyfane und den Lough Torrah mit Blaustift markiert, aber das taten Journalistinnen schließlich auch. Dennoch vermißte sie etwas. Richtig, die dicke Büroklammer, mit der sie den Umschlag mit den Daten in den Reiseführer geheftet hatte, war nicht mehr da. Sie schüttelte das Buch, aber es fiel nichts heraus. Der Umschlag mitsamt der Datenliste war weg – der kurzen Liste, die sie von einem Zettel aus dem Nachlaß ihres Vaters abgeschrieben hatte.

Shelagh erwachte erst, als das helle Sonnenlicht sie traf. Sie sah auf den Reisewecker neben ihrem Bett. Viertel nach neun! Also hatte sie fast zehn Stunden traumlos durchgeschlafen. Sie stand sogleich auf, ging ans Fenster und zog die Gardinen vollends zurück. Ihr Zimmer befand sich am äußersten Ende des langen Gebäudes. Direkt unter ihrem Fenster senkte sich ein grasiger Abhang zu den Bäumen hin, zwischen denen eine sehr schmale Lichtung den Blick auf den See freigab. Das Wasser funkelte in blitzblauen, munteren Wellen; über Nacht schien eine frische Brise aufgekommen zu sein. Nick hatte gesagt, sie sollte dem Steward klingeln, wenn sie Frühstück wünschte. Sie nahm den Hörer des Hausapparats am Bett ab. Bob meldete sich sofort.

»Guten Morgen, Miß. Was darf ich Ihnen bringen? Orangensaft? Kaffee? Brötchen? Honig?«

Erstklassige Bedienung, dachte sie. Besser hätte ich's auch in den ›Kilmore Arms‹ nicht haben können. Bob brachte ihr das Frühstück in knapp fünf Minuten ans Bett. Auf dem Tablett lag auch eine druckfrische, exakt gefaltete Morgenzeitung.

»Empfehlungen vom Kapitän, Miß. Er hofft, daß Sie gut geschlafen haben. Wenn Sie sonst noch etwas brauchen, rufen Sie mich bitte.«

Ich möchte nur wissen, dachte sie, wer den Umschlag aus meinem Reiseführer geklaut hat. War's der Wirt, war's der Postmeister? Oder warst du es womöglich, Bob? Dumm von mir, daß ich auf den Umschlag geschrieben hatte: ›N. Barry, Notizen, vielleicht von Bedeutung.‹

Laut sagte sie nur: »Danke, Bob, ich habe alles.«

Nach dem Frühstück zog sie Pullover und Jeans an und widmete ihrem Augen-Make-up weitaus größere Sorgfalt als gestern, um etwaigen neuen Überraschungen besser gewachsen zu sein. Dann ging sie durch den Korridor und die Flügeltür in das Wohnzimmer, dessen Tür einladend offenstand. Nick war jedoch nicht da. Aus irgendwelchen unklaren Gründen hatte sie erwartet, daß er an seinem Schreibtisch aß. Nun schlich sie, nach einem sichernden Blick über die Schulter, selbst hin und starrte noch einmal auf das Hochzeitsbild. Nick war jetzt viel sympathischer als damals, stellte sie fest. Als junger Mann mußte er aufreizend gewesen sein, blasiert, überheblich, und außerdem hatte er wahrscheinlich rotes Haar gehabt. Die Lösung des Rätsels war vermutlich, daß er und ihr Vater gleichzeitig in ihre Mutter verliebt gewesen waren, und als sie sich für ihren Vater entschied, hatte er sich grollend in die Einsamkeit zurückgezogen. Mit einem Knacks. Komisch, daß ihre Mutter diese Rivalität nie erwähnt hatte. Im allgemeinen prahlte sie nur zu gern mit ihren vielen verflossenen Verehrern. Shelagh konnte sich des peinlichen untöchterlichen Gedankens nicht erwehren: Was hatten die Männer nur an ihrer Mutter gefunden, außer dem sicherlich puppenhübschen Gesicht? Viel zu dunkler Lippenstift... na ja, das war damals Mode. Und snobistische Allüren – stets flocht sie Rang und Titel ihrer Bekannten in ihre Plaudereien ein. Shelagh und ihr Vater hatten sich bei solchen Gelegenheiten oft amüsiert zugezwinkert.

Ein diskretes Hüsteln zeigte ihr an, daß der Steward hinter ihr in der offenen Tür stand.

»Der Kapitän befindet sich auf einer Waldlichtung, Miß, falls Sie ihn suchen. Ich zeige Ihnen gern den Weg.«

»Ja, bitte, Bob.«

Sie ging mit ihm hinaus, und er sagte: »Er arbeitet auf dem Grundstück, höchstens zehn Minuten von hier.«

Aha, wahrscheinlich fällt er Bäume, die den Blick aufs Wasser versperrten. Auf dem Weg, den der Steward ihr wies, ohne selbst mitzukommen, sah man nichts vom See. Das wuchernde Gebüsch auf beiden Seiten glich einem Miniatururwald. Hier konnte man sich ganz schön verirren, dachte Shelagh, und im Kreis herumgehen, ohne je wieder ans rettende Ufer zu finden. In den Zweigen über ihr seufzte der Wind. Sonst kein Laut, kein Vogel, kein nahes Wellengeplätscher. Man könnte in dieser Wildnis umkommen und verwesen und würde erst nach Jahren als Gerippe aufgefunden werden. Vielleicht war es klüger, umzukehren und dem Steward zu sagen, sie zöge es vor, den Kapitän im Haus zu erwarten. Sie blieb zögernd stehen, aber nun war es zur Umkehr bereits zu spät. Der Bootsmann Michael kam auf sie zu, einen Spaten in der Hand.

»Kapitän Barry wartet schon lange auf Sie, Miß. Er möchte Ihnen das Grab zeigen. Wir haben es gerade ausgeworfen.«

O Gott, was für ein Grab, für wen? Sie spürte, daß alle Farbe aus ihren Wangen wich. Und Michael lächelte nicht etwa. Er deutete lediglich mit einer ruckartigen Kopfbewegung auf die nahe Lichtung. Nach ein paar Schritten sah Shelagh die andern, Nick und zwei jüngere Männer. Sie waren alle bis zum Gürtel entblößt und über eine tiefe Grube gebeugt. Die Knie wurden ihr weich, und ihr Herz begann zu poltern.

»Miß Blair, Sir«, meldete Michael.

Nick richtete sich auf und sah ihr entgegen. Er war in Jeans wie seine Mitarbeiter. Statt des Spatens hielt er jedoch eine kleine Axt in der Hand.

»So«, sagte er, »nun ist es soweit. Kommen Sie mal her und knien Sie hin.«

Er legte ihr eine Hand auf die Schulter und drängte sie an den Rand der offenen Grube. Sie brachte kein Wort hervor. Sie sah nur die frisch aufgeworfene Erde zu beiden Seiten des Kraters, die welken Blätter und gebrochenen Äste. Als sie unter dem Druck seiner Hand in die Knie sank, verbarg sie in primitiver Urangst das Gesicht in beiden Händen.

»Nanu, was ist denn los mit Ihnen?« fragte er verblüfft. »Wenn Sie sich die Augen zuhalten, können Sie nichts sehen, und was Sie hier sehen, ist eine Sensation. Sie sind wahrscheinlich die erste Engländerin, die bei der Freilegung eines Megalithgrabs in Irland dabei ist. War vermutlich eine regelrechte keltische Kultstätte – mit Opferstein und allem, was dazugehört. Die Jungen und ich buddeln schon seit Wochen daran.«

Shelagh hörte von allem nur ein undeutliches Geraune. Als sie wieder zu sich kam, saß sie an einen Baumstamm gelehnt, die Stirn auf den Knien. Die Gegend hörte auf, sich um sie zu drehen, und wurde nach und nach klar. Sie war in Schweiß gebadet.

»Ich glaube, ich muß mich übergeben«, murmelte sie schwach.

»Nur zu«, erwiderte Nick. »Vor mir brauchen Sie sich nicht zu genieren.«

Sie riß die Augen auf. Die jüngeren Männer waren verschwunden. Nick hockte allein neben ihr.

»Das kommt davon, wenn man nicht ordentlich frühstückt«, sagte er. »Mit halbleerem Magen fängt der Tag schlecht an.« Er stand auf und kehrte an die Grube zurück. »Ich verspreche mir Gott weiß was von diesem Fund. Diese Kultstätte ist besser erhalten als die meisten, die ich je gesehen habe. Wir sind erst vor ein paar Wochen ganz zufällig über ein paar Steine gestolpert. Und als wir an der Stelle zu graben anfingen, kamen der Vorhof und ein Teil der typischen Galerie ans Licht. Seit etwa 1500 vor Christus hat niemand diese Grabstelle gestört. Nun darf die Außenwelt auf keinen Fall Wind davon bekommen, sonst habe ich sofort Dutzende von Archäologen und Fotografen auf dem Hals, und das würde mir aus vielen Gründen nicht passen. Fühlen Sie sich besser?«

»Ich weiß nicht«, murmelte Shelagh. »Doch, ich glaube.«

»Dann kommen Sie mal her, und sehen Sie sich's an.«

Shelagh schleppte sich an den Kraterrand und riskierte einen Blick in die Tiefe. Massenhaft Steine, dazwischen ein paar klobige Felsplatten, die im Halbkreis herumstanden und eine Art Mauer oder Säulengang bildeten. Sie konnte beim besten Willen keine Begeisterung heucheln. Die kaum überstandene Angst saß ihr noch zu sehr in den Knochen.

»Interessant«, hauchte sie und brach plötzlich in Tränen aus. Das war noch viel beschämender als ihre Übelkeit vorhin. Nick sah sie einen Moment verdutzt an, nahm dann wortlos und energisch ihre Hand und führte sie, leise durch die Zähne pfeifend, von der Grube weg und ins Gehölz zurück. Erst nach ein paar Minuten, als die Bäume sich lichteten und sie am Seeufer standen, öffnete er den Mund wieder.

»Ballyfane liegt westlich von hier. Sie können es jetzt nicht sehen. Der See erweitert sich hier in nordöstlicher Richtung und streckt mehrere Arme zum Festland aus. Sieht fast aus wie ein Flickenteppich. Im Spätherbst kommen die Wildenten, um im Schilf zu überwintern. Ich jage nicht; ich lasse sie in Ruhe. Aber im Sommer bade ich hier. Ich schwimme gern am Morgen, vor dem Frühstück.«

Shelagh wußte, daß er ihr mit diesen Informationen nur Zeit geben wollte, sich zu erholen, und sie war ihm dafür dankbar.

»Entschuldigen Sie mein dummes Benehmen«, sagte sie, nun wieder gefaßt. »Aber, offen gestanden, als Michael mit dem Spaten auf mich zukam und von einem Grab redete, glaubte ich, mein letztes Stündlein hätte geschlagen.«

Nick sah sie erstaunt an. Dann lächelte er. »Sie sind also doch nicht so hartgesotten, wie Sie sich stellen. Ihre Forschheit ist nichts als Bluff.«

»Teilweise«, gab sie zu. »Aber es ist ja auch ein ganz neues Erlebnis für mich, auf eine einsame Insel zu einem Eremiten verschlagen zu sein. Nun begreife ich wenigstens, warum ich gekidnappt worden bin. Sie wollen nicht, daß etwas über Ihr Megalithgrab in die Presse kommt. Schön, ich halte den Mund. Ehrenwort.«

Nick antwortete nicht gleich. Er stand versonnen da und rieb sich das Kinn.

»Hm«, machte er nach kurzer Pause. »Sehr anständig von Ihnen. Nun mache ich Ihnen einen netten Gegenvorschlag. Wir gehen nach Hause, lassen uns von Bob ein Lunchpaket packen und fahren auf dem See spazieren. Und Sie haben mein Ehrenwort, daß ich Sie nicht über Bord werfe.«

Er ist nur ein ganz kleines bißchen verrückt, dachte Shelagh. Wenn diese Fotomontage nicht wäre, würde ich ihn für vollkommen normal halten und sofort mit der Wahrheit herausrücken, warum ich hergekommen bin. Aber so... Lieber noch nicht. Später.

Niemand konnte dem Mann, den Shelaghs Vater beschrieben hatte, unähnlicher sein als der Nick, den sie im Laufe der nächsten Stunden kennenlernte. Von Komplexen, Enttäuschung, Verbitterung war nichts zu spüren. Dieser Mann war einfach nett und amüsant und sorgte dafür, daß sie sich in seiner Gesellschaft keine Minute langweilte. Das große Motorboot (nicht der kleine Tuckerkahn, in dem Michael sie am Vorabend herübergebracht hatte) glitt sanft über den See, kurvte zwischen den zahllosen Landzungen, und Nick zeigte ihr vom Steuer aus alles Interessante: die westlichen Hügelketten, eine Burgruine, den massiven Turm eines fernen Klosters. Nicht ein einziges Mal spielte er auf den Grund ihres Besuches an oder versuchte sie über ihr eigenes Leben auszuhorchen. Sie aßen friedlich in der kleinen Kajüte ihren Mittagsproviant, harte Eier und kaltes Hühnchen, und Shelagh mußte dauernd an ihren Vater denken. Wie hätte er diesen Ausflug genossen! Genau das war es, was er sich unter einem Ferientag vorstellte. Sie konnte sich ihn gut denken, wie er sich Wort- und Witzgefechte mit Nick lieferte und beide einander zu überbieten suchten, weil sie zuhörte. Sie, nicht ihre Mutter. Die Gegenwart ihrer Mutter hätte alles ruiniert.

Bevor sie sich dem Bier zuwandte, hatte sie einen Whisky getrunken, der nicht ohne Wirkung blieb.

»Wissen Sie was«, sgte sie mit plötzlicher Zutraulichkeit, »ich habe Sie mir ganz anders vorgestellt.«

»So? Wie denn?«

»Mir wurde in der Redaktion ja nichts weiter von Ihnen erzählt, als daß Sie sich in die Einsamkeit zurückgezogen hätten, und deswegen dachte ich mir, Sie hätten so was wie ein altersgraues Kastell, eisgraue Diener und ebenfalls graue, fürchterlich bellende Wolfshunde. Und Sie selbst... Kauzig. Entweder grimmig und unfreundlich, der Schrecken der Dienerschaft, oder entsetzlich jovial – ein alter Spaßvogel, der es faustdick hinter den Ohren hat und allen Leuten dumme Streiche spielt.«

Er lächelte. »Ich kann der Schrecken der Dienerschaft sein. Der arme Bob wird oft genug angebrüllt. Und was die dummen Streiche betrifft... hm, hab' ich auch hinter mir. Und das Ende ist nicht abzusehen. Noch ein Bier?« Shelagh schüttelte dankend den Kopf und lehnte sich zurück. »Das dumme an meinen Streichen war«, fuhr er fort, »daß sie meist nur mich selbst amüsierten. Diese Art Späße ist sowieso aus der Mode gekommen. Oder haben Sie Ihrem Chefredakteur schon mal – sagen wir – weiße Mäuse in den Schreibtisch gesperrt?«

Shelagh dachte die Zeitungsredaktion rasch in eine Theatergarderobe um.

»Weiße Mäuse nicht«, antwortete sie, ohne mit der Wimper zu zucken. »Aber einmal habe ich meinem Boß eine Stinkbombe unters Bett praktiziert. Er war wie der Blitz draußen, das kann ich Ihnen sagen.«

(Es war in Manchester, und Bruce hatte ihr die Stinkbombe

nie verziehen. Seine Hoffnungen auf ein heimliches Techtelmechtel waren allzu buchstäblich in Rauch aufgegangen.)

»Sehen Sie«, sagte Nick. »Die besten Späße machen nur einem selber Spaß. Allerdings war's ein bißchen waghalsig von Ihnen, sich gerade Ihren Boß dazu auszusuchen.«

»Selbstverteidigung«, erwiderte Shelagh kurz. »Ich hatte keine Lust, mit ihm ins Bett zu gehen.«

Er mußte laut lachen, riß sich dann aber rasch zusammen. »Pardon – ich bin eben doch ein alter Spaßvogel. Haben Sie öfters solche Schwierigkeiten mit Ihren Redakteuren?«

Sie tat, als müsse sie ernsthaft nachdenken. »Kommt drauf an. Manche stellen reichlich viel Ansprüche. Und wenn man ehrgeizig ist – ich bin es –, kommt man auf diese Art voran. Es paßt mir aber nicht immer.«

»Was heißt ›nicht immer‹?«

»Na ja, ich ziehe mich nicht gleich aus, wenn einer nur mit dem kleinen Finger winkt. Der Betreffende muß mir schon gefallen. Schockiere ich Sie?«

»Nicht im mindesten. Ein eisgrauer Kauz wie ich hört gern, wie es die heutige Jugend hält.«

Shelagh nahm sich eine Zigarette. Diesmal zündete Nick sie ihr an.

»Die Sache ist nämlich die«, sagte sie nachdenklich, und es war, als spräche sie mit ihrem Vater, solange ihre Mutter nicht in Hörweite war (nur machte es mit einem Gesprächspartner wie Nick noch mehr Spaß), »ich finde, der ganze Sex-Klimbim wird überschätzt. Die Männer raufen sich die Haare und stöhnen herum... Manche weinen sogar. Und das Ganze ist doch bloß wie beim Indianerspiel: Man macht mit, um einen weiteren Skalp zu erobern. Blödes Getue, meiner Meinung nach. Aber na, ich bin erst neunzehn. Später denke ich vielleicht anders.«

»Darauf würde ich nicht zu sehr rechnen. Mit neunzehn ist eine Frau ziemlich ausgewachsen. Es ist später, als Sie denken.« Er stand auf, schlenderte zum Steuer und schaltete die Motoren ein. »Es macht mir einen Riesenspaß«, fügte er lässig hinzu, »an die vielen unsichtbaren Skalpe an Ihrem Gürtel zu denken und an das Gestöhne, das durch die Fleet Street geht. Ich müßte meine Freunde von der Presse eigentlich warnen.«

Shelagh sah erschrocken auf. »Welche Freunde?«

»Oh, ich habe auch mein Kontakte«, sagte er lächelnd und wendete das Boot zurück in Richtung Lamb Island.

Nun handelt es sich nur um Stunden, dachte sie, und er hat heraus, daß ich gar nichts mit der Presse zu tun habe. Wegen eines Bühnennamens muß er allerdings eine ganze Menge Theateragenturen anrufen, ehe einer sagt: »Jennifer Blair? Ah, Sie meinen die hochbegabte junge Schauspielerin, die in der nächsten Saison für die Shakespeare-Festspiele in Stratford engagiert ist?«

Das Boot legte für sie viel zu früh am Landesteg und einem von dichtem Gebüsch getarnten Bootshaus an, wo Michael sie schon erwartete. Er erinnerte sie an die Todesangst, die sie vormittags beim Anblick des steinzeitlichen Grabes ausgestanden hatte.

»Ich habe Ihnen die Zeit gestohlen«, sagte sie zu Nick. »Meinetwegen sind Sie heute mit Ihren Ausgrabungsarbeiten nicht weitergekommen.«

»Die Buddelei kann warten. Mach mal Pause – das gilt in allen Variationen. Gibt's was Neues, Michael?«

»Einige Signale empfangen, Sir. Alles in Ordnung.«

Auf dem Weg zum Haus vollzog sich mit Nick eine neue Metamorphose. Er wurde wortkarg, wachsam und hatte spürbar andere Dinge im Kopf als Shelagh. Selbst der kleine Hund, der erregt herbeiraste, als er die Stimme des Herrn hörte, wurde nur oberflächlich begrüßt.

»Alles tritt in fünf Minuten im Kontrollraum zur Lagebesprechung an, Bob«, kommandierte er.

»Jawohl, Sir.«

Nick wandte sich Shelagh zu. »Sie müssen sich eine Weile auf eigene Faust amüsieren. Seien Sie mir nicht böse. Im Wohnzimmer sind Bücher, Radio und Fernseher. Ich habe leider für ein paar Stunden anderes zu tun.«

Ein paar Stunden ... Es war eben erst sechs vorbei. Mußte

sie womöglich bis neun oder zehn allein bleiben? Shelagh hatte sich mehr von diesem Abend erhofft: ein langes, vertrauliches Gespräch am Kamin zum Beispiel, bei dem sich alles mögliche ergeben konnte.

»Okay«, sagte sie achselzuckend. »Ich bin in Ihrer Gewalt. Nebenbei bemerkt: Dürfte ich vielleicht erfahren, wie lange Sie mich hier festhalten wollen? Ich habe nämlich ein paar Termine in London.«

»Kann ich mir denken. Aber Sie werden aufs Skalpieren eine Weile verzichten müssen. Bob? Bringen Sie Miß Blair den Tee.«

Er verschwand im Korridor. Der Hund folgte ihm auf den Fersen. Shelagh warf sich schmollend aufs Sofa. So eine Grobheit! Und das nach einem so gelungenen Tag! Sie hatte wirklich keine Lust, jetzt zu lesen oder Schallplatten anzuhören. Sie konnte sich seinen Geschmack vorstellen – Krimis, wie sie ihr Vater unermüdlich gelesen hatte, und leichte, altmodische Operettenmusik. Der Steward brachte ihr den Tee. Diesmal gab es wirklich Kirschmarmelade und Brötchen, allerdings keine altbackenen. Sie schlang alles hinunter. Danach ging sie im Zimmer herum und prüfte die Bücherrücken auf den Regalen. Keine Krimis! Nur endlose Abhandlungen über Irland, aber die hatte sie ja auf jeden Fall erwartet. Auch ein Band über das Abbey Theatre. Das hätte sie interessiert, wenn sie in der richtigen Stimmung gewesen wäre. Die Schallplatten waren erstaunlicherweise vorwiegend klassisch: Haydn, Bach, Mozart. Ganze Stapel vornehmer Langeweile. Na ja, manches hörte sie ganz gern, aber dazu hätte Nick im Zimmer sein müssen. Sie vermied bewußt jeden Blick auf das gefälschte Hochzeitsbild. Der bloße Gedanke daran irritierte sic maßlos. Wie war er nur auf diese Geschmacklosigkeit verfallen? Was hatte er in ihrer Mutter gesehen? Was hatte ihr Vater je in ihr gesehen, wenn sie nun schon mal bei dem Gedanken war? Aber daß Nick – offensichtlich ein intelligenterer Mann, als ihr Vater es gewesen war – wegen eines hübschen Frätzchens übergeschnappt sein sollte, war nicht zu fassen.

Ich gehe jetzt in mein Zimmer, dachte Shelagh, und wasche mir das Haar.

Haarwaschen war ihr Allheilmittel, wenn sie mit irgend etwas nicht zurechtkam. Sie ging den Korridor entlang, vorbei an der mit ›Kontrollraum‹ bezeichneten Tür. Von drinnen hörte sie Stimmengemurmel und dann Nicks Lachen. Sie beeilte sich, weiterzukommen, damit nicht etwa die Tür aufging und sie als Lauscherin ertappt wurde. Tatsächlich öffnete sich die Tür, als sie zum Glück schon in sicherer Entfernung war, und sie erkannte mit einem raschen Blick über die Schulter einen der jungen Männer, die morgens beim Ausgraben mitgeholfen hatten. Seine blonde Lockenmähne hatte sich ihr eingeprägt. Er konnte höchstens achtzehn Jahre alt sein. Alle hier waren jung – alle außer Nick und Bob. Doch mußte sie erst durch die Schwingtür in ihr Zimmer kommen und sich schwer aufs Bett setzen, ehe sie, halb betäubt, den nächstliegenden Schluß aus ihrer Beobachtung zog.

Nick war homosexuell. Alle Bewohner dieser Insel waren Homos. Darum war Nick aus der Marine ausgeschlossen worden. Ihr Vater hatte es gewußt und ihn deshalb nicht zur Beförderung vorschlagen können. Vielleicht hatten die Daten, die sie abgeschrieben hatte, damit zu tun – vielleicht hatte Nick sich damals mit seiner Veranlagung in Schwierigkeiten gebracht. Nun erklärte sich auch der Trick mit der Fotomontage! Homos tarnten sich gern mit der Behauptung, sie seien verheiratet oder verheiratet gewesen. Himmel, sie wußte doch vom Theater her Bescheid! Aber ausgerechnet Nick... Das war das Ende. Es war unerträglich. Warum mußte der einzige anziehende Mann, den sie je kennengelernt hatte, andersrum veranlagt sein? Gott verdamme und zerschmettere sie alle, diese halbnackten Jünglinge, die am Steinzeitgrab geschippt hatten! Was trieben sie jetzt im sogenannten Kontrollraum? Wahrscheinlich das Gewohnte. Shelaghs Mission verlor jeglichen Sinn. Je schneller sie hier wegkam, desto besser.

Sie drehte mit wütender Energie die Wasserhähne auf und wusch sich die Haare. Selbst die Seife – ›Ägäis-Blau‹ – war viel zu ausgefallen, als daß sie ein normaler Mann gekauft hätte. Nachdem sie ihr Haar gespült und halb trocken gerieben hatte, wand sie sich einen Handtuch-Turban um den Kopf, zog die Jeans aus und versuchte es mit einem Paar anderer Hosen. Nein, auch die waren nicht richtig. Besser einen Rock. Er sollte sich nicht einbilden, daß sie seine Jünglinge nachäffte.

Es klopfte.

»Herein!« rief sie böse.

Es war Bob. »Verzeihen Sie, Miß. Der Kapitän bittet Sie, in den Kontrollraum zu kommen.«

»Tut mir leid, er wird warten müssen. Wie Sie sehen, habe ich mir gerade das Haar gewaschen.«

Der Steward hüstelte. »Es ist nicht sehr ratsam, Miß, den Kapitän warten zu lassen.«

Höflicher konnte er sich nicht ausdrücken, und doch... Seine breitschultrige, untersetzte Gestalt hatte etwas Unerbittliches.

»Meinetwegen«, sagte Shelagh. »Dann darf sich der Kapitän aber nicht an meiner Erscheinung stören.«

Sie stolzierte hinter Bob den Korridor entlang. Mit dem Handtuch-Turban sah sie aus wie ein junger Beduinenscheich.

Bob klopfte an die Tür des sogenannten Kontrollraums. »Miß Blair, Sir«, meldete er.

Shelagh war auf alles gefaßt, zum Beispiel auf nackte Jünglinge, die sich überall herumräkelten, und qualmende Räucherkerzen. Auf Nick, der als Zeremonienmeister unaussprechliche Riten leitete...

Statt dessen sah sie bei ihrem Eintritt sieben normal gekleidete junge Männer um einen Tisch, an dem Nick den Vorsitz führte. Ein achter junger Mann hockte mit Kopfhörern über den Ohren im Hintergrund. Die sieben am Tisch starrten sie alle mit undefinierbarem Ausdruck an, bevor sie den Blick abwandten. Nick hob kurz die Brauen und nahm dann einen Zettel vom Tisch. Shelagh erkannte die Datenliste, die aus dem Reiseführer verschwunden war.

»Entschuldigen Sie, daß ich Sie offenbar gerade bei der Haarwäsche unterbrochen habe«, sagte er. »Aber diese jungen Leute und ich würden gern von Ihnen hören, was diese Daten bedeuten.«

Nun galt die altbewährte Kriegsregel: Gegenangriff ist die beste Form der Verteidigung.

»Genau das wollte ich Sie fragen, Kapitän Barry, wenn Sie mir ein richtiges Interview gestattet hätten. Aber wahrscheinlich wären Sie der Frage ausgewichen. Daß diese Daten tatsächlich von Bedeutung für Sie sind, sieht man schon daran, daß die jungen Herren sie geklaut haben.«

»Kombinationsgabe lobenswert«, bemerkte er. »Woher haben Sie die Liste?«

»Von meinem Redakteur. Als ich diesen Auftrag übernahm, wurden mir gewisse Anhaltspunkte mit auf den Weg gegeben.«

»Von der Redaktion des *Scheinwerfers*?«

»Ja.«

»Und Ihr Auftrag lautete nur, einen Allerweltsartikel über mich zu verfassen? Hobbys eines Kapitäns a. D., und so weiter?«

»Genau das.«

»Und andere Mitarbeiter des *Scheinwerfers* sollten über andere ehemalige Offiziere schreiben?«

»Ja. Es soll ja eine Serie werden. Mal was anderes.«

»Tja . . . Es tut mir leid, daß ich Ihre hübsche Story zerstören muß. Ich habe mich mit dem Chefredakteur des *Scheinwerfers* in Verbindung gesetzt, und er hat nicht nur keinerlei Absicht, eine solche Serie zu veröffentlichen, sondern bestreitet auch, eine Miß Jennifer Blair in seinem Mitarbeiterstab zu haben. Ihr Name ist nicht einmal unter den jüngsten Volontärinnen zu finden.«

Damit hätte sie rechnen müssen. Seine Kontakte! Jammerschade, daß sie nicht wirklich Journalistin war. Mit der Aufdeckung seiner Geheimnisse, welche auch immer es sein mochten, hätte sie sich bei einer der großen Zeitungen ein Vermögen verdient.

»Nun ja«, entgegnete sie, »die Sache ist heikel. Dürfte ich Sie vielleicht unter vier Augen sprechen?«

»Wie Sie wollen«, sagte Nick.

Die sieben jungen Leute erhoben sich wie ein Mann. Eine tadellos gedrillte Bande. Wahrscheinlich schätzte er solchen Robotergehorsam.

»Der Funker muß dableiben, wenn es Ihnen nichts ausmacht«, fügte Nick hinzu. »Es werden ständig Nachrichten durchgegeben. Aber wegen der Kopfhörer versteht er kein Wort von dem, was wir sagen.«

»Okay«, sagte sie.

Die sieben jungen Leute schoben sich aus dem Zimmer, und Nick lehnte sich bequem zurück, das eine scharfblaue Auge fest auf sie gerichtet.

»Wer sind Sie nun wirklich? Schießen Sie los.«

Shelagh setzte sich auf einen der freigewordenen Stühle. Das halbfeuchte Handtuch um ihren Kopf machte sie nervös. Es trug nicht besonders zur Erhöhung ihrer Würde bei. Na, wenn schon! Jetzt ging es um *seine* Würde, und die hoffte sie gründlich zu erschüttern. Also, heraus mit der Wahrheit – bis zu einem gewissen Punkt. Dann mußte sie erst mal seine Reaktion abwarten und notfalls weiter improvisieren.

Sie schöpfte tief Atem und begann: »Der Chefredakteur des *Scheinwerfers* hat Sie richtig informiert. Ich arbeite weder für ihn noch für irgendeine andere Zeitschrift. Ich bin überhaupt keine Journalistin. Ich bin Schauspielerin. Aber vorläufig ist mein Name auch in Theaterkreisen noch so gut wie unbekannt. Bis jetzt war ich viel auf Tournee, aber kürzlich hat meine junge Theatergruppe eine feste Bühne in London bekommen, das *New World Theatre*. Prüfen Sie diese Angaben nach, wenn Sie wollen. Dort wird Ihnen jeder sagen können, wer Jennifer Blair ist. Nächstens beginnt ein Shakespeare-Festival, in dem ich fast alle weiblichen Hauptrollen spiele.«

»Klingt schon wahrscheinlicher«, sagte Nick lächelnd. »Gratuliere.«

»Warten Sie damit lieber bis zur Premiere. Die findet in knapp drei Wochen statt. Der Intendant und die Kollegen wissen gar nicht, daß ich zur Zeit in Irland bin. Das ist nämlich das Resultat einer... einer verrückten Wette.«

Sie hielt inne. Jetzt wurde es schwierig.

»Ein Freund von mir«, fuhr sie fort »– er hat nichts mit dem Theater zu tun, sondern mit der Marine – hat zufällig diese Datenliste mit Ihrem Namen in die Finger bekommen. Nun zerbrach er sich den Kopf, was die Daten bedeuten könnten, und erzählte mir bei einem gemeinsamen Abendessen davon. Wir waren beide ein bißchen angeheitert, und... na, kurz und gut, er wettete mit mir um fünfundzwanzig Pfund, plus Spesen, daß mein Schauspieltalent nicht ausreichen würde, mich als Journalistin auszugeben und Ihnen ein Interview aus der Nase zu ziehen – nur so zum Spaß. Topp, sagte ich. Und darum bin ich jetzt hier. Ich muß gestehen, daß ich das Risiko, auf eine einsame Insel entführt zu werden, bei Abschluß der Wette nicht einkalkuliert hatte. Als ich gestern abend merkte, daß die Liste weg war, war ich doch leicht erschüttert. Also, dachte ich mir, hatten diese Daten tatsächlich etwas zu bedeuten, was nicht publik werden darf. Und soweit ich mich erinnere, waren es lauter Daten aus den fünfziger Jahren; sie stammen ungefähr aus der Zeit, als Sie die Marine verließen. Den Zeitpunkt Ihrer Pensionierung weiß ich von meinem Freund, der ihn aus den Marine-Jahresberichten kennt. Nun, offen gestanden, mir persönlich sind diese Daten total schnuppe. Aber da Sie einen solchen Wirbel darum machen, gehe ich eine weitere Wette ein, daß Sie etwas zu verbergen haben, wahrscheinlich irgendwas Anrüchiges oder, sagen wir, Illegales.«

Nick wippte mit seinem Stuhl sacht vor- und rückwärts. Er wandte endlich den Blick von ihr ab und richtete ihn zur Decke empor. Offenbar war er um eine Antwort verlegen. Daraus schloß sie, daß ihr Schuß ins Schwarze getroffen hatte.

»Kommt darauf an«, sagte er schließlich leise, »was Sie unter anrüchig oder illegal verstehen. Da gehen die Meinungen weit auseinander. Möglich, daß Sie von Handlungen, die meine jungen Freunde und ich durchaus gerechtfertigt finden, ziemlich schockiert wären.«

»Ich bin nicht so leicht zu schockieren«, entgegnete Shelagh.

»Nein, das habe ich schon gemerkt. Das dumme ist nur, daß ich meine jetzigen... Bundesgenossen davon überzeugen muß. Was in den fünfziger Jahren war, interessiert sie nicht. Damals waren sie ja alle noch Kinder. Aber was wir heute zusammen machen, betrifft uns alle miteinander, und zwar in höchstem Grade. Wenn etwas nach außen durchsikkert, geraten wir, wie Sie sehr richtig annehmen, in die größten Schwierigkeiten.«

Er stand auf und ordnete die Papiere auf dem Tisch. Welcher widrigen Handlungen ihn ihr Vater auch immer verdächtigt hatte, dachte Shelagh – er setzte sie nach der Zwangspensionierung hier in Irland fort. Schmuggelte er prähistorische Funde, die rechtens dem Staat gehörten, in die USA? Oder war ihr erster Verdacht, Nick und seine jungen Freunde seien ein getarnter Homo-Klub, doch richtig? Oder beides? Eins schloß ja das andere nicht aus. Und in Irland regte man sich noch so um die sogenannte Moral auf, daß Homosexualität wahrscheinlich immer noch gerichtlich verfolgt wurde. Klar, daß Nick sich darüber nicht näher auslassen wollte.

Er war inzwischen zu dem Funker mit den Kopfhörern gegangen, der eben etwas auf seinen Notizblock schrieb. Nick las die Meldung und kritzelte seinerseits etwas darunter. Dann kam er zu Shelagh zurück.

»Möchten Sie uns mal in Aktion sehen?« fragte er liebenswürdig.

Sie war platt. Wenn sie auch auf alles mögliche gefaßt gewesen war, als Bob sie in den Kontrollraum zitierte, aber so unumwunden gefragt zu werden...

»Was heißt: in Aktion?« fragte sie mit einer instinktiven Abwehrbewegung, bei der sich ihr Handtuch-Turban löste und zu Boden fiel. Nick hob ihn auf und gab ihn ihr zurück.

»Es wäre ein Erlebnis, das sich Ihnen höchstwahrscheinlich nie wieder bietet«, sagte er. »Sie brauchen keine aktive Rolle dabei zu spielen. Sie sind nur Zuschauerin. Eine anregende Erfahrung. Diskretion beiderseits zugesichert.«

Sein Lächeln war nicht nur zwei-, sondern mehrdeutig. Shelagh wich vor diesem Lächeln an die Tür zurück. Sie hatte eine plötzliche Vision: eine nächtliche, orgiastische Opferfeier im Dickickt, am Rande des steinzeitlichen Grabes, wo Nick und seine Jünglinge heidnische Riten vollführten, ohne daß sie entrinnen konnte.

»Um ganz ehrlich zu sein...« stotterte sie, aber er unterbrach sie, immer noch lächelnd.

»Um ganz ehrlich zu sein, jetzt bestehe ich darauf. Die Erfahrung kann nur erzieherisch auf Sie wirken. Wir werden einen Teil der Strecke mit dem Boot zurücklegen und dann auf der Straße weiterfahren.«

Er riß die Tür auf. Auf dem Korridor standen seine Leute, auch Bob, in Habt-acht-Stellung aufgereiht.

»Miß Blair wird uns nicht in Schwierigkeiten bringen«, erklärte er in abgehacktem Befehlshaberton. »Rührt euch! Die Aktion beginnt.«

Die Phalanx zerstreute sich in verschiedene Richtungen. Nick steuerte Shelagh mit sanfter Gewalt auf den Privatflügel zu.

»Holen Sie Ihren Mantel und ein Kopftuch, falls Sie eins haben. Hoffentlich sind Ihre Haare einigermaßen trocken. Unterwegs kann es kalt werden.«

Er verschwand in seinem eigenen Zimmer. Als sie mit Mantel und Kopftuch zurückkam, stand er schon wartend im Flur, in Rollkragenpullover und Windjacke. Er sah auf die Uhr.

»Also los«, befahl er.

Die Männer, ausgenommen der Steward, waren unsichtbar. Bob stand in der Nähe der ›Kombüse‹ und hatte die kleine Hündin in den Armen wie eine Mutter ihr Baby.

»Viel Glück, Sir«, sagte er.

»Danke, Bob. Zwei Zuckerstückchen für Skip, keinesfalls mehr.«

Nick ging Shelagh auf dem schmalen Pfad durchs Dickicht zum Bootshaus voran. Die Motoren des größeren Boots liefen schon. Von den jungen Männern waren nur zwei an Bord, Michael und der Blondmähnige. »Setzen Sie sich in die Kajüte«, kommandierte Nick und begab sich ans Schaltbrett. Das Boot summte, rasch Fahrt aufnehmend, über den See. Die Insel versank, und Shelagh in ihrer Kajüte wußte bald nicht mehr, wo sie war. Was sie durch das kleine Fenster vom Festland sah, war verschwommen, einmal ganz nah, dann wieder nebelfern; genaue Richtpunkte konnte sie als Landfremde sowieso nicht erkennen. Manchmal glaubte sie, das Boot rausche schon durch Schilf, und im nächsten Moment sah sie nichts als stilles, schwarzes Wasser und die gleichmäßig schäumende Bugwelle. Das Motorengeräusch war kaum wahrnehmbar. Niemand sprach. Und plötzlich hörte auch das letzte sanft pulsierende Geräusch auf – Nick mußte irgendwo gelandet sein. Gleich danach erschien sein Kopf im Kajüteneingang. Er streckte ihr eine Hand entgegen.

»Steigen Sie aus. Sie werden nasse Füße kriegen, aber daran ist leider nichts zu ändern.«

An Deck sah sie rundum nichts als Wasser, Schilf und Himmel. Sie stolperte Nick über die morastige Landestelle nach und klammerte sich an seine Hand. Der Blondmähnige war dicht vor ihnen. Sie spürte, wie die Nässe durch ihre Schuhe drang. Endlich kamen sie zu einer Art Feldweg. Vor ihnen waren die schattenhaften Umrisse eines Lastwagens zu erkennen, neben dem ein ebenso schattenhafter Mann stand. Dieser öffnete eine Tür. Nick stieg ein und zerrte Shelagh nach. Der Blondmähnige setzte sich vorn neben den Fahrer. Der Lastwagen fuhr mühsam einen Hang hinauf; dann hörte das Holpern auf, und Shelagh nahm an, daß sie eine glatte, asphaltierte Strecke erreicht hatten. Sie versuchte sich aufzurichten, stieß aber mit dem Kopf an eine Art Regal, auf dem unbekannte Gegenstände ratterten.

»Verhalten Sie sich ruhig«, mahnte Nick. »Wir wollen nicht mit Brot überschüttet werden.«

»Brot?«

Es waren die ersten Worte, die sie seit Verlassen der Insel wechselten. Nick knipste ein Feuerzeug an, und in dem schwachen Schein sah Shelagh, daß die Trennwand zwischen ihnen und dem Fahrerhaus geschlossen war und sie inmitten von Lebensmitteln saßen: Brot in Laiben und Pakkungen, Keks, Konfekt, Konservendosen.

»Greifen Sie ruhig zu«, sagte Nick. »Etwas anderes kriegen Sie heute nicht mehr.«

Er langte nach einem kleinen Weißbrot, brach es auseinander und bot ihr die eine Hälfte an. Das Feuerzeugflämmchen erlosch. Das Dunkel wurde tiefer als zuvor. Ich könnte nicht ahnungsloser sein, dachte Shelagh, wenn ich auf der Bühne plötzlich kein Wort von meinem Text mehr wüßte.

»Haben Sie diesen Lieferwagen gestohlen?« fragte sie.

»Gestohlen? Wie käme ich darauf, einen Lieferwagen zu stehlen? Er gehört dem Lebensmittelgroßhändler von Mulldonagh. Er chauffiert selbst. Nehmen Sie ein Eckchen Käse zum Brot. Und einen ordentlichen Schluck davon.« Er drängte einen Flaschenhals an ihre Lippen. Sie erstickte im ersten Moment beinahe an dem hochprozentigen Schnaps, aber dann erwärmte er sie und gab ihr neuen Mut. »Wenn Sie nasse Füße haben«, fuhr Nick fort, »ziehen Sie die Schuhe aus. Und rollen Sie Ihre Jacke hinter dem Kopf zusammen. Dann werden wir endlich zur Sache kommen.«

»Zu welcher Sache?«

»Tja, vorerst fahren wir noch ungefähr sechsunddreißig Meilen bis zur Grenze. Die Straße ist relativ gut. Dann werde ich Sie skalpieren.«

Sie fuhr im Schlafwagen wieder ihrem Internat in Nordengland entgegen. Ihr Vater hatte ihr noch vom Bahnsteig aus einen Abschiedsgruß zugewinkt. »Laß mich nicht so allein!« hatte sie geschrien. »Verlaß mich nie!« Der Schlafwagen löste sich auf und verwandelte sich in eine Theatergarderobe. Sie stand im Viola-Cesario-Kostüm vor dem Spiegel und hatte entsetzliches Lampenfieber. Dann explodierte die Theatergarderobe...

Sie fuhr hoch und stieß mit dem Kopf wieder an das Lebensmittelregal. Nick war nicht mehr neben ihr. Der Wagen stand. Irgend etwas hatte sie explosionsartig aus ihrem Angsttraum geschreckt. Sie konnte in der Dunkelheit nichts erkennen, nicht einmal das Zifferblatt ihrer Uhr. Die Zeit hatte zu existieren aufgehört. Alles hängt nur von den chemischen Prozessen innerhalb unseres Körpers ab, dachte Shelagh benommen, von Blutgruppen, Hauteigenschaften. Entweder vertragen sie sich, oder sie vertragen sich nicht. Wenn ja, kann man die tollsten Transplantationen vornehmen, das Gewebe wächst zusammen und erneuert sich; andernfalls klappt nichts, und es gibt einen Kurzschluß oder noch Schlimmeres, wie wenn man einen schadhaften Stecker in die Wand steckt. Sollte ich heute nacht mit heiler Haut davonkommen, so werde ich steinalt werden, vorher einen netten Mann heiraten und fünfzehn Kinder mit ihm haben, Bühnenpreise und Oscars gewinnen, aber nie, nie wieder wird die Welt um mich in Stücke springen. Das passiert mir jetzt hier...

Die Tür des Lieferwagens wurde geöffnet. Kalter Wind fauchte herein. Der Blondmähnige grinste Shelagh im Schein einer Taschenlampe gewinnend an.

»Der Kapitän läßt fragen, ob Sie gern ein hübsches Feuerwerk sehen. Dann möchten Sie mal eben rauskommen.«

Sie taumelte schlaftrunken das Trittbrett hinunter und rieb sich die Augen. Sie parkten dicht am Straßengraben, hinter dem sich, wie es schien, ein von einem Flüßchen durchzogener Acker erstreckte. In der Dunkelheit konnte sie nur wenig außer einer Art Gehöft an der nächsten Straßenbiegung erkennen. Aber der Horizont glühte unnatürlich orangefarben, als sei die längst untergegangene Sonne plötzlich gegen alle Regel wieder im Norden am Aufgehen. Dann sah Shelagh Flammen aufzüngeln und schwarze Rauchsäulen aufsteigen. Nick stand mit dem Chauffeur neben dem Fahrerhaus und starrte gebannt in dieselbe Richtung. Ein Funkgerät brabbelte unverständliche Meldungen.

»Was ist denn los?« fragte Shelagh.

Der Chauffeur, ein älterer Mann mit zerfurchtem Gesicht, wandte sich lächelnd zu ihr um.

»Das ist die Stadt Armagh. Sie brennt – wenigstens zum größten Teil. Nur die Kathedrale bleibt verschont. Sankt Patrick wird stehen, auch wenn alles andere in Schutt und Asche sinkt.«

Der Blondmähnige klebte mit dem Ohr förmlich am Radio. Plötzlich richtete er sich auf und berührte Nick am Arm.

»Eben ist auch in Omagh die erste Explosion losgegangen, Sir. Strabene meldet sich in drei Minuten, Enniskillen in fünf.«

»Klappt ja prächtig«, sagte Nick. »Gehen wir.«

Er schob Shelagh vor sich her in den Lieferwagen zurück und kletterte ihr nach. Der Chauffeur setzte den Motor in Gang und wendete. Dann fuhren sie in raschem Tempo die Straße zurück, die sie gekommen waren.

»Ich hätte es mir denken können«, sagte Shelagh. »Sie haben mich mit Ihrem prähistorischen Zeug, den Ausgrabungsarbeiten im Wald und allem übrigen nur an der Nase herumgeführt.«

»Keineswegs. Buddeln ist wirklich meine Leidenschaft. Feuerwerk aber auch.«

Er bot ihr die Schnapsflasche an, doch Shelagh wehrte ab.

»Sie sind ein Mörder! Sie lassen ahnungslose Leute in ihren Betten verbrennen. In diesen Minuten sterben vielleicht Hunderte von unschuldigen Frauen und Kindern!«

»Von wegen sterben! Die sind alle auf der Straße und applaudieren. Sie dürfen nicht alles glauben, was Murphy sagt. Er lebt in einer Traumwelt. Die Stadt Armagh wird nicht in Schutt und Asche sinken. Vielleicht brennen ein paar Speicher und, wenn wir Glück haben, auch die Kaserne.«

»Und die anderen Orte, die der blonde Junge genannt hat?«

»Ein bißchen Feuerwerk, weiter nichts. Sehr effektvoll, tut aber niemandem weh.«

Das Rätsel war gelöst. Shelagh dachte an das letzte Gespräch mit ihrem Vater zurück. Nick war ein notorischer

›Feuerwerker‹ gegen die Engländer in Nordirland, und ihr Vater war ihm auf die Schliche gekommen. Und seine Offizierspflicht gegenüber dem Vaterland galt ihm mehr als persönliche Freundschaft. Kein Wunder, daß sie auseinandergekommen waren und sich keine Weihnachtspostkarten mehr geschrieben hatten.

Nick langte sich einen Apfel aus dem Regal über ihren Köpfen und biß knirschend hinein.

»Also«, begann er im Plauderton, »Sie sind ein aufblühendes Schauspieltalent.«

»›Aufblühend‹ ist in solchen Fällen ja wohl das übliche Wort.«

»Na na, seien Sie nicht zu bescheiden. Sie werden es weit bringen. Sie haben mich beinahe so virtuos getäuscht wie ich Sie. Nichtsdestotrotz schlucke ich die Sache mit Ihrem Freund, der Verbindungen zur Marine haben soll, noch nicht ganz. Wie heißt er denn?«

»Das sage ich Ihnen nicht. Eher lasse ich mich umbringen!«

Gott sei Lob und Dank, daß sie einen Künstlernamen hatte. Als Shelagh Money wäre sie von vornherein aufgeschmissen gewesen.

»Meinetwegen«, sagte Nick, »so wichtig ist es mir auch nicht. Liegt ja alles schon weit zurück.«

»Meinen Sie die Daten? Sie wissen also, was sie bedeuten?«

»Und ob. Aber damals waren wir alle noch blutige Anfänger. 5. Juni 1951 stürmten wir die Kaserne von Ebrington in Derry und hatten dabei einen ganz netten Erfolg. Am 25. Juni 1953 nahmen wir uns die Offiziersausbildungsanstalt Telstead in Essex vor – da ging's teilweise schief. Dann, 12. Juni 1954, die Kaserne in Armagh. Auch kein eklatanter Erfolg, aber gut für die allgemeine Moral. Im Oktober des gleichen Jahres Sturm auf die Kaserne in Omagh, die uns ein paar Anhänger einbrachte. 24. April 1955 war eine Marineflugbasis in Derry dran. Hm... Kein Kommentar. 13. August 1955 ein Depot in Berkshire. Nach schönem Anfangserfolg totale Niederlage. Danach hatten wir eine Weile genug damit zu tun, zu Hause zu bleiben und weiteres vorzubereiten.«

In Puccinis Oper *Gianni Schicchi* gibt es eine kleine Arie, die Shelagh immer zu Tränen rührte. »Väterchen, teures, höre...« Wo immer du jetzt sein magst, Väterchen, dachte sie, als Astralleib oder sonstwas: Verzeih mir, was ich getan habe und möglicherweise im Laufe der Nacht noch tun werde. Ich wollte ja ursprünglich nur deinen letzten Wunsch erfüllen, obwohl du mit meiner Methode sicher nicht einverstanden gewesen wärest. Aber du hattest schließlich immer hohe Ideale und ich nicht. Und was damals war, geht mich nichts mehr an. Mein Problem ist viel aktueller. Ich habe mich Knall und Fall in deinen einstigen Freund verliebt.

»Politik läßt mich kalt«, sagte sie. »Was hat es für Sinn, Bomben zu werfen und das Leben harmloser Bürger zu gefährden? Glauben Sie, so ein vereintes Irland zu schaffen?«

»Ja«, erwiderte Nick. »Darauf hoffen wir alle. Und eines Tages wird es auch soweit sein. Möglich, daß ein paar von uns sich dann schrecklich langweilen. Murphy zum Beispiel. Nicht sehr aufregend für ihn, mit seinem Lieferwagen herumzufahren und abends um neun im Bett zu sein. Unsere Aktionen halten ihn jung. Wenn Irland zu früh geeint wird, stirbt er vor seinem siebzigsten Geburtstag. Neulich sagte ich mal zu ihm: ›Johnnie ist zu jung‹ – Johnnie, der mit den blonden Locken, ist Murphys Sohn –, ›wir dürften nicht zulassen, daß er schon jetzt sein Leben riskiert.‹ – ›Was schert uns das Risiko!‹ antwortete Murphy. ›So, wie die Welt heute aussieht, soll er ruhig was riskieren. Sonst verfällt er ja doch nur auf andere Dummheiten.‹«

»Ihr seid alle miteinander verrückt«, entgegnete Shelagh. »Mir wird wohler sein, wenn wir wieder auf Ihrer Seite der Grenze sind.«

»Auf meiner Seite?« wiederholte Nick. »Wir waren ja gar nicht auf der anderen. Wofür halten Sie mich? Ich habe zwar in meiner Jugend ein paar Donquichotterien angestellt, aber ich würde doch nicht im Traum daran denken, in einem Lieferwagen auf feindlichem Gebiet herumzufahren. Ich wollte

Ihnen den Spaß mal von weitem zeigen, das ist alles. Jetzt fungiere ich sowieso nur noch als Sachverständiger. Die Jungen fragen mich um Rat, und in dringenden Fällen lasse ich meine Buddeleien und meine historischen Abhandlungen liegen und drehe am Kurzwellensender. Das hält mich jung – wie Murphy.« Er zog ein paar Brotlaibe vom Regal und schob sie sich unter den Kopf. »So ist's besser. Stützt meinen Nakken. Das erinnert mich an ein Schäferstündchen – aber damals war ich noch jünger. Wir lagen auf einem Sack voll Handgranaten. Das Mädel hat keine Miene verzogen. Dachte wohl, es wären Kohlrüben.«

O Gott, dachte Shelagh, fang nicht wieder so an. Ich kann nicht mehr. Der Kampf ist vorbei. Du bist Sieger. Ich bettle um Frieden. Ich möchte meinen Kopf an deine Schulter betten und mich sicher fühlen.

»Lassen Sie das«, sagte sie.

»Nanu? Auf einmal prüde?«

»Nicht prüde, aber erschöpft. Ihr Feuerwerk war immerhin ein Schock für mich. Der Brand von Armagh wird mir noch tagelang in den Knochen stecken. Nebenbei bemerkt, ich gehöre halb und halb dem protestantischen Norden an. Mein Großvater wurde dort geboren.«

»Ach? Das erklärt vieles. Alle Grenzbewohner verbindet so eine Art Haßliebe. Anziehung und Abstoßung wechseln sich pausenlos ab. Sehr merkwürdiges Verhältnis.«

»Da könnten Sie recht haben.«

»Natürlich hab' ich recht. Als ich damals bei dem Autounfall mein Auge verlor, kriegte ich dutzendweise teilnahmsvolle Briefe von Leuten jenseits der Grenze, die mir unter anderen Umständen gern eigenhändig den Hals umgedreht hätten.«

»Wie lange haben Sie im Krankenhaus gelegen?«

»Sechs Wochen. Genug Zeit zum Nachdenken. Und neue Pläne zu machen.«

Jetzt, dachte Shelagh. Jetzt ist der richtige Moment. Aber Vorsicht ist immer noch geboten.

»Diese Fotografie auf Ihrem Schreibtisch ... Sie ist auch einer Ihrer Späße, nicht wahr?«

Er lachte. »Stimmt. Aber es braucht schon eine Schauspielerin, um dahinterzukommen. Ein Relikt aus der Zeit meiner Dummejungenstreiche. Ich muß heute noch darüber grinsen, darum lasse ich es stehen. Ich war nie verheiratet. Diese Rührgeschichte habe ich gestern in aller Eile für Sie erfunden.«

»Nun rücken Sie mal ruhig mit den näheren Einzelheiten heraus.«

Er schob sich und die Brote bequemer zurecht.

»Der echte Bräutigam hieß Jack Money, ein guter Freund von mir. Neulich las ich seine Todesanzeige und war sehr betrübt. Wir hatten allerdings schon jahrelang keinen Kontakt mehr gehabt. Bei seiner Hochzeit war ich Trauzeuge. Als ich kurz danach die obligate Gruppenaufnahme bekam, vertauschte ich die Köpfe und schickte Jack einen Abzug der Fotomontage. Er lachte sich krank, aber seine Frau – ich glaube, sie hieß Pamela – war schwer beleidigt. Sie hat, wie er mir schrieb, das Ding zerrissen und in den Papierkorb geworfen.«

Sieht ihr ähnlich, dachte Shelagh. Für Vaters kindliche Späßchen hat sie ja auch nie das geringste Lächeln aufgebracht.

»Immerhin hatte auch sie Sinn für gewisse Scherze«, fuhr Nick fort und rückte wieder einen Brotlaib zurecht. »Ich machte dem jungen Paar eines Abends einen Besuch. Unangemeldet. Jack war nicht da. Pamela empfing mich ziemlich ungnädig. Eben deshalb mixte ich ein paar extra starke Drinks, und nach einer Weile kabbelten wir uns auf dem Sofa. Erst kicherte sie, und dann war sie plötzlich hinüber – ich meine, sternhagelblau. Ich hab' sie in ihr Schlafzimmer getragen und aufs Bett geworfen. Soviel ich weiß, hat sie sich am nächsten Tag an nichts mehr erinnert.«

Shelagh lehnte den Kopf an seine Schulter und starrte zum dunklen Verdeck hinauf.

»Ich hab's mir ja immer gedacht«, sagte sie.

»Was haben Sie sich gedacht?«

»Daß auch eure Generation höchst unmoralische Sachen

gemacht hat. Schlimmere als wir. Wie konnten Sie Ihrem besten Freund so etwas antun! Mir wird ganz übel bei dem Gedanken.«

»Nanu, eine Moralpredigt?« sagte er verblüfft. »Kein Mensch außer mir hat von der Sache gewußt... Also? Jack war und blieb mein bester Freund, obgleich er später meine Karriere blockierte. Aber das hatte ganz andere Gründe. Er handelte, wie er seiner Pflichtauffassung nach handeln mußte. Ich war ein Fremdkörper innerhalb der britischen Marine, und damit hatte er ja verdammt recht.«

Nun kann ich nicht weiterreden, dachte Shelagh. Alles, was ich sagen wollte, paßt nicht mehr in den Text. Mir bleibt nur übrig, als Geschlagene nach England zurückzukehren oder hierzubleiben. Er hat meinen Vater betrogen. Er hat meine Mutter betrogen (geschieht ihr recht). Er hat das Land betrogen, für das er jahrelang kämpfte und dessen Uniform er dennoch widerrechtlich trug, bis er sie ausziehen mußte. Nun verbringt er seine Zeit damit, die Kluft zwischen England und Irland immer weiter aufzureißen, und... und mir ist es egal. Sollen sie sich rangeln! Sollen sie einander in die Luft jagen! Soll doch die ganze Welt in Rauch aufgehen! Ich werde ihm von London aus ein nichtssagendes Dankbriefchen schreiben – und meinen wahren Namen, Shelagh Money, daruntersetzen. Oder... oder ich krieche auf allen vieren wie sein Schoßhündchen und flehe ihn an, mich für immer bei sich zu behalten.

»Meine Proben für *Was ihr wollt* fangen in wenigen Tagen an«, sagte sie unvermittelt. »Hab' ich Ihnen schon erzählt, daß ich die Viola spiele?«

»Muß Ihnen großartig liegen. Besonders die Szenen, in denen Sie in der Hosenrolle des Cesario auftreten. ›Mein Fürst! Sie sagte ihre Liebe nie / und ließ Verheimlichung, wie in der Knospe / den Wurm, an ihrer Purpurwange nagen / sich härmend, und in bleicher, welker Schwermut...‹ Na, genug. Sie sehen, ich kenne meinen Shakespeare auch.«

Murphy nahm eine scharfe Kurve. Im Regal über ihren Köpfen rüttelten die Brotpackungen und Dosen. Wie viele

Meilen waren es noch bis zum Lough Torrah? Herr, laß diese Fahrt nie enden!

»Das schlimme ist nur«, sagte sie, »daß ich gar nicht mehr heim will. Ich fühle mich dort nicht mehr zu Hause. Und ich gebe auch keinen Pfifferling mehr für die Bühne, *Was ihr wollt* und alles übrige. Cesario steht Ihnen zu Diensten, Fürst.«

»Nanu, was ist denn das jetzt für ein Ton?«

»Ich meine damit, daß ich bereit bin, die Bühne aufzugeben, die englische Staatsangehörigkeit ebenso, alle Schiffe hinter mir zu verbrennen und künftig mit Ihnen Bomben zu schmeißen.«

»Und mein Eremitendasein teilen?«

»Ja. Bitte.«

»Unsinn. Sie würden sich nach ein paar Tagen die Seele aus dem Leib gähnen.«

»Garantiert nicht!«

»Aber nun denken Sie doch mal an den Riesenapplaus, den Sie bald haben werden. Viola-Cesario, das ist eine bombensichere Rolle. Wissen Sie was? Zur Premiere schicke ich Ihnen keine Blumen, sondern meine Augenklappe. Die können Sie dann als Maskottchen an Ihrem Garderobenspiegel aufhängen.«

Ich verlange zuviel, dachte Shelagh. Ich erwarte alles vom Leben, Tag und Nacht, Traum und Wachen, Unendlichkeit, amen. Irgendwer hatte ihr einmal gesagt, es sei riskant, einem Mann seine Liebe zu gestehen. Es sei der gerade Weg, aus dem Bett geworfen zu werden. Vielleicht warf Nick sie gleich aus Murphys Lieferwagen.

Dennoch sagte sie: »Wonach ich mich im tiefsten Innern sehne, ist Ruhe und Geborgenheit. Das Wissen, daß du immer für mich da bist. Ich liebe dich. Ich glaube, ich habe dich mein Leben lang geliebt, ohne es zu wissen.«

»Ah...« sagte Nick. »Wer stöhnt jetzt?«

Der Wagen hielt. Nick krabbelte an die Tür und öffnete sie. Draußen erschien Murphy, sein Gesicht eitel Freundlichkeit.

»Hoffentlich habe ich Sie nicht arg durchgerüttelt«, sagte

er. »Die Nebenstraßen sind nicht im besten Zustand, wie Herr Kapitän wissen. Hauptsache, es war ein Spaß für die junge Dame.«

Nick sprang auf die Straße hinunter, und Murphy half Shelagh beim Aussteigen.

»Sie sind bei uns jederzeit wieder herzlich willkommen. Das sage ich den anderen englischen Touristen auch immer. An Ort und Stelle sieht sich alles doch ganz anders an, als wenn man nur über uns liest.«

Shelagh blickte sich um. Sie hatte geglaubt, wieder am Ufer zu sein, wo Michael sie mit dem Boot erwarten würde. Aber der Lieferwagen stand in der Hauptstraße von Ballyfane vor dem Gasthof ›Kilmore Arms‹. Das Gesicht, das sie Nick zuwandte, war ein einziges Fragezeichen. Murphy klopfte indessen schon am Gasthaustor.

»Ein Umweg von zwanzig Minuten, aber lohnend«, sagte Nick. »Wenigstens für mich, und für Sie hoffentlich auch. Abschiede sollten so kurz und nett wie möglich sein, finden Sie nicht auch? Da kommt schon unser Freund Doherty. Also rein mit Ihnen. Ich muß zum Operationsstützpunkt zurück.«

Verzweiflung packte sie. Das konnte doch nicht sein Ernst sein! Er konnte sich doch nicht so kaltzschnäuzig hier auf der Straße von ihr verabschieden, während Murphy und sein blondmähniger Sohn danebenstanden und der Gastwirt in der offenen Tür wartete!

»Meine Sachen«, stotterte sie, »mein Koffer. Ist doch alles noch auf der Insel.«

»Nein, hier«, erwiderte Nick seelenruhig. »Operation C hat alles ins Gasthaus zurücktransportiert, während wir den kleinen Ausflug an die Grenze machten.«

Ihr Stolz war dahin. »Warum?« fragte sie atemlos. »Warum?«

»Weil es nun mal nicht anders sein kann, Cesario. ›Ich opfere mein geliebtes Lamm – ungeachtet der Wünsche meines rabenschwarzen Herzens...‹ Das ist, glaube ich, nicht ganz der Originaltext.«

Er schob sie während des Sprechens sanft zur Tür.

»Sorgen Sie gut für Miß Blair, Tim. Alles gut abgelaufen. Miß Blair ist die einzige, die es ein bißchen mitgenommen hat.«

Tim Doherty sah sie mitleidig an, als Nick verschwunden war und die Tür sich schloß. »Kapitän Barry kann einen furchtbar herumjagen, Miß. Ich weiß es aus langer Erfahrung. Er läßt einfach nicht locker. Ich habe Ihnen eine Thermosflasche mit heißer Milch auf den Nachttisch gestellt.«

Er hinkte ihr voran die Treppen hinauf und öffnete ihr die Tür zu dem Zimmer, das sie erst vorgestern abend verlassen hatte. Ihr Koffer lag griffbereit auf einem Schemel, Tasche, Straßenkarte und Reiseführer auf dem Frisiertisch. Es sah aus, als wäre sie eben erst angekommen.

»Wir haben Ihren Wagen gewaschen und aufgetankt«, fuhr Mr. Doherty fort. »Er steht in einer Nachbargarage. Morgen früh wird er Ihnen vor die Tür gefahren. Und der Aufenthalt bei uns kostet Sie nichts. Der Kapitän wird alles regeln. Sie können ganz beruhigt schlafen gehen. Gute Nacht.«

Ganz beruhigt schlafen gehen...! Es wurde eine lange, melancholische, von einschlägigen Shakespeare-Versen erfüllte Nacht. Shelagh sah aus dem Fenster in die totenstille Straße mit ihren blinden Fenstern. Nur die schwarzweiße Katze miaute eine Weile in der Gosse gegenüber. Kein Seeufer. Kein Mondlicht.

»Dein einziger Fehler ist, daß du nicht recht erwachsen wirst, Jinnie. Du lebst in einer Traumwelt. Deshalb hast du dich für die Bühne entschlossen.« Sie hörte ihren Vater – immer nachsichtig, liebevoll, aber fest. »Früher oder später wirst du mit der rauhen Wirklichkeit konfrontiert werden.«

Der Morgen zog grau, neblig und regnerisch herauf. Vielleicht besser, dachte Shelagh, als die verführerische Oktobersonne wie gestern. Es wird mir leichter fallen, in meinem Miet-Austin abzufahren, wenn die Scheibenwischer vor mir dauernd in Bewegung sind. Und mit einigem Glück lande ich vielleicht im Straßengraben, werde ins Krankenhaus geschafft und darf in meinem Delirium nach ihm rufen. Dann wird er an mein Lager stürzen, meine Hand umklammern und sagen: »Es ist meine Schuld. Nie hätte ich dich wegschikken dürfen!«

Die kleine Kellnerin erwartete sie schon im sogenannten Speisesaal. Eine Riesenportion Rührei und Schinken. Eine Riesenkanne Tee. Die schwarzweiße Katze, die ihre nächtlichen Spaziergänge beendet hatte, schnurrte zu ihren Füßen. Vielleicht klingelte doch noch das Telefon: »Operation D im Gang. Das Boot wartet an gewohnter Stelle.«

Möglicherweise geschah etwas dergleichen, wenn sie noch ein Weilchen in der Diele herumlungerte. Murphy konnte mit seinem Lieferwagen vorfahren, oder der Postmeister erschien mit einem in letzter Minute herübergefunkten Meldezettel. Aber ihr Gepäck war schon unten, der Austin stand vor der Tür, und Mr. Doherty hatte es offenbar eilig, sich zu verabschieden.

»Hoffentlich habe ich bald das Vergnügen, Sie in Ballyfane wieder zu begrüßen. Es gibt wunderbare Angelmöglichkeiten hier.«

Als sie an den windschiefen Wegweiser ›Fußweg zum Lough Torrah‹ kam, hielt sie wider Willen an, stieg aus und ging den glitschigen Pfad hinunter. Es regnete jetzt in Strömen. Man konnte nie wissen... Vielleicht war das Boot da.

Als sie das Ufer erreichte, sah sie nichts als eine undurchdringliche Nebelbank über dem See. Nur ein aufgestörter Fischreiher erhob sich aus dem Schilf und rauschte mit klatschendem Flügelschlag ab.

Ich könnte mich ausziehen und schwimmen, dachte Shelagh. Dann käme ich vollkommen erschöpft, halb ertrunken, drüben an, stolperte durch das Gebüsch zum Haus und bräche auf der Veranda zusammen. »Bob, schnell! Es ist Miß Blair! Ich glaube, sie liegt im Sterben...«

Sie drehte sich kurz um, klomm den beschwerlichen Pfad wieder hinauf und stieg in den Wagen. Das taktmäßige Geräusch der Scheibenwischer paßte zum Lied des Narren am Ende von *Was ihr wollt*:

›Und als ich ein winzig Bübchen war,
Hopp heisa, bei Regen und Wind!
Da machten zwei nur eben ein Paar;
Denn der Regen, der regnet jeglichen Tag.‹

Ja, und der Regen regnete noch immer, als sie endlich am Dubliner Flughafen war. Nun mußte sie erst den Mietwagen loswerden und dann den Rückflug nach London buchen. Glücklicherweise brauchte sie nicht lange zu warten; der nächste Abflug war innerhalb einer halben Stunde. Shelagh saß in der Wartehalle, die Augen nicht aufs Flugfeld, sondern auf den Empfang gerichtet, denn selbst jetzt konnte noch ein Wunder geschehen: die Glastür konnte auffliegen und eine hagere Gestalt ohne Hut und mit einer schwarzen Augenklappe hereinstürzen, die protestierenden Beamten abschütteln, direkt auf sie, Shelagh, zusteuern. »Nun ist der Spaß zu Ende! Das war mein letzter. Komm sofort mit mir zurück nach Lamb Island.«

Ihr Flug wurde per Lautsprecher ausgerufen. Shelagh trottete inmitten der anderen Passagiere zum Ausgang und musterte scharfäugig jeden, der sich zufällig in ihr Blickfeld schob. Draußen drehte sie sich noch einmal um und überflog die Reihe der Zurückgebliebenen, die hinter den Glasscheiben Abschiedsgrüße winkten. Ein Mann im Regenmantel wedelte mit dem Taschentuch. Nein, er war es nicht. Andere Männer stiegen mit ihr ins Flugzeug, nahmen die Hüte ab, legten Aktentaschen und Musterkoffer ins Gepäckregal. Jeder glich im ersten Moment Nick – und war es dann doch nicht. Sie befestigte den Sicherheitsgurt. Wie, wenn ihr jetzt eine Männerhand vom Gang aus zu Hilfe käme und sie an dem Siegelring erkennen würde, wem sie gehörte? Wie, wenn der Mann vor ihr, von dem sie nur den oberen Teil der Halbglatze sah, sich umdrehte, die schwarze Augenklappe preisgab und sie anlächelte? »Pardon?«

Ein hastiger, verspäteter Passagier quetschte sich auf den freien Platz neben ihr und trat ihr auf den Fuß. Sie warf ihm einen durchbohrenden Seitenblick zu. Schwarzer Schlapphut, ungesundes, bleich-fleckiges Gesicht, Zigarettenstummel im Mundwinkel. Auch dieser widerliche Kerl war mal geliebt worden und würde womöglich noch immer bei einigen Frauen Chancen haben. Bei dem Gedanken drehte sich Shelaghs Magen um. Er schlug unverzüglich eine Zeitung auf und stieß sie dabei rücksichtslos in die Seite. Sie las die Schlagzeilen mit:

»Neue Bombenanschläge an der Grenze. Wie lange noch?«

Stille Befriedigung erwärmte ihr Herz. Noch lange, dachte sie, und ich wünsche den Bombenwerfern alles Glück. Ich hab's gesehen, ich war dabei, ich war gewissermaßen beteiligt. Dieser Idiot neben mir hat ja keine Ahnung.

Flughafen London. Zollkontrolle. »Urlaubsreise? Wie lange waren Sie dort?« Bildete sie es sich nur ein, oder musterte sie der Zollbeamte besonders durchdringend? Jedenfalls machte er ohne weitere Bemerkungen seinen Kreidestrich auf ihren Koffer und wandte sich dem nächsten Ankömmling zu.

Autos schossen an dem Flughafenbus vorbei, der sich mühselig durch den Berufsverkehr zum Air-Terminal zwängte. An- und abfliegende Maschinen donnerten im Tiefflug darüber hin, um wieder neue Leute abzusetzen oder mitzunehmen. Männer und Frauen mit leeren, müden Gesichtern warteten an den Zebrastreifen auf das Grün der Ampeln. Shelagh fuhr, eine gewaltige Wut im Bauch, zur Schule zurück. Diesmal nicht, um mit anderen kichernden Internatsgenossinnen das Schwarze Brett im zugigen Flur zu inspizieren, sondern einen sehr ähnlichen Aushang neben der Bühnentür. Statt »Was? Ich muß mit Katie Matthews in ein Zimmer? Ist ja grauenhaft!‹ und dem nachfolgenden falschen Lächeln der mißliebigen Zimmerkameradin gegenüber hieß es jetzt nur: »Was? Diese gräßliche Olga hockt schon wieder in meiner Garderobe und benutzt meinen Lippenstift und teilt mir auf ihre rasendmachende Art mit, ich käme schon wieder zu spät zur Probe, und unser Regisseur risse sich meinetwegen die Haare einzeln aus...«

Es hatte keinen Sinn, vom Air-Terminal zu Hause anzurufen und die Gärtnersfrau zu bitten, ihr Bett zu richten. Ohne ihren Vater war das Haus kein Zuhause mehr. Sie würde sogar das kalte Gruseln kriegen, wenn sie seine Sachen, seine Bücher sah und nur den abgeschiedenen Schatten, aber keine lebendige Gegenwart mehr spürte.

Besser, sie kehrte geradenwegs in ihre Londoner Bude zurück wie ein Hund in die Hütte. Da riecht er wenigstens nur sein eigenes Stroh und nicht die Hand seines geliebten, verlorenen Herrn.

Zum Probenbeginn am nächsten Montag kam Shelagh ausnahmsweise nicht zu spät, sondern zu früh.

»Post für mich?« fragte sie den Bühnenportier.

»Ja, Miß Blair, eine Karte.«

Nur eine Karte? Sie riß sie an sich. Welche Enttäuschung! Ihre Mutter hatte die erste Ansichtspostkarte vom Cap d'Ail geschickt. ›Herrliches Wetter. Fühle mich schon viel besser, richtig entspannt. Hoffe das gleiche von Dir, Darling. War Deine Fahrt ins Blaue nett? Strapaziere Dich nur nicht zu sehr bei den Proben. Herzliche Grüße, auch von Tante Bella und dem Viscount und der Viscountess Hillsborough, deren Jacht in Monte Carlo liegt. Deine Dich liebende Mama.‹

Shelagh warf die Karte in den nächsten Papierkorb und ging auf die Bühne.

Eine Woche, zehn Tage, vierzehn Tage Probenarbeit... Nichts kam. Shelagh gab allmählich die Hoffnung auf, je wieder von ihm zu hören. Von nun an mußte das Theater ihr alles sein, Speise und Trank, Liebe und irdischer Halt. Sie war weder Shelagh noch Jinnie.

Sie war Viola-Cesario und durfte sich bei Tag und Nacht, im Wachen und im Traum nur noch in dieser Doppelrolle bewegen. Das war die einzig mögliche Radikalkur. (Sie versuchte auf ihrem Transistorradio Eire zu bekommen, aber ohne Erfolg. Die Stimme irgendeines Ansagers klang wie die Michaels oder Murphys und machte das Gefühl totaler Leere noch unerträglicher.) Also weiter mit der verdammten Komödie und der unterdrückten Verzweiflung.

Olivia: Wo will Cesario hin?
Viola: Ihm folg' ich nach, dem ich mich ganz ergeben,
Der mehr mir ist als Augenlicht, als Leben...

Adam Vane, der wie ein schwarzer Kater vor der Rampe kauerte und die Hornbrille auf sein verwildertes Haar geschoben hatte, rief hinauf: »Gut, sehr gut, Darling! Aber was soll die Pause an der Stelle?«

Am Tag der Generalprobe verließ sie ihre möblierte Wohnung beizeiten und erwischte unterwegs ein Taxi. Unterwegs gab es jedoch eine ernsthafte Verkehrsstockung. Hupende Autokolonnen, Menschenansammlungen auf den Trottoirs, berittene Polizisten. Shelagh beugte sich zum Chauffeur vor.

»Was ist denn los? Ich hab's eilig – darf auf keinen Fall zu spät kommen!«

Der Mann grinste über die Schulter. »Eine Demonstration vor der irischen Gesandtschaft. Haben Sie die Mittagsnachrichten nicht gehört? Wieder Bombenschmeißereien an der Grenze. Diesmal scheinen London und Ulster wirklich mal zur Gegenwehr zu schreiten. Sehen Sie? Die Fenster der Gesandtschaft sind zum größten Teil eingeworfen.«

Idioten, dachte Shelagh. Verschwendete Zeit. Geschieht ihnen recht, wenn die Polizisten sie niederreiten. Sie hörte die Mittagsnachrichten nie und hatte heute nicht einmal einen Blick in die Morgenzeitung geworfen. Explosionen an der Grenze, Nick im Kontrollraum, der junge Mann mit den Kopfhörern, Murphy im Lieferwagen... Und ich sitze hier in einem Taxi und will zu meinem eigenen Schauspiel, meinem eigenen Feuerwerk, und hinterher werden mich alle umringen: »Darling, du warst großartig, einfach großartig!«

Der Aufenthalt hatte ihre Zeiteinteilung durcheinandergebracht. Als sie endlich im Theater eintraf, war die Atmosphäre bereits ein hochexplosives Gemisch von überdrehter Vorfreude, Nervosität, Lampenfieber. Egal, sie ließ sich nicht aus der Fassung bringen. Sie brachte ihren ersten Auftritt als Viola gut hinter sich und raste in die Garderobe, um sich für die nächste Szene, in der sie als Cesario aufzutreten hatte, umzukleiden. »Bitte, geh vom Spiegel weg!« schrie sie eine Kollegin an. »Ich brauche jetzt Platz!« Gut so, dachte sie, von nun an habe *ich* hier zu bestimmen. Ich bin der Star – oder werde es doch binnen kurzem sein. Die Viola-Perücke herunter, ein paar Bürstenstriche durch das eigene kurze Haar. Kleid runter, Kniehose an, Mäntelchen umgelegt, Dolch in den Gürtel. Es klopft an der Tür. Zum Teufel, was soll die Störung?

»Wer ist da?« rief sie.

»Ein Eilbrief, Miß Blair.«

»Schön... Werfen Sie ihn mir durch den Türspalt.«

Augen-Make-up reparieren, einen Schritt zurücktreten, um die Gesamterscheinung im Spiegel zu prüfen. Ja, ja, in Ordnung, es geht, morgen wird's tosenden Applaus geben. Shelagh wandte sich vom Spiegel ab, erinnerte sich an den Eilbrief und hob ihn auf. Es war ein dicker Umschlag mit einer irischen Briefmarke. Ihr Herz setzte aus. Sie stand einen Moment wie erstarrt, ehe sie ihn mit fliegender Hand aufriß. Ein beschriebenes Blatt war darin und etwas Flaches, Hartes, zwischen zwei Pappdeckeln. Natürlich griff sie zuerst nach dem Brief.

Liebe Jinnie,
ich bin gerade im Begriff, in die USA zu fliegen. Ein Verleger interessiert sich endlich für meine Forschungen und Abhandlungen über Hünengräber, Kultstätten aus der Stein- und Bronzezeit in Irland, etc. etc. – ich erspare Ihnen das Nähere. Wahrscheinlich bleibe ich einige Monate drüben, und vielleicht lesen Sie eines Tages in Ihren schicken Zeitschriften von einem gewesenen Eremiten, der vor amerikanischen Studenten schwungvolle Vorträge hält. Nun im Ernst: Es paßt mir ganz gut, für einige Zeit außer Landes zu gehen – aus verschiedensten Gründen.

Vor der Abreise habe ich meine Papiere durchgesehen und zum Teil verbrannt, und dabei fiel mir unter allem möglichen alten Krimskrams beiliegendes Foto in die Hände. Ich glaube, es wird Ihnen gerade jetzt vor Ihrer Premiere Spaß machen. Wissen Sie noch, daß ich bei unserer ersten Begegnung sagte, Sie erinnerten mich an jemanden, ich käme nur nicht drauf, an wen? Nun sah ich mit heiterer Überraschung: an mich selbst! Ich habe ja als Kadett auch mal den Cesario gespielt. *Was ihr wollt* war also das gemeinsame Band. Demgemäß

toi-toi-toi, Cesario, und viele neue Skalpe!

Herzlichst Nick

Amerika! Für Shelagh hätte es ebensogut der Mars sein können. Sie nahm die beigelegte Fotografie aus dem Pappdeckelschutz und betrachtete sie stirnrunzelnd. War das wieder einer seiner alten Witze? Aber... sie hatte sich doch noch nie im Viola-Cesario-Kostüm aufnehmen lassen! Wie hätte er da eine Fälschung vornehmen sollen? Oder hatte er sie ohne ihr Wissen einmal geknipst und dann ihren Kopf auf andere Schultern montiert? Unmöglich. Sie drehte das Bild um. Auf der Rückseite stand mit verblaßter Tinte: ›Nick Barry als Cesario in *Was ihr wollt*, Dartmouth, 1929.‹

Aufs neue starrte sie ungläubig auf das Foto. Das war *sie*, genau wie sie sich eben im Spiegel gesehen hatte, ihre Nase, ihr Kinn, der kecke Ausdruck, der zurückgeworfene Kopf, die ganze Haltung mit in die Hüfte gestemmter Hand, das dichte, kurzgeschnittene Haar... Und plötzlich stand sie nicht mehr in der Theatergarderobe, sondern im Sterbezimmer ihres Vaters am Fenster. Sie hörte, daß er sich bewegte, drehte sich um und sah in sein fassungslos entsetztes Gesicht. Nein, was sie damals in seinen Augen gelesen hatte, war kein Vorwurf, sondern ein Wiedererkennen. Ihr Vater war nicht aus einem Alpdruck erwacht, sondern aus einem Traum, den er zwanzig Jahre lang gehegt hatte. Erst im Moment des Sterbens enthüllte sich ihm die Wahrheit.

Wieder klopfte jemand an der Tür. »Miß Blair! In vier Minuten Auftritt!«

Im Moment war sie im rüttelnden Lieferwagen und hatte den Kopf an seiner Schulter. »Pamela hat gekichert – und dann trug ich sie hinauf und warf sie aufs Bett. Am nächsten Morgen hat sie sich an nichts mehr erinnert.«

Shelagh riß die Augen von dem Foto los, das sie noch immer in der Hand hielt, und starrte ihr eigenes Spiegelbild an. »Nein, nein!« ächzte sie stimmlos. »Oh, Nick... o mein Gott!«

Dann riß sie Cesarios Galanteriedolch aus ihrem Gürtel, stach damit auf das Foto ein, zerriß es und warf die Fetzen in den Papierkorb. Und als sie – pünktlich – auf die Bühne zurückkehrte, kam sie nicht mehr als Liebesbote des Herzogs von Illyrien zur Gräfin Olivia. Sie sah keine Kulissen und keine Versatzstücke mehr, zwischen denen sie schauspielerte, sondern Straßen, in denen Fenster einzuwerfen und Häuser anzuzünden waren, in denen jedes Mittel recht war, Steine, Ziegel, Benzin, in denen sie Haß und Verachtung austoben durfte. Denn Feuer und Schwert sind das einzig wirksame Mittel gegen die Liebe.

Der Durchbruch

Meine Mitwirkung bei dem Unternehmen fing am 18. September an, als mein Chef mich rufen ließ und mir mitteilte, er habe mich nach Saxmere an der Ostküste versetzt. Es tue ihm leid, sagte er, aber ich habe als einziger die nötigen Spezialkenntnisse für die Aufgabe, an der sie dort arbeiteten. Sie seien da unten eine etwas eigenartige Gesellschaft, die sich beim geringsten Anzeichen einer Störung hinter Stacheldraht verschanzte. Vor einigen Jahren war auf dem Gelände eine Radarversuchsstation gewesen; das sei aber vorbei, die jetzigen Forschungsexperimente seien gänzlich anderer Natur und hätten etwas mit Schwingungen und Tonfrequenzen zu tun.

»Ich will ganz offen mit Ihnen reden«, sagte mein Chef, wobei er seine Hornbrille absetzte und sie entschuldigend in der Luft schwenkte. »James MacLean ist nämlich ein guter alter Freund von mir. Wir haben zur selben Zeit in Cambridge studiert, und ich war damals und auch noch später viel mit ihm zusammen. Aber dann schlugen wir verschiedene Wege ein, und er widmete sich Forschungsarbeiten von etwas zweifelhafter Art. Hat den Staat ein ganz schönes Stück Geld gekostet und war seinem Ruf auch nicht besonders förderlich. Das scheint aber vergessen zu sein; jetzt hat man ihn jedenfalls wieder angestellt und mit einem von ihm selber ausgesuchten Team von Spezialisten und einer hübschen Summe Regierungsgeldern nach Saxmere geschickt. Nun fehlt ihnen aber noch ein Fachmann für Elektronik – und hier kommen Sie ins Spiel. MacLean hat mich dringend gebeten, ihm jemand zu schicken, für den ich mich persönlich verbürgen kann, mit andern Worten: er braucht jemand, der schweigen kann. Sie würden mir einen persönlichen Gefallen tun, wenn Sie hingingen.«

So vorgebracht, blieb mir gar nichts anderes übrig, als mich einverstanden zu erklären. Dabei ging es mir verdammt wider den Strich. Es wäre mir im Leben nicht eingefallen, die Firma Associated Electronics Ltd. mit ihren einmaligen Forschungseinrichtungen zu verlassen und an die Ostküste zu entschwinden, um dort für jemand zu arbeiten, der sich offenbar schon einmal in die Nesseln gesetzt hatte und es sehr wohl wieder tun könnte.

»Und wann möchten Sie, daß ich hinfahre?« fragte ich.

Mein Chef sah noch betretener drein als zuvor.

»Sobald Sie können. Wenn's geht, übermorgen. Wirklich, Saunders, es tut mir sehr leid. Aber wenn alles gutgeht, sind Sie an Weihnachten zurück. Ich habe MacLean gesagt, daß ich Sie ihm nur für dieses eine Projekt ausleihe. Von einer langfristigen Versetzung kann nicht die Rede sein. Dazu sind Sie uns hier zu wertvoll.«

Ein feiner Trost, dieses begütigende Auf-die-Schulter-Klopfen! Die Firma würde mich in den nächsten drei Monaten vergessen! Aber ich hatte noch eine Frage.

»Was ist er denn für ein Mensch?«

»MacLean?« Mein Chef hatte schon die Brille wieder aufsetzen wollen, das übliche Zeichen, daß ein Gespräch beendet sei. Jetzt wartete er noch damit. »Ich würde ihn als Enthusiasten bezeichnen, als jemand, der nicht locker läßt. Auf seine Art also ein Fanatiker. Langweilen wird er Sie bestimmt nicht. Ich erinnere mich, daß er in Cambridge die meiste Zeit damit zubrachte, Vögel zu beobachten. Er hatte eine ganz besondere Theorie über den Vogelzug, aber er drängte sie uns nicht etwa auf. Beinahe hätte er die Physik fahrenlassen, um Neurologe zu werden, aber er überlegte sich's doch anders – das heißt, das Mädchen, das er später heiratete, stimmte ihn um. Dann geschah die Tragödie. Sie starb, als sie kaum ein Jahr verheiratet waren.«

Er setzte seine Brille wieder auf. Er hatte nichts mehr zu sagen, und wenn doch, so gehörte es jedenfalls nicht mehr zur Sache. Ich verließ bereits das Zimmer, als er mir noch nachrief: »Die letzte Auskunft behalten Sie bitte für sich. Das über seine Frau, meine ich. Seine Mitarbeiter dort unten wissen möglicherweise nichts davon.«

Erst als ich meine Sachen im Büro und in meiner Bude zusammengepackt hatte und im Zug saß, wurde ich mir meiner Lage so richtig bewußt. Da war ich also an einen Job gebunden, den ich gar nicht wollte, in einem Institut, von dem ich nichts wußte – und das alles aus purer Gefälligkeit für meinen Chef, der offensichtlich seine privaten Gründe hatte, einem ehemaligen Kollegen diesen Gefallen zu tun.

Während ich trübsinnig aus dem Abteilfenster starrte und meine Laune sich von Minute zu Minute verschlechterte, sah ich ständig das Gesicht vor mir, das mein Nachfolger machte, als ich ihm sagte, ich ginge nach Saxmere.

»In diese Bruchbude?« fragte er. »Das muß wohl ein Witz sein! Die haben da unten seit Jahren schon keine ernsthafte Forschung mehr betrieben. Das Ministerium hat's den Spinnern zur Verfügung gestellt in der Hoffnung, daß sie sich selbst in die Luft jagen.«

Vorsichtige Erkundigungen in andern Abteilungen hatten dieselben Auskünfte erbracht. Ein Freund mit Sinn für Humor riet mir am Telefon, Golfschläger und einen Haufen Taschenbücher mitzunehmen. »Organisation gibt's keine«, sagte er. »MacLean arbeitet mit einer Handvoll Jungens, die ihn vergöttern. Wenn du da nicht mitmachst, läßt er dich links liegen, und dann kannst du in die Luft gucken.«

»Paßt mir ausgezeichnet! Ich kann Ferien gebrauchen«, log ich und hängte auf. Die ganze Welt war mir gründlich zuwider.

Es war wohl typisch für meine Einstellung zu der ganzen Sache, daß ich mir den Fahrplan nicht genau angesehen hatte, und so wurde ich nur noch mißmutiger, als ich feststellte, daß ich in Ipswich umsteigen und vierzig Minuten auf den Bummelzug nach Thirlwall, der Bahnstation von Saxmere, warten mußte.

Es regnete, als ich endlich auf dem leeren, windigen Bahnsteig landete und der Beamte, der mir die Fahrkarte abnahm, sagte, das Taxi, welches gewöhnlich diesen Zug abwartete, sei vor fünf Minuten von jemand weggeschnappt worden.

»Den ›Drei Hähnen‹ gegenüber gibt's aber eine Garage«, setzte er hinzu. »Vielleicht haben die noch offen und könnten Sie nach Saxmere rüberfahren.«

Ich ging am Fahrkartenschalter vorbei, schleppte mein Gepäck und war wütend auf mich selber wegen der mangelhaft geplanten Reise. Ich stand noch vor dem Bahnhof und überlegte, ob ich mich in die ›Drei Hähne‹ hineinwagen sollte – es war fast sieben Uhr abends, und ich konnte einen Drink gebrauchen –, als ein uralter Morris in scharfem Bogen auf den Bahnhofsplatz fuhr und genau vor mir anhielt. Der Fahrer stieg aus und stürzte sich auf meine Koffer.

»Sie müssen Saunders sein, nicht wahr?« sagte er lächelnd. Er war jung, höchstens neunzehn, und hatte einen blonden Haarschopf.

»Stimmt«, sagte ich. »Ich habe mich gerade gefragt, wo, zum Teufel, ich wohl ein Taxi auftreiben könnte.«

»Nirgends«, antwortete er. »An so einem Regenabend belegen die Yanks alles mit Beschlag, was Räder hat und sie aus Thirlwall wegbringt. Wollen Sie nicht einsteigen?«

Ich hatte vergessen, daß in Thirlwall ein amerikanischer Luftstützpunkt war, und nahm mir im stillen vor, die ›Drei Hähne‹ in meiner Freizeit lieber zu meiden. Amerikanische Soldaten auf Urlaub sind mir nicht gerade die liebste Gesellschaft.

»Tut mir leid wegen dem Geklapper«, entschuldigte sich mein Fahrer, als wir durch das Städtchen brausten mit einer Begleitmusik, die sich anhörte, als rollten ein paar Benzinkanister unter dem hinteren Sitz hin und her. »Ich will das schon lange reparieren, aber ich habe nie Zeit. Übrigens, ich heiße Ryan. Ken Ryan. Alle nennen mich Ken. Wir halten nichts von Familiennamen in Saxmere.«

Ich sagte nichts. Mein Vorname ist Stephen, aber noch niemand hatte ihn in Steve verkürzt. Meine Stimmung wurde noch düsterer, und ich zündete mir eine Zigarette an. Die Häuser von Thirlwall lagen hinter uns, und nachdem die Landstraße zwei oder drei Kilometer durch eine flache Gegend mit Rübenfeldern geführt hatt, mündete sie plötzlich in einen Feldweg, auf dem wir durch Heidegebiet fuhren, mit einem Geholper, daß ich mit dem Kopf beinahe an die Decke stieß.

Wieder entschuldigte mein Begleiter sich. »Ich hätte Sie zum Haupteingang bringen können«, sagte er. »Aber so ist es viel kürzer. Keine Sorge, die Federn sind daran gewöhnt.«

Der Sandweg führte auf eine Anhöhe, und jetzt erstreckte sich unter uns weithin unbebautes Marschland. Linker Hand war es von Dünen begrenzt, hinter denen das offene Meer lag. Hier und da war die Marsch von Wassergräben durchzogen, neben denen große Büschel von Binsen wuchsen, die sich unter den Regenschauern bogen; die Gräben selbst wurden zu düsteren Tümpeln, einer oder zwei sogar zu kleinen Teichen, die von Schilf eingefaßt waren.

Unser Weg, jetzt mit Klinkern und kleinen Steinen gepflastert, senkte sich plötzlich gegen diese Einöde zu und schlängelte sich wie ein schmales Band durch die Marsch. In der Ferne tauchte gegen den Horizont ein massiver, niedriger grauer Turm auf, und als wir näher kamen, erkannte ich dahinter den gekrümmten Spiegel der ehemaligen Radareinrichtung, der jetzt wie eine riesige Austernschale über der Landschaft hockte. Meine schlimmsten Vorahnungen hätten sich keinen abschreckenderen Ort vorstellen können.

Mein Begleiter, der aus meinem Schweigen vermutlich auf meine fehlende Begeisterung schloß, sah mich von der Seite an.

»In dieser Beleuchtung sieht es nicht sehr einladend aus«, begann er. »Aber das liegt am Regen. Im ganzen ist das Wetter hier recht gut, bis auf den scharfen Wind. Wir haben manchmal ganz fantastische Sonnenuntergänge.«

Das Lachen, mit dem ich diese Bemerkung quittierte, sollte eigentlich ironisch klingen; er faßte es eher als Ermutigung auf, denn er fügte hinzu: »Und wenn Vögel Sie interessieren, dann sind Sie genau am richtigen Ort. Im Frühling nisten hier die Säbelschnäbler, und im vergangenen März habe ich sogar eine Rohrdommel im Röhricht gehört.«

Ich unterdrückte den Fluch, den ich schon auf den Lippen

hatte – seine Schwärmerei kam mir reichlich naiv vor –, gestand meine Gleichgültigkeit gegenüber allem, was da fleucht und kreucht, und äußerte Erstaunen darüber, daß in einer so tristen Umgebung überhaupt jemand den Wunsch verspüren konnte, zu nisten. Mein Sarkasmus war verschwendet, denn er sagte ganz ernst: »Oh, Sie würden sich sehr wundern«, und brachte den Morris abrupt vor einem Tor zum Stehen, das in einen hohen Drahtzaun eingelassen war. »Ich muß aufschließen.« Damit sprang er aus dem Wagen, und ich sah, daß wir in Saxmere angekommen waren. Das ganze Gelände ringsum war von dem gut drei Meter hohen Stacheldrahtzaun umgeben, was dem Ort das Aussehen eines Konzentrationslagers gab. Dieser erhebende Eindruck wurde verstärkt durch das plötzliche Auftauchen eines großen Wolfshundes, der von links aus den sumpfigen Wiesen dahergesprungen kam und schweifwedelnd vor Ken stehenblieb, während dieser das Tor aufschloß.

»Wo sind die Maschinengewehre?« fragte ich, als er auf den Fahrersitz zurückkletterte. »Oder hat uns der Hundedresseur unsichtbar von einem Bunker aus beobachtet?«

Dieses Mal lachte er wenigstens, als wir durch die Abschrankung fuhren. »Es gibt hier keine Maschinengewehre und keine Dresseure«, sagte er. »Zerberus ist sanft wie ein Lamm. Ich hatte ihn allerdings nicht hier erwartet, aber Mac hat ihn wohl unter Kontrolle.«

Er stieg noch einmal aus und sperrte das Tor wieder zu, während der Hund keine Notiz mehr von uns nahm. Er hielt den Kopf in die Richtung gewandt, aus der er gekommen war. Plötzlich stellte er die Ohren auf, sprang mit einem Satz ins Schilf, und ich blickte ihm nach, wie er in einer schmalen, schlammigen Spur gegen den Turm zu rannte.

»Der ist vor uns zu Hause«, bemerkte Ken, legte den Gang ein und brachte den Wagen nach rechts auf eine breite Asphaltstraße. Das Marschland wurde jetzt abgelöst von Gestrüpp und Sand.

Es hatte aufgehört zu regnen, die Wolken waren zu kleinen Fetzen aufgelöst, und der behäbige Turm von Saxmere hob sich stolz und schwarz gegen den kupferfarbenen Himmel ab. Kündigte sich wohl einer der berühmten Sonnenuntergänge an? Wenn ja, dann schien jedenfalls keiner der Mitarbeiter die Gelegenheit auszunutzen. Straße und Land lagen gleichermaßen verlassen da. Wir kamen an die Abzweigung zum Haupteingang und bogen nach links zu den früheren Radarinstallationen und zum Turm ab, um den herum Schuppen und Betongebäude gruppiert lagen. Alles wirkte hier noch viel mehr wie ein verlassenes Dachau.

Ken fuhr am Turm und an den Hauptgebäuden vorbei und schlug einen Seitenweg gegen das Meer zu ein. Am Ende stand eine Reihe vorfabrizierter Baracken.

»Da wären wir«, sagte er. »Und was habe ich gesagt? Zerberus hat uns geschlagen!«

Der Hund tauchte links auf einem Weg auf und verschwand gleich wieder hinter den Hütten.

»Auf was ist er denn dressiert?« fragte ich. »Eine Hi-Fi-Pfeife?«

»Nicht ganz«, entgegnete mein Begleiter.

Ich stieg aus dem Wagen und hievte mein Gepäck vom Rücksitz. »Ich nehme an, das hier sind die Schlafräume?«

Ich sah mich um. Die vorfabrizierten Hütten schienen wenigstens wind- und wasserdicht zu sein.

»Das ist die ganze Anlage«, antwortete Ken. »Wir schlafen und essen und tun überhaupt alles hier.«

Er beachtete meinen ungläubigen Ausdruck nicht und ging voraus. Von einer kleinen Eingangshalle führte nach rechts und links ein Korridor. Zu sehen war niemand. Die Wände der Eingangshalle und Korridore waren von einem langweiligen Grau, der Fußboden mit Linoleum bedeckt. Das Ganze machte den Eindruck einer Landarztpraxis nach Ende der Sprechstunde.

»Wir essen um acht, bis dahin haben wir noch furchtbar viel Zeit«, sagte Ken. »Vielleicht wollen Sie vorher Ihr Zimmer besichtigen und ein Bad nehmen.«

Ich verspürte zwar kein Bedürfnis nach einem Bad, hingegen brauchte ich dringend einen Drink. Ich folgte Ken den linken Korridor entlang; er öffnete eine Tür, knipste Licht an und ging quer durchs Zimmer, um die Vorhänge zurückzuziehen.

»Tut mir leid«, sagte er. »Janus richtet immer alles zum Schlafen her, ehe er in die Küche geht. Sommer und Winter werden die Vorhänge um halb sieben zugezogen und die Betten abgedeckt. Er ist ein großer Freund von Routine.«

Ich sah mich im Zimmer um. Wer immer es eingerichtet hatte, mußte vor allem Erfahrung mit Krankenhäusern gehabt haben. Nur das Notwendigste war vorhanden: Bett, Waschbecken, Kommode, Schrank und ein einziger Stuhl. Die Wolldecken auf dem Bett waren nach Krankenhausart zusammengelegt – eher nach Lazarettart.

»In Ordnung?« Ken sah mich fragend an. Wahrscheinlich hatte ihn meine Miene verwirrt.

»Sehr schön«, antwortete ich. »Und wie wär's jetzt mit einem Drink?«

Ich folgte ihm wieder den Korridor entlang, wir durchquerten die Eingangshalle und traten auf der andern Seite durch eine Schwingtür. Ich hörte das rasche Aufschlagen von Pingpongbällen und machte mich schon auf eine etwas vergnügtere Abwechslung gefaßt. Der Raum, den wir betraten, war leer. Die Sportsfreunde spielten in dem dahintergelegenen Zimmer. In diesem hier gab es Sessel, ein oder zwei Tische, einen elektrischen Heizofen und in der hintersten Ecke eine Bar, hinter der mein jugendlicher Begleiter sich installierte. Mit unguten Gefühlen bemerkte ich zwei riesige Kannen.

»Kaffee oder Kakao?« fragte er mich. »Oder hätten Sie lieber etwas Kaltes? Ich kann den Orangensaft empfehlen, mit einem Schuß Selterswasser.«

»Ich hätte gerne einen Whisky«, sagte ich.

Er blickte sehr unglücklich drein, mit der Miene eines besorgten Gastgebers, dessen Gäste mitten im Winter frische Erdbeeren verlangen.

»Es tut mir schrecklich leid«, sagte er. »Aber von uns rührt keiner Alkohol an. Mac will nicht, daß er ausgeschenkt wird, das ist eine seiner Eigenheiten. Aber Sie können sich natürlich selber einen Vorrat mitbringen und ihn in Ihrem Zimmer trinken. Wie dumm von mir, daß ich Ihnen das nicht eher gesagt habe. Wir hätten in Thirlwall halten und aus den ›Drei Hähnen‹ eine Flasche mitnehmen können.«

Er war so ehrlich bekümmert, daß ich den Schwall von Beschimpfungen, der aus mir hervorzubrechen drohte, zurückhielt und ihm sagte, ich würde in diesem Fall auch einen Orangensaft nehmen. Er wirkte sehr erleichtert, schüttete das widerwärtige Gesöff in ein hohes Glas und verwässerte es schleunigst aus dem Siphon.

Ich hielt die Zeit für weitere Erklärungen gekommen, nicht nur über ihn, der ein kleines Teilchen im Getriebe war, sondern über die ganze Institution. Gehörten sie hier dem Benediktiner- oder Franziskanerorden an? Und zu welchen Zeiten läutete wohl das Vesperglöckchen?

»Sie müssen mir meine Unwissenheit verzeihen«, sagte ich, »aber man hat mich nur sehr kurz orientiert, ehe ich von meiner Firma fortging. Im Grunde weiß ich gar nichts von Saxmere und über Ihre Arbeit hier.«

»Da machen Sie sich keine Sorgen«, anwortete er lächelnd. »Mac wird Ihnen schon alles erklären.«

Er goß sich etwas Orangensaft in sein eigenes Glas und prostete mir zu. Ich übersah die Geste und lauschte auf das Geräusch der Pingpongbälle.

»Sie haben mir gesagt, daß alle Arbeit hier in diesem Gebäude, wo wir jetzt sind, getan wird«, fuhr ich fort.

»Stimmt«, sagte er.

»Aber wo ist denn der ganze Mitarbeiterstab um diese Zeit?« bohrte ich weiter.

»Stab?« wiederholte er mit einem Stirnrunzeln. »Es gibt keinen Stab. Das heißt, es gibt bloß Mac, Robbie, Janus – den kann man wohl mitzählen – und mich. Und jetzt natürlich auch noch Sie.«

Ich stellte mein Glas hin und starrte ihn an. Hielt er mich zum Narren? Aber nein, offenbar war's ihm wirklich ernst. Von seinem Platz hinter der Bar blickte er mich an und trank dabei seinen Orangensaft wie ein Götterjüngling, der einen Kelch mit Nektar leert.

»Wissen Sie«, sagte er. »Es ist alles bestens. Wir sind ein sehr zufriedener Kreis.«

Was ich nicht bezweifelte. Im Vergleich zu diesen Sportsleuten, die Limonade tranken, Pingpong spielten und Rohrdommeln im Röhricht beobachteten, wirkten ja die Mitglieder eines Frauenvereins geradezu wie Unholde.

Meine angeborene Bosheit trieb mich dazu, den Jungen herauszufordern. »Und was, wenn ich fragen darf, ist denn Ihre Stellung in dem Team? Sind Sie Professor Jupiters Ganymed?«

Zu meiner größten Überraschung fing er an zu lachen und stellte, während er darauf lauschte, wie im Nebenzimmer das Geräusch der Bälle aufhörte, zwei frische Gläser auf die Bartheke und füllte sie mit Orangensaft.

»Wie gut Sie das erraten haben«, sagte er. »Ungefähr so ist die Sache... ich soll der Erde um eines zweifelhaften Himmels willen entrissen werden. Nein, allen Ernstes, ich bin Macs Versuchskaninchen zusammen mit Janus' Tochter und dem Hund Zerberus.«

In diesem Augenblick ging die Tür auf, und zwei Männer betraten das Zimmer.

Instinktiv erkannte ich MacLean. Er war um die Fünfzig, drahtig, hochgewachsen; er hatte die sehr hellblauen Augen, die für mich zu Säufern, Kriminellen und Kampffliegern gehören, wobei die drei, meiner Meinung nach, sehr oft zusammenfallen. Der Ansatz seines blonden Haars war über einer hohen Stirn, und die kräftige Nase hatte ihr Gegengewicht in einem markanten Kinn. Er trug ausgebeulte Kordsamthosen und einen riesigen Rollkragenpullover.

Sein Begleiter war bleich und untersetzt und trug eine Brille. In kurzen Hosen und einem schlotterigen Hemd sah er eher wie ein Pfadfinder aus, und die breiten Schweißränder unter seinen Armen erhöhten seinen Charme auch nicht gerade.

MacLean kam auf mich zu und streckte mir die Hand entgegen. Sein breites Begrüßungslächeln gab mir zu verstehen, daß ich bereits zu seiner kleinen Bruderschaft zählte.

»Ich bin hoch erfreut, Sie zu sehen«, sagte er. »Und hoffentlich hat Ken sich gut um Sie gekümmert. Für Ihren ersten Eindruck von Saxmere ist es leider ein sehr unfreundlicher Abend, aber das werden wir morgen wiedergutmachen, nicht wahr, Robbie?«

Seine Stimme und sein Gebaren waren die eines Gastgebers alter Schule. Ich hätte ein verspätet eingetroffener Gast bei einer ländlichen Jagdgesellschaft sein können. Er legte mir die Hand auf die Schulter und schob mich gegen die Bar zu.

»Bitte für alle Orangensaft, Ken«, sagte er und wandte sich mir zu. »Associated Electronics hat uns Ihr Loblied gesungen. Ich kann Ihnen gar nicht sagen, wie dankbar ich Ihrer Firma – und ganz besonders John – bin, daß sie Sie herkommen ließen. Vor allem bin ich natürlich Ihnen dankbar. Wir werden alles dazu tun, damit Ihr Aufenthalt Ihnen in guter Erinnerung bleibt. Robbie, Ken, ich möchte, daß wir auf das Wohl von – Stephen, nicht wahr? Wollen wir Steve sagen? – trinken und auf den Erfolg unserer gemeinsamen Bemühungen.«

Ich zwang mich zu einem Lächeln und fühlte, wie es bereits zu einem Bestandteil meines Gesichts wurde. Robbie, der Pfadfinder, blinzelte mir hinter seiner Brille zu.

»Auf Ihre Gesundheit«, sagte er. »Ich bin hier das Mädchen für alles. Ich habe für die Explosion von Gasen zu sorgen, messe Kens Temperatur und kümmere mich auch um den Hund. Wenn Sie irgendwelche Schwierigkeiten haben, lassen Sie mich holen.«

Ich lachte, doch im selben Moment wurde mir klar, daß die Fistelstimme seine wirkliche Stimme war und er keineswegs zur Feier der Tages eine Clownsnummer zum besten gab.

Wir gingen über den Korridor in ein Zimmer, das nach vorne hinaus lag und ebenso einfach und spartanisch war wie das, aus dem wir gerade kamen. Ein Tisch war für vier

Personen gedeckt. Neben der Anrichte stand ein melancholisch aussehender Mann mit einem langen Gesicht und graumeliertem Bürstenschnitt.

»Darf ich Ihnen Janus vorstellen?« sagte MacLean zu mir. »Ich weiß nicht, was man Ihnen bei Associated Electronics zu essen gibt – hier sorgt jedenfalls Janus dafür, daß keiner verhungert.«

Ich gewährte dem Haushofmeister ein freundliches Kopfnicken. Er erwiderte es mit einem Grunzen, das sofort Zweifel an seiner Bereitwilligkeit in mir wachrief, gewisse Besorgungen für mich in den ›Drei Hähnen‹ zu erledigen. Ich wartete, daß MacLean ein Tischgebet spräche, was für mich irgendwie zu der ganzen Atmosphäre gepaßt hätte, aber nichts dergleichen geschah. Janus stellte eine riesige alte Suppenterrine vor ihn hin, aus der mein neuer Chef eine dampfende, safrangelbe Brühe schöpfte. Sie schmeckte erstaunlich gut. Die darauf folgende gebackene Seezunge war noch besser und das Käsesoufflé wahrlich ein Hauch. Die Mahlzeit dauerte nicht ganz eine Stunde, und als sie gegessen war, fühlte ich mich bereit, Frieden mit meinen Mitmenschen zu schließen.

Der junge Ken – dessen Tischgespräch vor allem darin bestanden hatte, Robbie zu necken, während MacLean über Bergtouren auf Kreta, die Schönheit der Flamingoflügel in der Camargue und die besondere Bildkomposition von Piero della Francescas ›Auspeitschung Christi‹ redete – stand als erster auf und bat um die Erlaubnis, sich zurückziehen zu dürfen.

MacLean nickte. »Aber lies nicht mehr zu lange«, sagte er. »Sonst dreht Robbie das Licht bei dir aus. Um halb zehn ist Schluß.«

Der Junge lächelte und wünschte uns dreien eine gute Nacht. Ich fragte, ob Ken vielleicht ein Trainingsprogramm absolviere, um mit dem Hund einen Wettlauf quer durch die Marsch und zurück zu machen.

»Nein«, erwiderte MacLean kurz angebunden. »Er braucht viel Schlaf. Und jetzt auf zum Billardspiel!«

Er ging uns voraus, als wir aus dem Eßzimmer in die sogenannte Bar zurückkehrten. Ich war bereits darauf gefaßt, eine gute halbe Stunde in dem hinteren Zimmer zu verbringen – was mir durchaus gepaßt hätte, da ich mit dem Billardstock nicht schlecht umzugehen verstehe –, aber als wir hindurchgingen und ich nur einen Pingpongtisch und ein Wurfspiel dort sah, raunte mir Robbie, der meinen suchenden Blick bemerkt hatte, ins Ohr: »Das war doch bloß eine Redensart von Mac. Er meint damit, daß er Sie einweihen will.« Er schob mich sanft vorwärts und verschwand dann. Ich folgte meinem Anführer durch eine weitere Tür, die diesmal schalldicht war, und dann befanden wir uns in der kühlen Atmosphäre eines strengen, funktionellen Raumes, der halb Laboratorium, halb Klinik zu sein schien. In der Mitte, unter der Lampe, war sogar ein Operationstisch, und auf Wandregalen standen hinter Glas Instrumente und allerlei Gefäße.

»Das ist Robbies Reich«, sagte MacLean. »Von der Züchtung eines Virus bis zur Mandeloperation kann er hier alles machen.«

Ich äußerte mich nicht dazu, denn ich hatte nicht die geringste Lust, als mögliches Opfer für die zweifelhaften Bemühungen des Pfadfinders herzuhalten. Aus dem Laboratorium gelangten wir in den daran angrenzenden Raum.

»Hier werden Sie sich schon eher zu Hause fühlen«, bemerkte MacLean, und als er das Licht angeknipst hatte, sah ich, daß wir uns in der Abteilung für Elektronik befanden. Die erste Anlage, zu der wir kamen, ähnelte derjenigen, die wir vor mehreren Jahren für die Postverwaltung gebaut hatten – nämlich einen Computer, der sprechen konnte, obwohl sein Vokabular begrenzt und seine Stimme alles andere als perfekt gewesen war. MacLeans Trickkiste hatte jedoch verschiedene zusätzliche Bestandteile, und ich ging hin, um sie mir aus der Nähe anzusehen.

»Der ist doch hübsch, finden Sie nicht?« fragte MacLean fast wie ein stolzer Vater, der seinen neugeborenen Sprößling vorzeigt. »Ich nenne ihn Charon 1.«

Nun, wir alle geben unseren Erfindungen gerne Namen,

und Hermes war mir besonders passend vorgekommen für den geflügelten Boten, den wir für die Postverwaltung entwickelt hatten. Wenn ich mich recht erinnerte, so war aber Charon der Fährmann, der die Seelen der Verstorbenen über den Styx führte. Na ja, MacLean hatte eben seinen besonderen Humor.

»Was macht er denn?« fragte ich vorsichtig.

»Er hat mehrere Funktionen«, entgegnete MacLean. »Ich erkläre sie Ihnen später. Ihre Hauptaufgabe wird der Sprechmechanismus sein.«

Er machte sich daran, den Apparat in Betrieb zu setzen, ähnlich wie wir es auch bei Associated Electronis taten, aber das Ergebnis war ziemlich anders. Die Stimmwiedergabe war perfekt; er hatte alle Unsicherheiten ausgeschaltet.

»Ich brauche den Computer für gewisse Experimente auf dem Gebiet der Hypnose«, fuhr Mac fort. »Dazu gehört die Programmierung des Computers mit einer Reihe Fragen. Die Antworten werden ihrerseits wieder in den Computer gefüttert und dienen so dazu, die nächsten Fragen abzuwandeln. Was halten Sie davon?«

»Das ist großartig«, antwortete ich. »Damit sind Sie allen anderen weit voraus.«

Ich war wirklich äußerst verblüfft und fragte mich, wie er es bloß fertiggebracht hatte – und es obendrein so lange geheimhalten konnte. Wir waren bei Associated Electronics der Meinung gewesen, daß wir bereits alles, was auf diesem speziellen Gebiet überhaupt denkbar war, erreicht hatten.

»Jawohl«, sagte Mac. »Ihre Experten werden ihn kaum noch verbessern können. Charon 1 wird vielen Zwecken dienen, vor allen Dingen in der Medizin. Für heute abend will ich nicht mehr auf Einzelheiten eingehen, Ihnen nur noch sagen, daß meine Arbeit mit einem Experiment zusammenhängt, von dem das Ministerium nicht das geringste weiß.«

Er lächelte, und ich erwartete, daß jetzt die Rede auf die ›Forschungsarbeiten von etwas zweifelhafter Art‹ käme, auf die mein Chef mich vorbereitet hatte. Ich sagte nichts, und MacLean ging weiter zu einem andern Apparat.

»Hier haben wir das, was die Regierung wirklich angeht, insbesondere die Brüder vom Militär. Sie wissen selbstverständlich, daß es sehr schwierig ist, eine Detonation unter Kontrolle zu bringen. Ein Flugzeug, das die Schallmauer durchbricht, läßt wahllos Fensterscheiben zerspringen, nicht aber eine ganz bestimmte gezielte Fensterscheibe. Und genau das kann Charon 2.«

Er ging durchs Zimmer zu einem Schränkchen, nahm ein Glasgefäß heraus und stellte es auf den Arbeitstisch an der Wand. Dann legte er einen Hebel an seinem zweiten Apparat um, und das Glas zersprang in tausend Scherben.

»Eine hübsche Leistung, finden Sie nicht?« fragte MacLean. »Der eigentliche Zweck liegt natürlich in der Anwendung auf große Reichweiten, da, wo ein ganz bestimmtes weit entferntes Objekt zerstört werden soll. Persönlich interessiert mich die Sache zwar nicht, aber das Militär könnte sie für recht brauchbar halten. Im Grunde handelt es sich ja bloß um eine spezielle Art von Transmission. Was mich dagegen beschäftigt, ist die Hochfrequenzreaktion von Mensch zu Mensch und von Mensch zu Tier. Darüber schweige ich jedoch meinen Geldgebern gegenüber.« Er legte den Finger auf einen andern Hebel an dem zweiten Apparat. »Das ist der Rufton, mit dem ich Zerberus dirigiere. Menschen können ihn nicht registrieren. Zerberus muß irgendwo draußen sein.«

Wir warteten schweigend, und wenige Augenblicke später hörte ich einen Hund an der Tür kratzen. MacLean ließ ihn herein. »Brav! Guter Hund! Leg dich!« Lächelnd wandte er sich mir zu. »Das war wirklich nichts Besonderes – er war bloß auf der anderen Seite des Gebäudes –, aber wir müssen ihm beibringen, auf Kommandos über große Entfernungen zu hören. Das könnte im Notfall sehr nützlich sein.« Er warf einen Blick auf seine Uhr. »Hoffentlich wird Mrs. J. mir nicht böse sein«, murmelte er. »Es ist ja erst Viertel nach neun. Und mir macht es so großen Spaß, eine Vorstellung zu geben.« Sein Schulbubenlächeln wirkte auf einmal ansteckend.

»Was haben Sie denn vor?« fragte ich.

»Ich werde ihre kleine Tochter ans Telefon gehen lassen oder sie aufwecken, wenn sie schon schläft.«

Wieder stellte er etwas auf dem Apparat ein, und wieder warten wir. Binnen zwei Minuten läutete das Telefon. MacLean ging hin und nahm den Hörer auf. »Hallo«, sagte er. »Entschuldigen Sie, Mrs. J. Ich mache nur ein Experiment. Es tut mir leid, wenn ich die Kleine aufgeweckt habe. Ja, geben Sie sie mir bitte. – Hallo, Niki. Nein, alles in Ordnung. Du kannst jetzt wieder ins Bett gehen. Schlaf gut!« Damit legte er den Hörer auf und beugte sich hinunter, um Zerberus zu streicheln, der zu seinen Füßen lag.

»Kinder sind ebenso leicht abzurichten wie Hunde«, sagte er. »Anders ausgedrückt, ihr sechster Sinn, nämlich der, welcher diese Signale auffängt, ist sehr hoch entwickelt. Niki hat ihre eigene Rufnote, ebenso wie Zerberus. Und gerade weil sie geistig zurückgeblieben ist, gibt sie eine ausgezeichnete Versuchsperson ab.«

Er streichelte seinen Zauberkasten ganz ähnlich wie seinen Hund. Dann blickte er zu mir auf und lächelte.

»Haben Sie Fragen?«

»Allerdings«, entgegnete ich. »Zuerst einmal: Auf was genau laufen alle diese Übungen hinaus? Versuchen Sie zu beweisen, daß gewisse Hochfrequenzsignale nicht nur zerstörerische Kräfte haben, sondern auch eingesetzt werden können, um den Empfangsmechanismus des tierischen und menschlichen Gehirns zu steuern?«

Ich bewahrte nur mit Mühe eine gelassene Haltung, die ich ganz und gar nicht empfand. Wenn das die Experimente waren, die in Saxmere angestellt wurden, dann war es nicht verwunderlich, daß man für dieses Paradies der Spinner nur ein Achselzucken übrig hatte.

MacLean blickte mich nachdenklich an. »Natürlich könnte man sagen, daß Charon 2 genau dafür den Beweis erbringt. Das beabsichtige ich aber nicht, und das Ministerium wird voraussichtlich sehr enttäuscht sein. Nein, ich persönlich habe mich an etwas sehr viel Weittragenderes gewagt...« Er hielt ein; dann legte er mir die Hand auf die Schulter. »Lassen wir Charon 1 und 2 für heute abend sein. Wir wollen draußen ein bißchen frische Luft schnappen.«

Wir gingen durch die Tür hinaus, an welcher der Hund gekratzt hatte, und kamen auf einen weiteren Korridor und schließlich zum Eingang auf der Rückseite des Gebäudes. MacLean schloß auf, und ich folgte ihm ins Freie. Es regnete nicht mehr, die Luft war klar und kalt, und am Himmel glitzerten Sterne. In der Ferne, hinter den Dünen, hörte ich das Meer auf den Strand branden.

MacLean atmete tief; das Gesicht hatte er dem Meer zugewandt. Dann blickte er hinauf zu den Sternen. Ich zündete mir eine Zigarette an und wartete, daß er wieder spräche.

»Haben Sie schon mal mit Poltergeistern zu tun gehabt?« fragte er.

»Sie meinen, mit Dingen, die nachts plötzlich umfallen und so? Nein, eigentlich nicht.« Ich bot ihm eine Zigarette an, aber er schüttelte den Kopf.

»Was Sie gerade sehen konnten«, fuhr er fort, »nämlich das Zerspringen des Glases, ist genau dasselbe. Elektrische Energie, die freigeworden ist. Mrs. J. hatte schon lange, bevor ich Charon entwickelte, Schwierigkeiten mit herunterfallenden Gegenständen. Kochtöpfen, zum Beispiel, die in ihrer Hütte herumflogen. Das lag natürlich an Niki.«

Ich starrte ihn verständnislos an. »An dem Kind, meinen Sie?«

»Ja.«

Er steckte beide Hände in die Hosentaschen und begann auf und ab zu gehen. »Natürlich war sie sich der Sache gar nicht bewußt«, fuhr er fort, »genausowenig wie ihre Eltern. Es war einfach das Explodieren psychischer Energie, in ihrem Fall besonders stark, da ihr Gehirn ungenügend entwikkelt ist; und da sie außerdem der überlebende Partner von eineiigen Zwillingen ist, wurde die Kraft noch verdoppelt.«

Das konnte ich jetzt doch nicht mehr schlucken. Ich lachte schallend. Er drehte sich abrupt zu mir um und sah mir ins Gesicht.

»Wissen Sie eine bessere Erklärung?« fragte er.

»Nein«, gab ich zu, »aber sicherlich –«

»Eben«, unterbrach er mich. »Die weiß nämlich niemand. Es gibt Hunderte, ja Tausende von sogenannten ›wunderbaren Phänomenen‹, und beinahe immer, wenn man davon hört, sind Beweise dafür vorhanden, daß zu der fraglichen Zeit ein Kind oder jemand, der als geistig zurückgeblieben gilt, in unmittelbarer Nähe war.« Er nahm seine Wanderung wieder auf. Ich blieb an seiner Seite, und der Hund folgte uns auf den Fersen.

»Und was bedeutet das?«

»Das bedeutet«, fuhr er fort, »daß wir alle irgendwo eine unerschlossene Energiequelle in uns haben, die nur genutzt werden will. Sie können sie, wenn Sie wollen, auch die Sechste Kraft nennen. Sie funktioniert genauso wie der Hochfrequenzimpuls, den ich soeben durch Charon auslöste. Hier liegt die Erklärung für Telepathie, Vorausahnungen und die ganzen sogenannten psychischen Rätsel. Die Energie, die wir in einem elektronischen Apparat erzeugen, ist die gleiche wie die, welche die kleine Janus in sich hat, nur mit dem Unterschied, daß wir die eine in unserer Gewalt haben, die andere – bis heute – noch nicht.«

Ich verstand, was er meinte, aber nicht, auf was unsere Diskussion hinauslief. Das Leben ist, weiß Gott, kompliziert genug, auch ohne daß man versucht, den unbewußten Kräften, die im Menschen schlummern, auf den Grund zu gehen – zumal wenn das Verbindungsglied zuerst ein Tier oder ein schwachsinniges Kind sein muß.

»Na schön«, sagte ich, »Sie zapfen also die Sechste Kraft an, wie Sie es nennen. Nicht nur in der Tochter von Janus, sondern in allen Tieren, in geistig zurückgebliebenen Kindern und am Ende in allen Menschen. Sie bewirken, daß wir Gläser zerspringen und Kochtöpfe durch die Luft fliegen lassen und daß wir auf telepathischem Wege Nachrichten austauschen, und so weiter. Aber vergrößert das nicht bloß unsere Schwierigkeiten, so daß wir am Schluß wieder in eben dem Chaos enden, aus dem wir angeblich stammen?«

Jetzt war die Reihe zu lachen an MacLean. Unser Spaziergang hatte uns auf eine kleine Erhebung geführt, von der aus wir über die Dünen aufs Meer blicken konnten. Der lange Kieselstrand schien sich in unendliche Weiten zu erstrecken. Die Wellen brachen sich mit monotonem Tosen, sogen einen Strom von Steinen zurück, um sich gleich darauf mit frischer Kraft wieder zu verausgaben.

»Das würden wir sicher«, sagte Mac. »Nur gehe ich nicht darauf aus. Der Mensch wird zu gegebener Zeit schon die richtige Anwendung für die Sechste Kraft finden. Ich will sie aber für ihn nutzen, nachdem der Körper gestorben ist.«

Ich warf meine Zigarette fort und sah einen Moment zu, wie der glühende Stummel erlosch.

»Was, um alles in der Welt, soll das heißen?« fragte ich.

Er sah mich an und versuchte, meine Reaktion auf seine Worte zu ergründen. Ich war nicht ganz schlüssig, ob er verrückt war oder nicht; aber wie er so dastand, in vorgebeugter, grüblerischer Haltung, wie ein zu großer Schuljunge in seinen ausgebeulten Kordsamthosen und dem uralten Rollkragenpullover, hatte er etwas Liebenswertes an sich.

»Es ist mein völliger Ernst«, sagte er. »Die Energie ist nämlich vorhanden, wenn sie im Augenblick des Todes den Körper verläßt. Stellen Sie sich doch bloß einmal die jahrhundertelange Verschwendung vor: all die Energie, die sich verflüchtigt, wenn wir sterben, statt daß wir sie zum Wohl der Menschheit nutzen. Es ist ja eine der ältesten Theorien, daß die Seele durch die Nase oder den Mund entflieht. Die Griechen glaubten daran, und heute tun es noch gewisse afrikanische Stämme. Uns beide kümmert die Seele nicht, wir wissen, daß unser Verstand mit dem Körper stirbt. Nicht aber der Lebensfunke! Diese eigentliche Lebenskraft existiert weiter als Energie – unerfaßt und darum, bis heute, unnütz. Sie ist über uns und rund um uns herum, während wir hier stehen.«

Wieder warf er den Kopf zurück und blickte hinauf zu den Sternen. Ich überlegte, welch tiefe innere Einsamkeit ihn zu seiner sinnlosen Suche nach dem Ungreifbaren treiben mochte. Dann fiel mir ein, daß seine Frau gestorben war.

Also war dies wohl sein theoretischer Rettungsanker gewesen.

»Ich fürchte nur, Sie werden Ihr Leben lang brauchen, um das zu beweisen«, sagte ich.

»Nein«, erwiderte er. »Höchstens noch ein paar Monate. Sie müssen wissen, daß Charon 3, den ich Ihnen noch nicht gezeigt habe, eine extra eingebaute Speichereinheit hat, um Energie aufzunehmen und zu erhalten, genauer gesagt, um die Sechste Kraft, sobald sie verfügbar wird, aufzunehmen und zu bewahren.« Er machte eine Pause und sah mich mit einem seltsam abwägenden Blick an. Ich wartete, daß er fortführe. »Die Vorarbeiten sind alle schon gemacht«, sagte er. »Wir sind ausgerüstet und bereit für das große Experiment, bei dem Charon 1 und 3 zusammenarbeiten werden; aber ich brauche einen ausgebildeten Assistenten, der imstande ist, im entscheidenden Moment beide Apparate zu bedienen. Ich will ganz offen mit Ihnen sein. Ihr Vorgänger hier in Saxmere war zu dieser Zusammenarbeit nicht bereit. Jawohl, Sie hatten einen Vorgänger, aber ich bat Ihren Vorgesetzten bei Associated Electronics, Ihnen davon nichts zu sagen – ich wollte das lieber selber tun. Ihr Vorgänger verweigerte seine Mitarbeit aus persönlichen Gründen, die ich respektiere.«

Ich blickte ihn starr an. Es erstaunte mich nicht, daß der andere nicht hatte mitmachen wollen, aber ich begriff nicht, was das Ganze mit ethischen Grundsätzen zu tun hatte.

»Er war katholisch«, erklärte mir MacLean. »Und da er an ein Weiterleben der Seele und ihre Läuterung im Fegefeuer glaubte, konnte er sich nicht mit dem Gedanken abfinden, daß man den Lebensfunken einsperren und für unsere irdischen Zwecke ausnutzen könnte. Und das ist, wie gesagt, ja meine Absicht.«

Er wandte sich vom Meer ab und begann den Weg, den wir gekommen waren, zurückzugehen. In der Reihe niedriger Baracken, wo wir voraussichtlich in den kommenden acht Wochen essen, arbeiten, schlafen und überhaupt unser Leben verbringen würden, waren alle Lichter schon gelöscht. Im Hintergrund erhob sich der Turm der ausgedienten Radarstation – ein Denkmal des menschlichen Erfindergeistes.

»Ihre Firma sagte mir, daß Sie keine Skrupel hätten«, fuhr MacLean fort. »Auch wir hier in Saxmere haben keine, obwohl wir uns natürlich für verantwortungsbewußte Forscher halten. Unser junger Freund Ken sagte, es laufe auf dasselbe hinaus, als vermache man seine Augen einem Krankenhaus oder seine Nieren einer Organ-Bank. Das ist unser Problem, nicht seins.«

Mir fiel plötzlich wieder ein, wie der junge Mann an der Bar Orangensaft ausgeschenkt und von sich selbst als ›Versuchskaninchen‹ gesprochen hatte.

»Was ist denn Kens Rolle bei der ganzen Sache?« fragte ich.

MacLean blieb stehen und sah mir fest in die Augen.

»Der Junge hat Leukämie«, sagte er. »Robbie gibt ihm noch drei Monate seines gewöhnlichen Lebens. Es wird schmerzlos abgehen. Er hat einen fabelhaften Mut und glaubt fest an das Experiment. Der Versuch kann aber auch fehlschlagen. In diesem Fall verlieren wir nichts – sein Leben ist sowieso nicht zu retten. Sollte der Versuch aber gelingen...«

Er brach ab und schöpfte tief Luft, als sei er von einer plötzlichen Gefühlsregung übermannt worden. Dann sprach er weiter: »Sollte der Versuch gelingen, so wissen Sie, was das bedeutet. Wir werden dann endlich die Antwort haben auf die unerträgliche Sinnlosigkeit des Todes.«

Es war ein strahlender Tag, als ich am nächsten Morgen erwachte. Ich sah aus meinem Fenster auf die asphaltierte Straße und den wie eine drohende Schildwache dastehenden Radarturm. Mein Entschluß war gefaßt. Ich wollte auf der Stelle abreisen.

Ich rasierte mich, nahm ein Bad und ging mit dem festen Vorsatz zum Frühstück, sehr höflich zu allen zu sein und anschließend MacLean um eine kurze Unterredung unter vier Augen zu bitten. Dann würde ich den erstmöglichen Zug nehmen und konnte, wenn ich Glück hatte, um ein Uhr wieder in London sein. Sollte es Unannehmlichkeiten mit Associated Electronics geben, so fielen sie auf meinen Chef zurück, nicht auf mich.

Im Eßzimmer war niemand außer Robbie, der sich über eine riesige Portion Salzheringe hermachte. Ich wünschte ihm einen guten Tag und bediente mich mit Speck. Dann sah ich mich nach einer Morgenzeitung um. Es gab keine. Wohl oder übel würde ich mich also mit ihm unterhalten müssen.

»Ein schöner Morgen«, bemerkte ich.

Er antwortete nicht gleich, sondern fuhr fort, mit fachmännischem Geschick seinen Hering zu sezieren. Plötzlich schnarrte seine Fistelstimme: »Haben Sie vielleicht vor, umzukehren?«

Seine Frage überrumpelte mich, und der spöttische Ton paßte mir gar nicht.

»Ich bin Spezialist für Elektronik«, entgegnete ich. »Die Erforschung des Übersinnlichen interessiert mich nicht.«

»Ja, genausowenig wie Listers Leute an der antiseptischen Wundbehandlung interessiert waren«, gab er zurück. »Und später standen sie dumm da.«

Er stopfte sich einen halben Hering in den Mund und blickte mich, eifrig kauend, durch seine dicke Brille an.

»Dann glauben Sie also das Zeug mit der Sechsten Kraft?« fragte ich.

»Sie etwa nicht?« konterte er.

Entrüstet schob ich meinen Teller zurück.

»Jetzt hören Sie mal zu«, sagte ich. »Ich bin einverstanden mit MacLeans Arbeiten auf dem Gebiet der Tonerzeugung. Da ist ihm etwas gelungen, was wir bei Associated Electronics nicht fertiggebracht haben. Außerdem hat er ein System erfunden, wie Hochfrequenzwellen von Tieren empfangen werden können und, wie es scheint, auch von einem schwachsinnigen Kind. Im ersten Fall hat er meine volle Anerkennung; über den Wert des zweiten hege ich meine Zweifel. Und was nun sein drittes Projekt betrifft – das Einfangen des Lebensfunkens, oder wie er es sonst nennt, wenn dieser den Körper verläßt –, da würde Ihr Chef sich bald hinter Gittern befinden, wenn jemand beim Ministerium ein Wort darüber verlauten ließe.«

Damit hatte ich ihm meine Meinung gesagt und konnte mich wieder meinem Frühstücksspeck widmen. Er aß seinen Hering auf und ging dann zu Toast und Marmelade über.

»Haben Sie schon einmal jemand sterben sehen?« fragte er plötzlich.

»Ehrlich gesagt, nein«, antwortete ich.

»Ich bin Arzt«, sagte er, »und das gehört zu meinem Beruf, im Krankenhaus, in Wohnungen, in Flüchtlingslagern nach dem Krieg. Ich war im Laufe meiner Karriere an zahllosen Sterbebetten. Es ist kein schönes Erlebnis. Und hier in Saxmere habe ich die Aufgabe, einem sehr mutigen, liebenswerten Jungen nicht nur in seinen letzten Stunden beizustehen, sondern schon in den wenigen Wochen, die ihm noch bleiben. Ich könnte ein bißchen Hilfe brauchen.«

Ich stand auf und trug meinen Teller zum Anrichtetisch. Dann setzte ich mich wieder und schenkte mir Kaffee ein.

»Verzeihung«, sagte ich.

Er schob mir die Schale mit Toast zu, aber ich schüttelte den Kopf. Das Frühstück ist nicht gerade meine liebste Mahlzeit, und an diesem Morgen hatte ich ohnehin keinen Appetit. Draußen vor dem Haus hörte man Schritte, und dann tauchte ein Kopf im Fenster auf. Es war Ken.

»Hallo«, sagte er mit einem breiten Grinsen. »Was für ein wunderschöner Morgen. Falls Mac Sie nicht braucht, kann ich Sie ein bißchen herumführen. Wir könnten bis zu den Hütten der Küstenwache spazieren und zum Kliff von Saxmere. Einverstanden?« Er legte mein Zögern als Zustimmung aus. »Großartig! Robbie brauchen wir gar nicht zu fragen. Der verbringt den Vormittag sowieso im Labor und betrachtet sich meine Blutproben.«

Der Kopf verschwand wieder. Ich hörte, wie Ken durch das nebenan liegende Küchenfenster nach Janus rief. Weder Robbie noch ich sagten ein Wort. Das Krachen des Toasts, den er kaute, wurde unerträglich. Ich stand auf.

»Wo kann ich MacLean finden?« fragte ich.

»Im Kontrollraum«, sagte er und aß weiter.

Am besten brachte ich es gleich hinter mich. Ich ging den Weg, den man mir am Vorabend gezeigt hatte, durch die Schwingtür und weiter bis zum Laboratorium. Irgendwie hatte der Operationstisch unter der Mittellampe heute eine schwerer wiegende Bedeutung; ich vermied es, hinzusehen. Ich ging weiter durch die Tür am anderen Ende und sah MacLean neben Charon 1 stehen. Er winkte mich zu sich.

»Es gibt eine kleine Störung in der Verarbeitungseinheit«, sagte er. »Ich hatte es gestern abend schon gemerkt. Sie können das sicher leicht beheben.«

Jetzt war der Moment, um ihm mitzuteilen, ich hätte zu meinem Bedauern beschlossen, seinem Team nicht beizutreten, sondern beabsichtigte, sofort nach London zurückzukehren. Ich tat nichts dergleichen. Statt dessen ging ich schnurstracks auf den Computer zu und ließ mir die Stromkreise erklären. Berufsstolz? Beruflicher Ehrgeiz? Vielleicht. Aber gepaart mit einer unwiderstehlichen Neugier, herauszufinden, warum dieser Apparat hier besser war als der von uns bei Associated Electronics gebaute.

»An der Wand hängt ein Monteuranzug«, sagte MacLean. »Ziehen Sie den an. Dann wollen wir das Ding gemeinsam reparieren.«

Von da an war ich verloren, oder sollte ich lieber sagen gewonnen? Nicht für seine hirnverbrannten Theorien; auch nicht für irgendwelche zukünftigen Experimente mit Leben und Tod. Ich wurde von der einzigartigen Schönheit und Tüchtigkeit von Charon 1 überwältigt. ›Schönheit‹ mag ein merkwürdiges Wort sein, wenn von Elektronik die Rede ist. Ich fand das nicht, denn diesem Gebiet galt ja meine ganze Leidenschaft. Schon als Junge hatte ich mich mit der Konstruktion elektronischer Geräte beschäftigt. Es war mein Lebenswerk. Die spätere Anwendung der Maschinen, an deren Entwicklung ich beteiligt war, interessierte mich nicht. Ich hatte nur dafür zu sorgen, daß sie funktionierten. Bis zu meiner Ankunft in Saxmere waren Sinn und

Ziel meines Lebens gewesen, das zu tun, wovon ich etwas verstand, und es möglichst gut zu tun.

Charon 1 ließ noch etwas anderes in mir wach werden: ein Gefühl von Macht. Ich hatte kaum die Schaltvorrichtungen ausprobiert, da war mir klar, daß ich nicht ruhen würde, ehe ich den Apparat bis zum letzten Bestandteil kannte, um dann das ganze Programm zu übernehmen. Nichts anderes zählte mehr. Am Ende dieses ersten Vormittags hatte ich nicht nur den Fehler gefunden, eine geringfügige Kleinigkeit, ich hatte ihn auch schon repariert. MacLean war jetzt Mac, und die Verstümmelung meines eigenen Namens zu Steve beleidigte mich nicht mehr; das ganze fantastische Unternehmen Macs und seiner Gruppe hatte aufgehört, mich zu irritieren oder zu entsetzen. Ich war einer der Ihren geworden.

Robbie war gar nicht überrascht, als ich zum Mittagessen erschien; er spielte auch nicht auf unser Frühstücksgespräch an. Am späteren Nachmittag machte ich mit Macs Erlaubnis den von Ken vorgeschlagenen Spaziergang. Man konnte den Gedanken an herannahenden Tod einfach nicht mit diesem quicklebendigen jungen Menschen in Verbindung bringen. Ich wollte nicht daran denken. Vielleicht irrten sich sowohl Mac als auch Robbie.

Er zeigte keinerlei Anzeichen von Müdigkeit, als er mich, lachend und plaudernd, durch die Dünen zum Meer führte. Die Sonne schien, die Luft war kalt und klar, und sogar der am Tag zuvor noch so melancholisch daliegende lange Küstenstreifen wirkte jetzt freundlich. Der Kieselstrand ging über in Sand, der unter unseren Füßen knirschte. Zerberus, der uns begleitete, sprang voraus. Wir warfen Holzstücke, die er uns aus dem hellen, sich ruhig wiegenden Wasser apportierte, das jetzt sanft und gar nicht mehr drohend auf den Strand spülte. Wir sprachen nicht über Saxmere und alles, was damit zusammenhing. Statt dessen gab Ken allerlei amüsanten Klatsch über die Amerikaner in Thirlwall zum besten. Er hatte zum Bodenpersonal des Luftstützpunkts gehört, ehe Mac ihn vor zehn Monaten zu sich hatte bringen lassen.

Plötzlich drehte Zerberus, der eben noch kläffend um einen neuen Stock gebettelt hatte, sich um und blieb mit gespitzten Ohren und gegen den Wind gerichtetem Kopf reglos stehen. Dann lief er mit großen Sprüngen auf demselben Weg zurück, den wir gekommen waren. Wir hatten die dunkle Gestalt auf dem dunkleren Hintergrund von Kieselstrand und Dünen bald aus den Augen verloren.

»Er hat eine Nachricht von Charon erhalten«, sagte Ken.

Am Vorabend, als ich Mac an seinem Apparat zusah, war mir das Kratzen des Hundes an der Tür als etwas ganz Natürliches erschienen. Hier aber, fünf Kilometer weit weg an einem einsamen Strand, hatte sein plötzliches Weglaufen doch etwas Unheimliches an sich.

»Funktioniert gut, nicht wahr?« sagte Ken.

Ich nickte, aber irgendwie hatte mich das Erlebnis traurig gemacht. Meine Freude an dem Spaziergang war verdorben. Allein wäre es vielleicht anders gewesen, aber so, mit dem Jungen neben mir, stand mir die Zukunft vor Augen, Macs Projekt und die kommenden Monate.

»Wollen wir umkehren?« fragte er mich.

Seine Worte erinnerten mich an Robbies Frage beim Frühstück, obwohl Ken sie ganz anders meinte. »Wie Sie wollen«, sagte ich beiläufig.

Er wandte sich nach links, und wir begannen den steilen Hang zu den Klippen hinaufzuklettern. Bei jedem Schritt rutschten und fielen wir. Ich war außer Atem, als wir endlich oben waren. Nicht so Ken. Er reichte mir lächelnd die Hand, um mich das letzte Stück hinaufzuziehen. Um uns herum war Heide und Gestrüpp; der Wind, der uns ins Gesicht blies, wehte hier oben viel stärker als unten am Strand. Etwa fünfhundert Meter weit entfernt, deutlich gegen den Horizont abgezeichnet, lagen in einer Reihe die weißen Hütten der Küstenwache. Ihre Fensterscheiben glühten im Schein der untergehenden Sonne.

»Kommen Sie, um Mrs. J. guten Tag zu sagen«, schlug Ken vor.

Ich folgte ihm zögernd, denn ich haßte jede Art unangemeldeter Besuche, und die wenig einnehmende Familie Janus zog mich nicht gerade an. Beim Näherkommen sah ich, daß nur das letzte Häuschen bewohnt war. Die andern boten den verwahrlosten Anblick von Gebäuden, die seit Jahren leerstanden. Zwei hatten zerbrochene Fensterscheiben. In den verwilderten Gärten wucherte Unkraut, und von schiefen morschen Holzpfosten hing Stacheldraht auf den feuchten Boden. Ein kleines Mädchen beugte sich über die Gartenpforte vor dem bewohnten Haus. Dunkles glattes Haar rahmte ihr schmales Gesicht ein. Ihre Augen waren glanzlos, und sie hatte vorn eine Zahnlücke.

»Hallo, Niki«, rief Ken.

Das Kind blickte uns unbewegt an, dann löste sie sich langsam von der Gartentür. Mürrisch deutete sie auf mich: »Wer ist das?«

»Er heißt Steve«, antwortete Ken.

»Ich mag seine Schuhe nicht leiden«, sagte das Kind.

Ken lachte und öffnete die Gartentür. Sofort versuchte das Kind an ihm emporzuklettern. Er stellte sie sanft wieder auf die Erde und ging den Gartenweg hinauf bis zur offenen Haustür. »Sind Sie da, Mrs. Janus?« rief er.

Eine Frau erschien, ebenso blaß und dunkelhaarig wie ihr Kind. Beim Anblick von Ken leuchtete ihre besorgte Miene auf. Sie bat uns herein und entschuldigte sich für die Unordnung. Ich wurde als Steve vorgestellt. Wir setzten uns eine Weile in das ungemütliche Vorderzimmer, auf dessen Fußboden eine Menge Spielzeug verstreut lag.

»Wir haben schon Tee getrunken«, erwiderte Ken auf Mrs. J.s Frage, aber mit der Bemerkung, sie habe gerade Wasser aufgestellt, verschwand sie nach nebenan in die Küche und tauchte gleich darauf mit einer großen braunen Teekanne und zwei Tassen wieder auf. Es blieb mir nichts übrig, als das Zeug unter ihren aufmerksamen Blicken zu trinken, während das Kind, das sich an Ken schmiegte, weiter auf meine schlichten Tennisschuhe starrte.

Ich bewunderte meinen jungen Freund. Er unterhielt sich fröhlich mit Mrs. J. und streichelte die so wenig liebenswerte Niki. Ich blieb die ganze Zeit stumm und überlegte, warum das auf dem Ehrenplatz über dem Kamin hängende gerahmte Abbild des Kindes so viel anziehender wirkte als die Kleine selber.

»Im Winter ist es hier sehr kalt«, sagte Mrs. Janus mit einem traurigen Blick auf mich. »Aber es ist eine erfrischende Kälte. Mir ist Frost lieber als naßkaltes Wetter, sage ich immer.«

Ich pflichtete ihr bei und lehnte das Angebot einer weiteren Tasse Tee mit einem Kopfschütteln ab. In diesem Augenblick versteifte sich das Kind plötzlich. Einen Moment stand sie unbeweglich, mit geschlossenen Augen da. Ich fragte mich, ob sie wohl einen Anfall bekäme. Doch dann erklärte sie ganz ruhig: »Mac ruft mich.«

Mrs. Janus murmelte eine Entschuldigung und ging hinaus in den Flur. Ich hörte sie die Wählscheibe drehen. Ken beobachtete das Kind; er selber war ungerührt. Mir war leicht übel. Unmittelbar darauf hörte ich, wie Mrs. Janus ins Telefon sprach. Dann rief sie: »Niki, komm her und sprich mit Mac!«

Das Mädchen lief aus dem Zimmer. Zum erstenmal, seit wir da waren, war Leben in sie gekommen. Sie lachte sogar. Mrs. Janus kehrte zurück und lächelte Ken zu.

»Ich glaube, Mac möchte eigentlich mit Ihnen sprechen«, sagte sie.

Ken stand auf und ging hinaus. Jetzt war ich allein mit der Mutter des Kindes und wußte nicht, worüber ich mit ihr sprechen könnte. Verzweifelt wies ich schließlich auf das Foto über dem Kamin und sagte: »Was für ein gutes Bild von Niki. Ich vermute, es wurde vor ein paar Jahren aufgenommen.«

Zu meiner Bestürzung traten ihr Tränen in die Augen.

»Das ist nicht Niki, sondern ihre Zwillingsschwester«, sagte sie. »Das ist unsere Penny. Wir haben sie verloren, als die beiden gerade fünf Jahre alt waren.«

Meine ungeschickten Entschuldigungen wurden durch das Hereinkommen des Kindes abgeschnitten. Ohne auf meine Schuhe zu achten, kam Niki direkt auf mich zu, legte mir eine Hand aufs Knie und verkündete: »Mac sagt, Zerberus ist wieder da. Und Sie können jetzt mit Ken nach Hause gehen.«

»Danke«, sagte ich.

Während wir von den Hütten aus zuerst durch die Heide und dann auf einer Abkürzung nach Saxmere zurückgingen, fragte ich Ken, ob das Rufsignal von Charon immer die Wirkung habe, die ich gerade beobachten konnte, nämlich die schlummernde Intelligenz in Niki zu wecken.

»Ja«, sagte er. »Wir wissen auch nicht, wieso. Robbie meint, die Ultrakurzwellen könnten an sich eine therapeutische Wirkung ausüben. Mac ist nicht einverstanden. Er glaubt daran, daß Niki im Augenblick, wo er das Signal aussendet, mit der sogenannten Sechsten Kraft verbunden wird, die in ihrem Fall, wegen der toten Zwillingsschwester, noch verdoppelt wird.«

Ken redete so, als sei diese fantastische Theorie etwas ganz Selbstverständliches.

»Wollen Sie damit sagen, daß als Antwort auf das ausgesandte Signal die gestorbene Zwillingsschwester in Erscheinung tritt?«

Ken lachte. Er ging so rasch, daß ich Mühe hatte, mit ihm Schritt zu halten.

»Dämonen und Geister, wollen Sie wohl sagen? Du lieber Himmel, nein! Von der armen Penny ist nur elektrische Energie übrig, die an ihre noch lebende Schwester gebunden ist. Darum ist ja Niki eine so nützliche Versuchsperson.«

Er sah mich lächelnd an.

»Wenn ich sterbe, will Mac auch meine Energie abzapfen. Fragen Sie mich bloß nicht, wie. Ich weiß es nicht. Aber ich lasse ihn gerne den Versuch wagen.«

Wir gingen weiter. Der faulige Geruch von stehendem Wasser stieg aus den Tümpeln der Marsch auf. Der Wind wurde stärker und bog das Schilfgras fast bis zur Erde. Drohend und schwarz erhob sich der Turm von Saxmere in den braunroten Himmel.

Innerhalb weniger Tage funktionierte der Sprechmechanismus zu meiner vollen Zufriedenheit. Wir fütterten den Computer mit besprochenen Tonbändern, wie wir es auch bei Associated Electronics gemacht hatten, aber der Wortschatz war viel größer. Er umfaßte ein Rufsignal: »Hier spricht Charon... hier spricht Charon...«, auf welches eine Reihe sehr deutlich hörbarer Zahlen folgte. Dann kamen Fragen, meistens ganz einfache wie: »Geht es dir gut?« – »Bekümmert dich etwas?«, danach ein paar Feststellungen: »Du bist nicht bei uns. Du bist in Thirlwall. Das ist zwei Jahre her. Beschreibe, was du siehst.«

Ich hatte mich nur um die Tonqualität zu kümmern; das Programm war Macs Sache, und wenn mir die Fragen auch ziemlich dumm vorkamen, so waren sie für Mac zweifellos sinnvoll.

Am Freitag sagte er mir, er halte Charon für betriebsbereit, so daß wir Robbie und Ken für den nächsten Vormittag um 11 Uhr bestellten. Mac selber wollte den Apparat bedienen, ich sollte nur zusehen. In Anbetracht dessen, was ich bereits gesehen hatte, hätte ich auf das Kommende eigentlich vorbereitet sein müssen. Seltsamerweise war ich es nicht. Ich nahm meinen Platz in dem Laboratorium neben dem Kontrollraum ein. Ken streckte sich auf dem Operationstisch aus.

»Alles in bester Ordnung«, sagte er mit einem Augenzwinkern. »Robbie wird mich schon nicht in Stücke schneiden.«

Über seinem Kopf hing ein Mikrofon, von dem ein Kabel zu Charon 1 führte. An der Wand leuchtete ein gelbes Lämpchen auf, das Zeichen für ›Achtung, Ruhe‹. Dann wurde es rot. Ich sah, daß Ken die Augen schloß. Jetzt ertönte eine Stimme: »Hier spricht Charon... hier spricht Charon.« Dann folgten die Zahlen und nach einer kleinen Pause die Frage: »Geht es dir gut?«

Als Ken antwortete: »Ja, es geht mir gut«, bemerkte ich, daß seiner Stimme die gewohnte Lebhaftigkeit fehlte; sie war leiser und tiefer. Ich warf Robbie einen Blick zu. Er reichte mir einen Zettel. ›Er steht unter Hypnose‹, hatte er darauf geschrieben.

Der Groschen fiel. Zum erstenmal wurde mir die Bedeutung des Sprechmechanismus klar und die Gründe, warum er perfekt sein mußte. Ken war von der elektronischen Stimme in Hypnoseschlaf versetzt worden. Die Fragen, die das Programm enthielt, waren nicht zufällig gewählt – sie waren auf Ken zugeschnitten. Die Erkenntnis erschütterte mich noch mehr als das Fernexperiment mit dem Hund und dem Kind. Das also hatte Ken gemeint, als er scherzhaft davon sprach, wir müßten uns ›an die Arbeit‹ machen.

»Bekümmert dich irgend etwas?« fragte die Stimme.

Es dauerte eine ganze Weile, bis die Antwort kam. Und jetzt klang seine Stimme ungeduldig, beinahe ärgerlich.

»Ja, die Warterei«, sagte er. »Ich möchte, daß es bald passiert. Es wäre mir egal, wenn alles schon vorbei wäre.«

Das war nicht viel anders, als hätte ich im Beichtstuhl gesessen. Ich verstand jetzt, warum mein Vorgänger zurückgetreten war. Robbie hielt den Blick auf mich gerichtet. Die Probevorstellung war nicht nur angesetzt worden, um Kens Mitarbeiter unter Hypnose zu testen, was bestimmt schon dutzendmal geschehen war, sondern auch, um *meine* Nerven auf die Probe zu stellen. Die Prüfung ging weiter. Vieles von dem, was Ken sagte, war erschütternd. Ich will es nicht wiederholen. Es zeigte die unbewußte psychische Belastung, unter der er lebte und die nach außen weder für uns noch für ihn selber offenbar wurde.

Das Programm, das Mac anwandte, war keines von denen, die ich zuvor abgehört hatte. Es endete mit den Worten: »Alles wird gutgehen, Ken. Du bist nicht allein. Wir begleiten dich Schritt für Schritt. Ist das recht?«

Ein flüchtiges Lächeln huschte über sein Gesicht.

»Ja.«

Dann wurden die Zahlen wiederholt, nur in rascherer Folge. Es endete mit dem Satz: »Wach auf, Ken.«

Der Junge reckte die Glieder, öffnete die Augen und setzte sich auf. Er blickte zuerst Robbie an, dann mich.

»War das alles Charons Werk?« fragte er grinsend.

»Hundertprozentig«, sagte ich mit erzwungen fester Stimme.

Ken rutschte vom Operationstisch herunter. Für diesen Morgen hatte er seine Arbeit getan. Ich ging hinüber zu Mac, der an den Schaltern stand.

»Danke, Steve«, sagte er. »Ich nehme an, Sie verstehen jetzt, warum wir Charon unbedingt brauchen. Durch eine elektronische Stimme mit einem bestimmten Programm werden unsere eigenen Gefühlsregungen ausgeschaltet, und das ist im entscheidenden Augenblick sehr wichtig. Aus diesem Grund muß Ken an die Maschine gewöhnt werden. Er reagiert sehr gut, aber natürlich noch besser, wenn das Kind bei ihm ist.«

»Das Kind?« wiederholte ich.

»Ja«, antwortete er. »Niki ist ein wesentlicher Teil des Experiments. Sie ist ebenfalls an die elektronische Stimme gewöhnt. Die beiden schwatzen miteinander wie ein Paar Wellensittiche. Später wissen sie natürlich nichts mehr davon.« Er hielt inne und musterte mich mit dem gleichen Blick wie Robbie. »Es ist fast sicher, daß Ken am Ende ins Koma eintritt. Dann ist das Kind noch unsere einzige Verbindung zu ihm. Und jetzt schlage ich Ihnen vor, sich einen Wagen zu leihen, nach Thirlwall zu fahren und einen Drink zu nehmen.«

Er wandte sich ab, ein nüchterner, nicht aus der Ruhe zu bringender Mann, der an einen freundlichen Raubvogel erinnerte.

Ich fuhr nicht nach Thirlwall, sondern ging über die Dünen zum Meer, das heute nicht mehr friedlich dalag. Grau und aufgeregt, bildete das Wasser tiefe Täler, ehe die Wellen sich brüllend auf den Kieselstrand stürzten. Einige Kilometer weiter weg übte eine Gruppe amerikanischer Rekruten Fanfarensignale. Der Wind trug die schrillen, unreinen Töne zu mir herüber. Und ohne ersichtlichen Grund fiel mir auf einmal die halbvergessene Zeile aus einem Negro-Spiritual wieder ein und wollte mir nicht mehr aus dem Kopf gehen:

›Er hält die ganze Welt in seinen Händen…‹

In den nächsten Wochen wiederholte sich das Training jeden dritten Tag, nur mit verschiedenen Programmen. Mac und ich bedienten abwechselnd den Computer. Ich gewöhnte mich an die seltsamen Sitzungen, die jetzt zur Routine wurden.

Wie Mac gesagt hatte, war alles viel leichter, wenn das Kind dabei war. Ihr Vater brachte sie uns ins Laboratorium. Ken lag dann schon vorbereitet auf dem Tisch. Sie setzte sich auf einen Stuhl neben ihn. Auch über ihrem Kopf schwebte ein Mikrofon, das alle ihre Worte aufnahm. Man sagte ihr, Ken schliefe. Darauf erhielt sie ihrerseits das Signal von Charon, aber mit einer anderen Zahlenreihe als Ken. Danach war sie unter Kontrolle. Das Programm war natürlich anders, wenn die beiden zusammenarbeiteten. Charon versetzte Ken in eine Zeit zurück, zu der er gleich alt war wie Niki. »Du bist sieben Jahre alt«, sagte die Stimme. »Niki ist da, um mit dir zu spielen. Sie ist deine Freundin.« Eine gleichlautende Botschaft erhielt auch das Mädchen: »Ken ist da, um mit dir zu spielen. Er ist so alt wie du.«

Dann begannen die beiden miteinander zu plaudern, ohne daß Charon sie unterbrach. Das unglaublich anmutende Ergebnis war – und wahrscheinlich hatte in den letzten Monaten alles darauf abgezielt –, daß die beiden wirklich enge Freunde ›in der Zeit‹ geworden waren, die keine Geheimnisse voreinander hatten, imaginäre Spiele spielten und sich über alles mögliche unterhielten. Niki, die bei normalem Bewußtsein geistig zurückgeblieben und mürrisch war, wurde lebhaft und vergnügt, sobald sie unter der Kontrolle von Charon stand. Die auf Band aufgenommenen Gespräche wurden nach jeder Sitzung nochmals abgehört, um die enger werdende Beziehung zwischen den beiden zu beobachten und für die nächsten Programme auszuwerten. Ken sah, wenn er bei normalem Bewußtsein war, in Niki nur das bedauernswerte anormale Kind von Janus. Er hatte keine Ahnung, was während des Experiments geschah. Bei Niki war ich in dieser Hinsicht weniger sicher. Wahrscheinlich wurde sie instinktiv zu Ken hingezogen. Sie war um ihn herum, wann immer sie Gelegenheit hatte.

Ich fragte Robbie, wie eigentlich Nikis Eltern zu diesen Sitzungen stünden.

»Für Mac würden sie alles tun«, sagte er mir, »und außerdem glauben sie, daß es Niki helfen könnte. Ihre Zwillingsschwester war nämlich normal.«

»Wissen sie denn alles wegen Ken?«

»Daß er sterben wird? Ja, man hat es ihnen gesagt, aber ich bezweifle, daß sie es wirklich begreifen. Wer begreift das schon, wenn man ihn sich ansieht!«

Wir standen an der Bar und konnten von dort aus Ken und Mac sehen, die im Nebenzimmer Pingpong spielten.

Anfang Dezember bekamen wir einen Schreck eingejagt. In einem Schreiben erkundigte sich das Ministerium nach dem Fortgang der Arbeiten und fragte an, wann sie jemand für eine kurze Inspektion schicken könnten. Wir beratschlagten und kamen zu dem Ergebnis, daß ich nach London fahren und sie von ihrem Vorhaben abbringen sollte. Zu diesem Zeitpunkt stand ich bereits voll und ganz hinter Mac und setzte mich für alles ein, was er tat. Während meines kurzen Aufenthaltes in London gelang es mir, die zuständigen Behörden davon zu überzeugen, daß ein Besuch in diesem Augenblick verfrüht sei, wir jedoch hofften, ihnen noch vor Weihnachten brauchbare Resultate vorweisen zu können. Ihr Interesse galt natürlich Charon 2 und den ferngesteuerten Detonationen; von Macs eigentlichem Projekt wußten sie nichts.

Als ich bei meiner Rückkehr in Thirlwall aus dem Zug stieg, diesmal in ganz anderer Stimmung als vor drei Monaten, wartete der Morris bereits auf mich. Aber anstelle von Ken mit seinem fröhlichen Gesicht saß Janus am Steuer. Sonderlich gesprächig war er nie, und auf meine Frage antwortete er mit einem Achselzucken. »Ken ist erkältet«, fügte er hinzu. »Robbie hat ihn ins Bett gesteckt.«

Nach unserer Ankunft ging ich als erstes in Kens Zimmer. Er hatte eine leichte Fieberröte im Gesicht, war aber so gut gelaunt wie gewöhnlich und schimpfte bloß auf Robbie.

»Mir fehlt überhaupt nichts«, sagte er. »Ich hab' mir nur

nasse Füße geholt, als ich einen Vogel in den sumpfigen Wiesen beobachten wollte.«

Ich blieb eine Weile bei ihm sitzen, plauderte über London und das Ministerium und ging dann zu Mac, um Bericht zu erstatten.

»Ken hat erhöhte Temperatur«, teilte er mir sofort mit. »Robbie hat eine Blutuntersuchung gemacht. Sie ist nicht besonders gut ausgefallen.« Er zögerte. »Diesmal könnte es soweit sein.«

Ich fröstelte plötzlich. Erst nach einer Weile erzählte ich ihm von London. Er nickte nur kurz.

»Was immer auch geschieht«, sagte er, »wir können sie hier jetzt auf gar keinen Fall brauchen.«

Ich fand Robbie im Laboratorium damit beschäftigt, sich Präparate unter dem Mikroskop anzusehen. Er war völlig in Anspruch genommen und hatte kaum Zeit für mich.

»Ich kann jetzt noch nichts sagen«, bemerkte er. »In den nächsten 48 Stunden wird sich's herausstellen, so oder so. Er hat eine Infektion der rechten Lunge. In Verbindung mit der Leukämie könnte das zum Tod führen. Gehen Sie zu Ken, und unterhalten Sie ihn ein bißchen.«

Ich nahm das Koffergrammophon mit in das Zimmer des Jungen. Sicherlich spielte ich ihm ein Dutzend Platten vor, und er wirkte ganz heiter. Später schlief er ein. Ich blieb sitzen und wußte nicht recht, was tun. Ein trockenes Gefühl im Mund zwang mich, fortwährend zu schlucken. Und irgend etwas in mir wiederholte hartnäckig: »Laß es nicht geschehen!«

Die Unterhaltung beim Abendessen war gequält; Mac erzählte von seinen Studententagen in Cambridge, Robbie erging sich in Erinnerungen an Rugbyspiele. Ich selber sprach kein Wort, glaube ich. Nach Tisch wollte ich Ken gute Nacht sagen, aber er schlief bereits. Janus saß bei ihm. Ich ging in mein Zimmer und warf mich aufs Bett, um zu lesen, aber ich konnte mich nicht konzentrieren. Draußen über dem Meer lag Nebel, und in regelmäßigen Abständen erscholl vom Leuchtturm her das Heulen des Nebelhorns. Es war der einzige Laut.

Am nächsten Morgen kam Mac schon vor acht Uhr in mein Zimmer.

»Ken geht es schlechter«, sagte er. »Robbie wird versuchen, eine Bluttransfusion vorzunehmen, Janus wird ihm helfen.« Janus war früher Sanitäter gewesen.

»Und was soll ich tun?« fragte ich.

»Helfen Sie mir, Charon 1 und 3 bereitzumachen. Wenn Ken auf die Transfusion nicht anspricht, entschließe ich mich vielleicht, die erste Phase des Unternehmens Styx einzuleiten. Mrs. J. ist schon benachrichtigt worden, daß wir das Kind brauchen werden.«

Während ich mich fertig anzog, versuchte ich mir immer wieder selber klarzumachen, daß dies ja der Moment sei, auf den wir uns seit zweieinhalb Monaten systematisch vorbereitet hatten. Es half alles nichts. Ich würgte eine Tasse Kaffee hinunter und begab mich in den Kontrollraum. Die Tür zum Laboratorium war geschlossen. Ken war drinnen und bekam die Bluttransfusion. Mac und ich prüften beide Charons, ob sie einwandfrei funktionierten, so daß keine Panne eintreten konnte, wenn es soweit war. Sämtliche Programme, Tonbänder und Mikrofone waren bereit. Wir konnten jetzt nur noch abwarten, daß Robbie uns seinen Bericht durchgab. Er kam um halb eins: »Leichte Besserung.«

Sie hatten Ken in sein Zimmer zurückgebracht. Janus blieb bei ihm und beobachtete ihn; wir andern gingen zum Essen. Heute brauchten wir nicht mühselig nach Gesprächsstoff zu suchen. Die vor uns liegende Aufgabe beschäftigte uns alle. Ich fühlte mich ruhiger und sicherer. Die Arbeit am Vormittag hatte mich wieder ins Gleichgewicht gebracht.

Nach dem Essen schlug Mac eine Partie Pingpong vor, was mich am Abend zuvor noch entsetzt hätte. Heute schien es genau das richtige zu sein. Als ich zwischen zwei Spielen einen Blick aus dem Fenster warf, sah ich Niki mit ihrer Mutter auf und ab spazieren. Die kleine Gestalt wirkte seltsam verloren, wie sie einen zerbeulten Puppenwagen mit Steinen und Holzstückchen füllte. Sie hatte sich seit zehn Uhr morgens in der Nähe aufgehalten.

Um halb fünf kam Robbie ins Spielzimmer. Ich sah ihm schon an, daß er keine guten Nachrichten brachte. Er schüttelte den Kopf, als Mac eine weitere Transfusion vorschlug. Das wäre nur Zeitverschwendung, sagte er.

»Ist er bei Bewußtsein?« fragte Mac.

»Ja«, antwortete Robbie. »Ich bringe ihn rüber, sobald Sie bereit sind.«

Mac und ich kehrten zurück zum Kontrollraum. Die zweite Phase des Unternehmens Styx bestand darin, daß der Operationstisch hierhergebracht, zwischen den drei Charons aufgestellt und mit einem Sauerstofftank verbunden wurde. Die Mikrofone waren bereits an Ort und Stelle. Wir hatten dieses Manöver oft geprobt, aber heute schlugen wir unsern eigenen Geschwindigkeitsrekord um zwei Minuten.

»Gute Arbeit«, lobte Mac.

Der Gedanke schoß mir durch den Kopf, daß er sich seit Monaten, vielleicht seit Jahren auf diesen Augenblick gefreut haben mußte. Er drückte auf den Knopf, der das Startsignal aufleuchten ließ, und in weniger als vier Minuten wurde Ken von Robbie und Janus auf einem kleinen Wagen hereingerollt und auf den Operationstisch gehoben. Ich erkannte ihn beinahe nicht. Die sonst so strahlenden Augen lagen tief in dem eingefallenen Gesicht. Er sah verwirrt aus. Mac befestigte mit raschen Griffen die Elektroden an beiden Schläfen, an Brust und Nacken und verband Ken mit Charon 3. Dann beugte er sich über den Jungen.

»Es ist alles in Ordnung, Ken«, sagte er. »Wir haben dich für ein paar Untersuchungen ins Labor geholt. Sei ganz ruhig, dann geht alles gut.«

Ken sah zu Mac auf, und er lächelte ihm zu. Wir wußten alle, daß dies seine letzte bewußte Handlung gewesen war. In Wirklichkeit war es sein Abschied. Mac blickte zu mir, und ich setzte Charon 1 in Betrieb. Klar und natürlich erklang die Stimme: »Hier spricht Charon... hier spricht Charon...« Ken schloß die Augen. Er war jetzt in Hypnose. Robbie stand neben ihm und fühlte seinen Puls. Ich schaltete das Programm ein. Wir hatten es in den Akten mit X bezeichnet, weil es sich von den anderen unterschied.

»Wie geht es dir, Ken?«

Obwohl das Mikrofon ganz nah bei seinen Lippen war, konnten wir die Antwort kaum hören. »Ihr wißt verdammt gut, wie es mir geht.«

»Wo bist du, Ken?«

»Ich bin im Kontrollraum. Robbie hat die Heizung abgestellt. Ich weiß jetzt, was ihr vorhabt. Ihr wollt mich einfrieren wie Gefrierfleisch. Sagt Robbie, er soll die Heizung wieder anstellen...« Es folgte eine längere Pause, dann sagte er: »Ich stehe vor einem Tunnel. Es sieht wie ein Tunnel aus. Es könnte auch das falsche Ende eines Fernrohrs sein, die Gestalten sind so winzig... Sagt Robbie, er soll die Heizung wieder anstellen.«

Mac, der neben mir an der Schalttafel stand, regulierte eine Einstellung, und wir ließen das Programm bis zu einem bestimmten Punkt ohne Ton weiterlaufen; dann wurde er wieder so weit verstärkt, daß Ken ihn hören konnte.

»Du bist fünf Jahre alt, Ken. Sag uns, wie es dir geht.«

Es gab wieder eine Pause. Und dann hörte ich mit Erschütterung, obwohl ich doch darauf hätte vorbereitet sein sollen, wie Ken wimmerte: »Es geht mir gar nicht gut. Ich mag nicht spielen.«

Mac drückte auf einen Knopf, und die Tür am andern Ende des Raums öffnete sich. Janus schob seine Tochter herein und schloß dann die Tür wieder. Mit ihrem Rufsignal hatte Mac Niki sofort unter Kontrolle. Sie sah Ken auf dem Operationstisch nicht. Sie setzte sich auf ihren Stuhl und schloß die Augen.

»Sag Ken, daß du hier bist, Niki.«

Ich sah, wie das Kind die Seitenlehnen des Stuhls umklammerte.

»Ken ist krank«, sagte sie. »Er weint. Er möchte nicht spielen.«

Unerbittlich fuhr die Stimme Charons fort: »Bring Ken zum Sprechen, Niki.«

»Ken will nicht sprechen«, sagte sie. »Er möchte beten.«

Kens Stimme wurde ganz schwach vom Mikrofon zu den Lautsprechern übertragen. Seine Worte waren ein undeutliches Gelalle:

»Lieber Gott, mach mich fromm,
daß ich zu dir in den Himmel komm...«

Danach gab es eine sehr lange Pause. Weder Ken noch Niki sagten irgend etwas. Ich hielt meine Hände auf den Kontrolltasten, um sofort mit dem Programm fortfahren zu können, sobald Mac mir mit dem Kopf das Zeichen gab. Niki begann, mit den Füßen auf den Boden zu trommeln. Plötzlich sagte sie: »Ich will nicht mit Ken durch den Tunnel gehen. Er ist mir zu dunkel.«

Robbie, der seinen Patienten beobachtet hatte, blickte auf. »Er ist ins Koma eingetreten«, sagte er.

Mac gab mir das Zeichen, Charon 1 wieder einzusetzen.

»Geh mit Ken, Niki«, sagte die Stimme.

Das Kind wehrte sich. »Es ist so schwarz da drinnen«, sagte sie. Sie war den Tränen nahe. Zusammengekauert saß sie in ihrem Stuhl und begann Kriechbewegungen zu machen. »Ich will nicht gehen«, sagte sie. »Der Tunnel ist viel zu lang, und Ken will nicht auf mich warten.«

Sie zitterte auf einmal am ganzen Leib. Ich blickte zu Mac, der seinerseits Robbie einen fragenden Blick zuwarf.

»Er wird nicht herauskommen«, sagte Robbie. »Es kann Stunden dauern.«

Mac beschloß, den Sauerstoffapparat einzusetzen, und Robbie stülpte Ken die Maske über. Mac ging hinüber zu Charon 3 und schaltete den Bildschirm des Monitors an. Er kontrollierte die Einstellung und nickte mir dann zu. »Ich übernehme jetzt diesen Apparat«, sagte er.

Niki weinte noch, aber die Stimme von Charon 1 ließ ihr keine Ruhe. Der nächste Befehl lautete wieder: »Bleib bei Ken! Erzähl uns, was geschieht!«

Hoffentlich wußte Mac, was er da tat. Was, wenn das Mädchen ebenfalls in ein Koma verfiel? Würde er sie dann zurückholen können? Zusammengekrümmt saß Niki auf ihrem Stuhl, ebenso still wie Ken, ebenso leblos. Robbie bat mich, sie in eine Wolldecke einzuhüllen und ihr den Puls zu fühlen. Er war schwach, aber gleichmäßig. Mehr als eine Stunde geschah gar nichts. Wir beobachteten das Flimmern und sporadische Auftauchen von Reflexen auf dem Kontrollbildschirm, als die Elektroden die schwächer werdenden Impulse von Kens Gehirn übermittelten. Das Kind sprach immer noch nicht.

Viel, viel später regte sie sich und begann, sich mit seltsamen Verrenkungen zu bewegen. Sie kreuzte die Arme über der Brust und zog die Knie an. Ihr Kopf fiel nach vorn. Ich fragte mich, ob auch sie, wie Ken, ein Kindergebet sprach. Aber dann erkannte ich plötzlich, daß sie die Stellung eines Fetus vor der Geburt eingenommen hatte. Jeder Ausdruck von Eigenpersönlichkeit war aus ihrem Gesicht verschwunden; sie sah zusammengeschrumpft und alt aus.

»Er geht von uns«, sagte Robbie.

Mac winkte mich zu sich an die Schalttafel, und Robbie beugte sich über Ken, die Finger auf seinem Puls. Die Signale auf dem Bildschirm wurden langsamer und schwächer, plötzlich jedoch zuckte ein starker Blitz auf, und im selben Moment sagte Robbie:

»Es ist vorbei. Er ist tot.«

Die Signale zeigten jetzt einen ganz regelmäßigen Ausschlag nach oben und unten. Mac entfernte die Elektroden und beobachtete erneut den Bildschirm. Nichts unterbrach den Rhythmus der Lichtreflexe, die wie der Schlag eines Herzens auf dem Schirm sichtbar wurden, nach oben, nach unten, nach oben, nach unten...

»Wir haben es vollbracht!« sagte Mac. »Mein Gott, wir haben es vollbracht!«

Wir standen da, alle drei, und sahen gebannt auf die Signale, an deren Ablauf sich nichts veränderte. Es war wirklich so, als sei *das Leben* in diesem zuversichtlichen Pulsschlag enthalten.

Ich weiß nicht, wie lange wir so verharrten, vielleicht Minuten, vielleicht Stunden. Schließlich fragte Robbie: »Was geschieht jetzt mit dem Kind?«

Wir hatten Niki ganz vergessen, genauso wie wir auch nicht mehr an den ruhig und friedlich daliegenden Körper dachten, der Ken gewesen war. Die Kleine kauerte noch immer in ihrer seltsam gekrümmten Haltung mit dem Kopf auf den angezogenen Knien. Ich trat zu Charon 1, um die Stimme wieder einzuschalten, doch Mac winkte ab.

»Ehe wir sie aufwecken, wollen wir erst hören, was sie zu berichten hat«, sagte er.

Er betätigte den Rufton, und zwar ganz schwach, um sie nicht schockartig in ihr normales Bewußtsein zurückzubringen. Gleich darauf setzte ich mit der Stimme ein, die den zuletzt gegebenen Befehl des Programms noch einmal wiederholte:

»Bleib bei Ken! Erzähl uns, was geschieht!«

Sie reagierte nicht sofort. Langsam, mit seltsamen, linkischen Bewegungen richtete sie sich in ihrem Stuhl auf. Die Arme hingen schlaff herunter. Dann begann sie sich vor- und rückwärts zu wiegen, als folge sie dem Takt auf dem Bildschirm. Als sie sprach, war ihre Stimme schrill und sehr hoch:

»Ihr sollt ihn loslassen, hat er gesagt. Loslassen... loslassen... loslassen...« Noch immer hin und her schaukelnd, hob sie die Arme in die Höhe und begann nach Luft zu ringen. Dabei schlug sie mit den Fäusten um sich.

»Loslassen... loslassen... loslassen...«

»Mac, Sie müssen sie unbedingt aufwecken«, bat Robbie eindringlich.

Der Rhythmus der Signale auf dem Bildschirm hatte sich beschleunigt. Das Kind war dem Ersticken nahe. Ohne auf Mac zu warten, schaltete ich die Stimme ein.

»Hier spricht Charon... hier spricht Charon... wach auf, Niki!«

Das Mädchen erschauerte, die bläuliche Farbe wich aus ihrem Gesicht, der Atem ging wieder normal. Sie öffnete die

Augen und blickte uns reihum mit dem gewohnten apathischen Ausdruck an, wobei sie einen Finger in die Nase steckte.

»Ich muß mal«, greinte sie.

Robbie führte sie hinaus. Die Signale, die während Nikis Ausbruch rascher aufeinander gefolgt waren, fielen wieder in das vorherige Gleichmaß zurück.

»Warum hat sich das Tempo verändert?« fragte ich.

»Das hätten wir herausbekommen, wenn Sie nicht den Kopf verloren und Niki aufgeweckt hätten«, sagte Mac mit einer Barschheit, die gar nicht seiner üblichen Art entsprach.

»Aber Mac«, wehrte ich mich, »das Kind war nahe daran zu ersticken!«

»Nein«, sagte er, »das glaube ich ganz und gar nicht.«

Er kehrte sich mir zu und sah mich voll an. »Ihre Bewegungen ahmten den Schock der Geburt nach«, sagte er. »Ihr Ringen nach Luft war der erste Atemzug eines um sein Leben ringenden Neugeborenen. Ken war im Koma den ganzen Weg bis zu diesem Augenblick zurückgegangen, und Niki hatte ihn begleitet.«

Ich wußte inzwischen, daß im Zustand der Hypnose beinahe alles möglich war. Dennoch war ich nicht überzeugt.

»Mac«, sagte ich. »Nikis Kampf fing erst *nach* Kens Tod an, erst als die neuen Signale bereits auf dem Monitor von Charon 3 erschienen waren. Ken hat also gar nicht bis zu dem Augenblick seiner Geburt zurückgehen können – er war ja bereits tot.«

Er antwortete nicht gleich. »Ich weiß es einfach nicht«, sagte er schließlich. »Wir werden sie wohl noch einmal in Hypnose versetzen müssen.«

»Nein!« sagte Robbie, der während unseres Gesprächs wieder hereingekommen war. »Die Kleine hat genug gehabt. Ich habe sie nach Hause geschickt und ihrer Mutter gesagt, sie soll sie ins Bett legen.«

Ich hatte ihn bisher noch nie mit solcher Bestimmtheit sprechen hören. Sein Blick schweifte von dem beleuchteten Bildschirm zu dem reglosen Körper auf dem Tisch. »Und wäre das nicht auch für uns das beste?« fuhr er fort. »Wir haben sicher alle genug für heute. Sie, Mac, haben Ihre These bewiesen. Morgen will ich gerne mit Ihnen feiern, aber nicht heute abend.«

Er war kurz vor dem Zusammenklappen – wie wir alle. Den ganzen Tag hatten wir kaum etwas gegessen, daher bereitete uns Janus, als er zurückkam, eine Mahlzeit zu. Die Nachricht von Kens Tod hatte er mit dem gewohnten Gleichmut aufgenommen. Das Kind, so berichtete er, sei sofort eingeschlafen, als es im Bett lag.

So war denn alles vorbei. Jetzt setzte die Reaktion ein, Erschöpfung und psychische Betäubung, und ich sehnte mich wie Niki nach dem erlösenden Schlaf.

Ehe ich mich ins Bett schleppte, trieb mich jedoch ein Impuls, der noch stärker war als die überwältigende Müdigkeit, dazu, in den Kontrollraum zurückzukehren. Alles war genau so, wie wir es verlassen hatten. Kens Körper lag auf dem Tisch, mit einem Tuch zugedeckt. Der Bildschirm war noch immer eingeschaltet, und die Signale tanzten gleichmäßig auf und ab. Ich wartete einen Augenblick, dann beugte ich mich über den Schalter, der das Tonband bediente, und spulte es bis zu dem letzten Ausbruch des Kindes zurück. Ich erinnerte mich an die ruckartigen Kopfbewegungen, an die fuchtelnden Hände, und ließ das Band von dieser Stelle an noch einmal ablaufen.

»Ihr sollt ihn loslassen, sagt er«, ertönte die schrille hohe Stimme. »Loslassen ... loslassen ... loslassen ...« Dann kam die Pause, als sie nach Luft rang, dann die Wiederholung: »Loslassen ... loslassen ... loslassen ...«

Ich schaltete ab. Die Worte ergaben einfach keinen Sinn. Die Signale waren lediglich Elektrizität, die im Augenblick von Kens Tod aufgefangen worden war. Unmöglich hatte das Kind dies als einen Schrei nach Erlösung deuten können – es sei denn ...

Ich blickte auf. Mac stand in der Tür und beobachtete mich. Der Hund war bei ihm.

»Zerberus ist so unruhig«, sagte er. »Er läuft die ganze Zeit in meinem Zimmer hin und her und läßt mich nicht schlafen.«

»Mac«, sagte ich, »ich habe die Bandaufnahme noch einmal abgehört. Irgend etwas stimmt da nicht.«

Er kam ganz herein und stellte sich neben mich. »Was wollen Sie damit sagen, es stimmt was nicht? Die Aufnahme hat doch keinen Einfluß auf das Ergebnis. Sehen Sie auf den Monitor. Ein ganz regelmäßiges Signal! Das Experiment ist hundertprozentig gelungen. Wir haben genau das erreicht, was wir wollten. Die Energie ist da!«

»Ich weiß, daß Energie da ist«, entgegnete ich. »Aber ist das alles?«

Wieder ließ ich die Bandaufnahme laufen, und wir lauschten beide auf die Worte des nach Atem ringenden Kindes: »Loslassen... loslassen... loslassen!«

»Mac«, fuhr ich fort, »als die Kleine das sagte, war Ken bereits tot. Es konnte deshalb gar keine Verbindung mehr zwischen ihnen bestehen.«

»Na, und?«

»Wie kann sie sich also nach seinem Tod noch mit seiner Person identifizieren, mit jemand, der ›loslassen... loslassen‹ sagt – es sei denn –«

»Was?«

»– es sei etwas eingetreten, wovon wir wissen, daß es unmöglich ist, nämlich daß das, was wir auf dem Bildschirm sehen, wirklich Kens Wesen ist.«

Verstört und ungläubig starrte er mich an, und wieder blickten wir auf die Signale, die plötzlich eine ganz neue Bedeutung gewannen: Sie drückten jetzt das allmählich in uns aufdämmernde Entsetzen aus.

»Mac«, sagte ich, »was haben wir getan!«

Mrs. Janus rief am Morgen an, um zu sagen, Niki sei wach und betrage sich so sonderbar. Fortwährend werfe sie sich vor und zurück. Sie, Mrs. Janus, habe versucht, sie zu beruhigen, aber nichts hülfe. Nein, Fieber habe Niki keins, auch keine erhöhte Temperatur. Es sei nur dieses seltsame Hinundherschwanken. Frühstück habe sie auch keins essen wollen, und sie spreche auch nicht. Ob Mac es nicht einmal mit dem Rufsignal versuchen könnte. Das würde sie vielleicht beruhigen.

Janus hatte das Telefon abgenommen. Wir waren gerade im Eßzimmer, als er uns die Nachricht von seiner Frau brachte. Robbie stand auf und ging hinaus zum Telefon. Er kehrte unmittelbar darauf zurück.

»Ich gehe selbst hinüber«, sagte er. »Was gestern geschah – ich hätte das nie zulassen dürfen.«

»Sie kannten doch das Risiko«, entgegnete Mac. »Wir alle kannten es von Anfang an. Sie haben mir immer versichert, daß es keinen Schaden anrichten könnte.«

»Ich habe mich geirrt«, sagte Robbie. »Nein, nicht, was das Experiment angeht... Sie haben weiß Gott getan, was wir vorhatten, und es hat dem armen Ken in keiner Weise geschadet. Er ist aus allen Nöten heraus. Aber es war falsch von mir, daß ich das Kind hineinziehen ließ.«

»Ohne das Kind hätten wir doch überhaupt nichts erreichen können«, erwiderte Mac.

Robbie ging hinaus, und wir hörten, wie er den Wagen anließ. Mac und ich gingen hinüber in den Kontrollraum. Janus und Robbie waren vor uns dagewesen und hatten den Leichnam fortgebracht. Der Raum hatte wieder sein früheres Aussehen eines mit den wichtigsten Instrumenten ausgestatteten Laboratoriums, mit einer Ausnahme: die Speichereinheit von Charon 3 arbeitete noch immer, genauso wie am vorangegangenen Tag und während der ganzen Nacht. Noch immer war auf dem Bildschirm das stetige Steigen und Fallen der Signale zu beobachten. Ich traute mich kaum hinzusehen, in der wahnwitzigen Hoffnung, sie könnten aufhören.

Das Telefon summte, und ich nahm es ab. Es war Robbie.

»Ich glaube, wir sollten das Kind lieber wegbringen«, sagte er. »Es sieht nach einem Fall von katatonischer Schizophrenie aus, und auch wenn Niki nicht gewalttätig wird, ist Mrs. Janus der Sache nicht gewachsen. Wenn Mac ein entsprechendes Wort sagt, kann ich sie selber in die psychiatrische Abteilung des Bezirkskrankenhauses bringen.«

Ich gab Mac ein Zeichen und erklärte ihm die Situation. Er nahm mir den Hörer ab.

»Hören Sie, Robbie«, sagte er. »Ich übernehme das Risiko, Niki noch einmal in Hypnoseschlaf zu versetzen. Es kann zum Erfolg führen oder nicht.«

Die Diskussion ging weiter. Ich sah es Macs enttäuschter Miene an, daß Robbie sich auf nichts einlassen wollte. Und bestimmt hatte er recht. Vielleicht war dem Kind schon ein unheilbarer Schaden zugefügt worden. Aber was für eine Erklärung wollte Robbie überhaupt geben, wenn er sie ins Spital brächte?

Mac gab mir ein Zeichen, das Telefon wieder zu übernehmen: »Sagen Sie Robbie, er soll sich bereitmachen.«

Ich war sein Untergebener, ich konnte ihn nicht zurückhalten. Er ging zu dem Sender von Charon 2 und betätigte eine Taste. Das Rufsignal war eingeschaltet. Ich hob den Telefonhörer auf und richtete Robbie Macs Botschaft aus. Dann wartete ich ab.

Ich hörte, wie Robbie Mrs. Janus zurief: »Was ist los?« – dann wurde der Hörer fallen gelassen.

Einen Augenblick waren aus der Entfernung Stimmen zu vernehmen, Mrs. Janus, glaube ich, die Robbie anflehte: »Bitte, lassen Sie sie doch versuchen...«

Mac ging zu Charon 1 und stellte etwas ein; dann bedeutete er mir durch Zeichen, das Telefon so nahe zu ihm heranzubringen, wie es ging. Er griff nach dem Hörer.

»Niki«, sagte er, »hörst du mich? Hier ist Mac.«

Ich stand neben ihm und konnte das Flüstern im Hörer verstehen.

»Ja, Mac.«

Ihre Stimme klang erschrocken, beinahe angstvoll.

»Sag mir, was dir fehlt, Niki.«

Sie begann zu wimmern. »Ich weiß es nicht. Da tickt irgendwo eine Uhr. Ich mag das nicht.«

»Wo ist die Uhr, Niki?«

Sie antwortete nicht. Mac wiederholte seine Frage. Ich konnte hören, wie Robbie protestierte. Er stand wohl neben ihr.

»Sie ist ganz rund«, sagte sie. »Sie tickt in meinem Kopf. Penny mag das auch nicht.«

Penny. Wer war Penny? Dann fiel es mir wieder ein. Die tote Zwillingsschwester!

»Warum mag Penny es denn nicht?«

Dies hier war unerträglich. Robbie hatte recht. Mac durfte dem Kind diese Quälerei nicht zumuten. Ich sah ihn an und schüttelte den Kopf. Er achtete nicht darauf, sondern wiederholte abermals seine Frage. Ich hörte, wie das Kind in Weinen ausbrach.

»Penny... Ken...« schluchzte sie, »Penny... Ken...«

Im selben Moment schaltete Mac um auf die Bandaufnahme der Stimme von Charon 2, die den Befehl aus dem gestrigen Programm erteilte: »Bleib bei Ken! Erzähl uns, was geschieht!«

Das Kind stieß einen durchdringenden Schrei aus. Sie mußte zusammengebrochen sein, denn ich hörte, wie Robbie und Mrs. Janus etwas riefen und der Telefonapparat zu Boden fiel.

Mac und ich blickten auf den Bildschirm. Der Rhythmus wurde rascher, die Signale zuckten. Jetzt nahm Robbie am anderen Ende den Hörer wieder auf.

»Du wirst sie umbringen, Mac!« rief er. »Um Himmels willen...«

»Was macht sie?« fragte Mac.

»Dasselbe wie gestern«, rief Robbie. »Vorwärts und rückwärts wiegt sie sich die ganze Zeit. Sie ist am Ersticken. Warte...«

Wieder hatte er den Hörer losgelassen. Mac schaltete um auf das Rufsignal. Das Flackern auf dem Bildschirm beruhigte sich. Dann kam, nach einer langen Unterbrechung, Robbies Stimme zurück: »Sie möchte etwas sagen.«

Nach einer Pause sprach die Stimme des Kindes, ausdruckslos und mühselig: »Ihr sollt sie loslassen.«

»Geht es dir besser, Niki?« fragte Mac.

»Laß sie los«, wiederholte sie.

Mit einer entschlossenen Geste legte Mac den Hörer auf. Wir sahen, daß die Signale auf dem Monitor wieder den normalen Rhythmus hatten.

»Nun?« fragte ich. »Was hat uns das bewiesen?«

Mac sah plötzlich alt und unendlich müde aus, aber in seinen Augen war ein Ausdruck, den ich nie zuvor gesehen hatte: Verwirrung und Unglaube. Es war, als wehre sich alles an ihm – Körper, Gefühl und Verstand – gegen seine innere Erkenntnis.

»Es könnte bedeuten, daß Sie recht hatten«, sagte er. »Es könnte das Fortleben des Geistes nach dem Tode des Körpers bedeuten. Es könnte bedeuten, daß uns der Durchbruch gelungen ist.«

Der Gedanke, der von so ungeheuerlicher Tragweite war, betäubte uns beide. Mac faßte sich als erster wieder. Er ging zu Charon 3 hinüber, wobei er den Bildschirm nicht aus den Augen ließ.

»Sie haben gesehen, wie die Signale sich veränderten, als das Kind sprach«, sagte er. »Aber Niki hat die Veränderung nicht selber bewirken können. Das war nur Kens Sechster Kraft möglich und auch der Sechsten Kraft der toten Zwillingsschwester. Diese Kraft kann durch Niki weitergeleitet werden, und zwar nur durch Niki. Sehen Sie –« Er brach ab, drehte sich vehement zu mir um, mit einem plötzlichen Aufleuchten im Gesicht. »Niki ist das einzige Verbindungsglied. Wir müssen sie herbringen, Charon programmieren und sie neuerdings ausfragen. Wenn wir wirklich den Geist und die Kraft unter unsere Kontrolle gebracht haben –«

»Mac«, unterbrach ich ihn. »Wollen Sie die Kleine eigentlich töten oder, was noch schlimmer ist, sie zu einem Dasein im Irrenhaus verurteilen?«

Verzweifelt blickte er wieder auf den Bildschirm. »Ich muß es einfach wissen, Steve«, sagte er. »Ich muß es ausfindig machen. Wenn der Geist weiterlebt, wenn die Sechste Kraft über die Materie hinaus besteht, dann hat nicht nur ein einzelner Mensch den Tod besiegt, sondern die ganze Menschheit, seit allem Anfang. Dann wird in irgendeiner Form die Unsterblichkeit zur Gewißheit. Der ganze Sinn des Lebens auf der Erde würde sich dann verändern.«

Ja, dachte ich, und zwar für alle Zeiten. Wissenschaft und Religion waren ursprünglich in einer harmonischen Einheit verbunden. Dann kam die unvermeidliche Enttäuschung, als der Wissenschaftler erkannte, und der Priester mit ihm, wie unbedeutend das kurze Erdendasein des einzelnen Menschen war gegenüber der Gewißheit des ewigen Lebens. Die Gebrechlichen, die Alten und Schwachen wurden unwichtig, die Welt selbst konnte zugrunde gehen! Denn was war der Sinn des Lebens, wenn die versprochene Erfüllung sich auf ein Jenseits bezog?

»Mac«, fing ich wieder an. »Sie haben gehört, was das Kind sagte. Ihre Worte lauteten: ›Laßt sie los!‹«

Wieder summte das Telefon. Diesmal rief nicht Robbie an, sondern Janus vom Haustelefon in der Eingangshalle. Er entschuldigte sich wegen der Störung, aber es seien zwei Herren vom Ministerium da. Er habe ihnen zwar gesagt, wir hätten eine Konferenz, aber sie bestünden darauf, daß ihre Angelegenheit wichtig sei und sie Mr. MacLean sofort zu sprechen wünschten.

Ich ging in die Bar hinüber, wo ich zusammen mit einem Begleiter den Beamten vorfand, den ich in London aufgesucht hatte. Nach ein paar entschuldigenden Worten sagte er, mein Vorgänger in Saxmere sei inzwischen bei ihnen gewesen und habe gestanden, der Grund für seine Demission sei sein Mißtrauen gegenüber der Arbeit von MacLean gewesen. Es würden Experimente gemacht, von denen das Ministerium offenbar keine Ahnung habe. Deshalb wollten sie sofort mit MacLean reden.

»Er wird gleich kommen«, sagte ich. »Und wenn Sie irgend etwas wissen möchten, gebe ich Ihnen inzwischen gerne Auskunft.«

Sie tauschten Blicke, dann sagte der zweite Beamte zu mir:

»Es scheint, daß Sie sich mit der Untersuchung von Schwingungen befassen, und zwar speziell im Hinblick auf Detonationen. Das hat man uns jedenfalls in London gesagt.«

»Das trifft zu«, antwortete ich. »Wir haben auch schon einige Resultate erzielt. Aber wie ich Ihnen bereits sagte, bleibt uns noch sehr viel zu tun.«

»Wir sind gekommen, um uns zeigen zu lassen, was Sie bereits erreicht haben.«

»Leider sind wir nach meiner Rückkehr aus London in der Arbeit etwas aufgehalten worden«, fuhr ich fort. »Unser Mitarbeiterstab hat nämlich einen traurigen Verlust erlitten. Allerdings hängt er nicht mit unserer Arbeit zusammen. Gestern ist der junge Ken Ryan an Leukämie gestorben.«

Wieder wechselten die beiden rasche Blicke.

»Wir hatten gehört, daß er nicht gesund war«, sagte der erste der beiden Männer. »Ihr Vorgänger hatte es uns gesagt. Er deutete jedoch an, daß das laufende Experiment, von dem das Ministerium nicht unterrichtet wurde, sehr wohl etwas mit der Krankheit des Jungen zu tun hatte.«

»Da hat man Sie falsch informiert«, sagte ich. »Seine Krankheit hatte gar nichts mit unseren Versuchen zu tun. Der Arzt wird bald hier sein, er kann Ihnen über die medizinischen Einzelheiten Auskunft geben.«

»Wir möchten aber mit MacLean sprechen«, beharrte der Mann, »und wir möchten die Abteilung für Elektronik ansehen.«

Ich ging zurück in den Kontrollraum. Ich wußte, nichts, was ich gesagt hatte, würde die beiden von ihrem Vorhaben abbringen. Wir hatten sie auf dem Hals.

MacLean stand neben Charon 2 und hantierte an Schaltern und Tasten. Ich warf rasch einen Blick auf den danebenstehenden Charon 3. Der Bildschirm war noch eingeschaltet, aber die Signale waren verschwunden. Ich sagte kein Wort, sondern starrte Mac nur an.

»Ja«, sagte er. »Ich habe ihn auseinandergenommen und alle Leitungen abmontiert. Die Kraft ist weg.«

Mein erstes Gefühl der Erleichterung schlug um in Mitleid

mit diesem Mann, dessen Werk von Monaten und Jahren in fünf Minuten zunichte geworden war – zerstört von seiner eigenen Hand.

»Es ist noch nicht vorbei«, sagte er und blickte mir in die Augen. »Es hat erst begonnen. Nur ein Teil ist vorbei. Charon 3 ist jetzt überflüssig geworden, und was geschah, werden nur wir drei wissen. Robbie muß nämlich unser Wissen teilen. Wir standen am Rand einer Entdeckung, die kein lebender Mensch uns glauben würde. Aber wir standen nur am Rand. Es könnte genausogut sein, daß wir uns geirrt haben und daß es sich bei dem, was das Kind uns gestern abend und auch heute morgen nochmals sagte, nur um eine Verzerrung ihres Unterbewußtseins handelte. Ich weiß es einfach nicht... Aber ich habe aufgrund dessen, was sie sagte, die Energie freigesetzt. Das Kind ist frei. Ken ist frei. Er ist fortgegangen. Wohin, zu welchem letzten Bestimmungsort, das werden wir vielleicht nie erfahren. Aber – und das geht Sie an, Steve, ebenso wie Robbie, falls er sich uns anschließen will – ich bin bereit, bis ans Ende meiner Tage weiterzuarbeiten und nach der Antwort auf diese Frage zu suchen.«

Ich berichtete ihm, was die Beamten des Ministeriums gesagt hatten. Er zuckte die Achseln.

»Ich werde ihnen mitteilen, daß alle unsere Experimente fehlgeschlagen seien«, sagte er, »und daß ich diesen Job aufgeben möchte. Von da an, Steve, werden wir auf uns selbst gestellt sein. Eigenartig – aber jetzt fühle ich mich Ken näher als je zuvor. Nicht nur Ken, sondern allen, die vor ihm hinübergegangen sind.« Er hielt ein und wandte sich ab. »Das Kind ist wieder ganz in Ordnung«, fuhr er dann fort. »Gehen Sie hin, und schicken Sie dafür Robbie zu mir. Ich werde mich jetzt mit den Schnüfflern vom Ministerium befassen.«

Ich ging zur Hintertür hinaus und schlug den Weg durch die Marsch zu den Hütten der Küstenwache ein. Zerberus begleitete mich. Er hechelte jetzt nicht mehr unruhig wie am Vorabend, sondern sprang übermütig voraus und kam von Zeit zu Zeit zurück, um sich zu vergewissern, daß ich ihm noch folgte.

Ich selber fühlte mich leer und wußte weder, was ich für das empfand, was geschehen war, noch für das, was kommen würde. Mac hatte eigenhändig den einzigen Faden zerschnitten, an dem der Beweis hing, der uns seit gestern bis zum heutigen Morgengrauen aufrechterhalten hatte. Der kühnste Traum jedes Wissenschaftlers, den Sinn des Todes zu erkennen, war uns ein paar Stunden lang erfüllt worden. Wir hatten die Kraft eingefangen, die den Funken entzündete – und von da an schienen Welten der Erkenntnis vor uns zu liegen.

Jetzt aber war mein Glaube im Schwinden. Vielleicht hatten wir uns geirrt, waren von unseren eigenen Gefühlen und dem Leiden eines verängstigten schwachsinnigen Kindes irregeführt worden. Die letzten Fragen würden nie beantwortet werden, weder von uns noch von irgend jemand.

Ich stieg jetzt den heidebewachsenen Hang zu den Hütten hinauf. Der Hund lief immer noch voraus und bellte. Rechter Hand zeichneten sich auf dem Rand der Klippen die verdammten Fliegerrekruten ab, die wieder ihre Fanfarensignale übten. Die heiseren Mißtöne zerrissen die Stille. Und was sie probten, war ausgerechnet das ›Reveille‹-Signal!

Ich sah Robbie aus der Hütte treten. Das Kind war bei ihm. Es schien Niki gutzugehen. Sie lief dem Hund entgegen, um ihn zu begrüßen. Dann vernahm sie den Klang des Reveille-Signals, und sie hob die Arme in die Höhe. Sie bewegte sich im Takt zu den schneller werdenden Fanfarenstößen und lief mit hoch über den Kopf erhobenen Armen auf die Klippen zu. Sie lachte und tanzte, und der Hund sprang bellend um sie herum. Die Soldaten blickten sich um und lachten ebenfalls – und jetzt gab es nur noch den bellenden Hund, das tanzende Kind und in der Luft die dünne, hohe Melodie der Fanfaren.